S h u k u n o j o k e

秀句の条件

良い川柳から学ぶ

新家完司
Shinke Kanji

新葉館出版

良い川柳から学ぶ

秀句の条件

目次

はじめに

本書掲載の作品は、すべて一読して私の心に響いてきたもので、鑑賞文はそのときに広がった想いや考えさせられたことを書き留めています。人それぞれ性格も川柳観も違いますので、中には共感できない作品が混じっているかもしれませんが気にせずに読み進めてください。必ず感動する作品が幾つも見つかるでしょう。

伝統川柳の良さは「一読明快」ですが、明快はともすれば平凡になりがちです。上達の秘訣の一つは「多読多作」と言われていますが、平凡な作品をいくら読んでも参考にはなりません。本書に取り上げているのは「明快でありながら深い」作品ばかりだと自負しています。

優れた作品は再読に耐えられる力を持っています。あなたが感動した作品には付箋を貼るなどの目印を付けて、作句に疲れたときやマンネリに陥ったときに、ひとやすみの気分で再読してください。改めて「ああ、やっぱり川柳はいいな！」と刺激を受け創作意欲が湧いてくるでしょう。

川柳の対象は、先ず「捉え難い複雑な自分自身」「おもしろい人間たち」、そして「政治経済」「海の底から宇宙の果てまでの森羅万象」等々無限にあります。それを見つけ出す「好奇心と創作意欲」を本書から汲み取っていただければ幸いです。

令和四年十二月

新家完司

良い川柳から学ぶ

秀句の条件

良い川柳は読者の心に訴えかける強い力を持っています。それは、作者が捉えた事柄、例えば、人間の「おもしろさ」「優しさ」「懐かしさ」「不思議さ」、そして「哀しさ」や「切なさ」などが伝わってくるためです。

また、その表現は曖昧な言葉を避けて具体的に述べています。本書の例で言えば、8頁の「家鴨のお尻」「病院船」、そして9頁の「赤軍派」「へちまのつる」等です。

このように、具象には人の心に訴えかける迫力があります。良い川柳は作者の想いを具体的に述べて具象の力を引き出しています。

I

逃げて行く家鴨のお尻嬉しさう

川上三太郎

お尻をふりふり歩くアヒルの姿は、ユーモラスで可愛い。しかし、その姿を「おもしろい」とか「かわいい」と言ってしまうと当たりまえ。「嬉しそう」と見たところが、川柳作家としての眼である。もちろん、アヒルは嬉しがっているのではない。「ヤダ、ヤダー」と逃げているのである。「逃げているのに、嬉しそうに見える」という道化じみた姿をからかい気味に詠っているが、その眼差しはすこぶる優しい。

三太郎には心象的な句も多いが、川柳の基本である観察から得た句はいずれも秀逸。他に小動物を詠っては、《基督のやうな顔して鰻ゐる》《やめたかと見ればボウフラまた踊り》《迷い犬どの名呼んでもふりかへり》などがある。

霧の海深く病院船が出る

田中五呂八

戦争や大災害などの現場に派遣される「病院船」。その言葉が持つ暗さが、この句を重たくしている。が、どこかにドラマティックな趣があるのは「霧の海深く」という詩的なフレーズによる。これは、現実の病院船を前にしての具象句か、それとも心象風景であろうか？

五呂八が活躍していた昭和六年には満州事変、昭和八年には国連脱退などがあった。軍部が暴走を始めた時代背景を考えると、「霧の海深く」が不安定な社会状況を、「病院船」が我が国を抽象化しているとも読める。「川柳は詩であるべし」と新興川柳の旗を掲げた五呂八の代表句としては、《人間を掴めば風が手にのこり》が有名だが、詩性の深さは本句が遥かに上である。

カラオケのひとりはかつて赤軍派

なかはられいこ

耳の痛い御仁も多いことだろう。不正に満ちた社会を改革する旗手たらんと燃えていたあの頃。連合赤軍の武闘派として安田講堂を占拠し、浅間山荘に立て籠もり、火炎瓶を投げて暴れ回った。そこまでは徹底できなかった者も、シンパとしてピケを張りゲバ棒を振るった。

あれから五十年、そのような事件があったことさえ夢まぼろし。焼酎の湯割りに酔い、カラオケに興じ、家に帰れば好々爺。「若気の至りであった」というのは、朽ちてしまった正義感、体制に飲み込まれてしまった自分への弁解。多くの革命は若者によって成された。毛沢東が本格的な革命家として活動を始めたのは二十六歳。チェ・ゲバラは二十八歳であった。

人嫌いへちまのつるを首にまく

淡路　放生

いささか奇妙、そして不気味。誰しも、自分が理解できない行動には当惑させられる。まさに、この「へちまのつるを首にまく」がそれ。子供ならまだしも、普通のオトナはこのような無意味なことはしない。観察で掴んだ具象か心象風景かは意見の分かれるところだが、いずれとも受け止めることができる句は味わい深い。

「人嫌い」の多くは繊細。他者の言葉に過剰に反応して傷つき、人間不信に陥り、遂には殻に閉じこもる。ヘチマの蔓を首に巻く「人嫌い」は、正常と異常の間の危ういところで揺れている。異質な状況を描いては、他に《供述書娼婦の雨を読みあげる》や《鮨つまむいかさま賽を捨てきれず》など多数あり。

目と耳と心に鼓笛隊進む

椙元　紋太

美しいユニホームに身を包んだ楽隊の、キビキビした行進を見ているだけで気分が高揚する。加えて、軽快なリズムが心を弾ませ元気を注入してくれる。まさに、目と耳を楽しませ、そして、心の中にまで進んで行くのである。

川柳の作句方法を大きく分けると、「考察」と「観察」になる。考察はもっぱら頭脳でなされるが、観察となると一度に多大の情報を得られる「目」に頼って「耳」は忘れがちである。本句の特徴は、目と耳と心という、同時に働かせ難い感覚を一つにして対象を摑んでいるところにある。紋太は昭和四十五年に八十歳で他界しているが、掲出の句は七十四歳のときのもの。年齢を感じさせぬ若々しい感性に驚く。

間違いの積み重なった皺である

白石朝太郎

歳を重ねると、酷使してきた身体のあちこちに異変が生じ、顔や首筋にも皺が増えてくる。それは自然の成り行きであり誰しも同じこと。その皺を「人生の勲章」とか「名誉ある年輪」と肯定的に詠った句は多いが、「間違いが積み重なってできた」と言ってのけたのは稀。

自分のことを貶めて表現するのはいささか勇気のいることであり、多くの人は言動の端々に自慢や自己主張を覗かせる。しかし、読者は少しの自慢であっても敏感に感じ取って白ける。逆に、率直に晒された欠点や傷には、自らの傷を重ね「ああ、私も同じ」と納得し安心する。朝太郎の皺と同じように、私の皺もまた、間違いが積み重なってできたものである。

神様のお顔も存じ上げぬまま

吉田あずき

散文のような語り口でありながら、きっちり五七五の韻律を持たせている。お顔のみならず、お声もお姿も存じ上げぬまま、いつもいつも一方的なお願いばかりで申し訳のないことである。巷には、「神なんて最初からいない」という声も聞こえるが、星空や大海原を眺めていると、この宇宙が偶然に出来たにしては美し過ぎると思う。にんげんの目には見えない大いなる者が、じっと見守っているような気もする。

一方、二〇一一年三月十一日の東日本大震災による恐ろしい被害を見ると「神も仏もいないのではないか」とも思う。そのような疑いの気持を持って本句を見直すと「存じ上げぬまま」という丁重な言葉遣いが少し皮肉っぽく感じられる。

くちづけのさんねんさきをみているか

渡辺　和尾

もちろん、見ていない。三年先はおろか明日さえ見ていないだろう。男女が結ばれるのは衝動であり、その衝動は本能という抗い難い力から生じている。もしも、理性が本能を抑制できるほど強ければ、人類はとっくに絶滅している。恋人を前にして、子供が出来たときのことや、今の収入でやって行けるか等と、行く末を案じていては抱き合う気にもならない。

本句、なぜ平仮名ばかりにしたのか？　試みに書き直してみると、「口づけの三年先を見ているか」となる。サラッと読めて分かりやすくなるが、読者に与えるインパクトは弱まっている。平仮名ばかりの表記によって「何だ？」と立ち止まらせる効果を狙ったのであろう。

景観は雄大にしてバスが落ち

岸本　水府

バスの乗客には失礼だが、笑ってしまう。もちろん、路線バスではなく雄大な景観を見に来た観光バス。どっしり構えた大自然と、ちょこまか動き回るにんげんの対比が見事。

私たちが日常を超えた風景や美しいものに憧れるのは何故か？ 故郷を懐かしく思い出すのと同じように、原始の景観に惹かれる本能のようなものがあるのかもしれない。水府の時代から半世紀以上経つが状況は変わっていない。バスの転落事故のみならず、沈没する船、墜落する飛行機、そして、冬山の遭難事故など等、数え上げればきりがない。「雄大な景観の前であえなく斃れてゆくちっぽけなにんげんたち」という構図は永遠に続いて行くのだろう。

しがみつくほどのこの世でなかりけり

麻生　路郎

苦しいこともあるが、楽しいこともたくさんあるこの世。多くの人は、「しがみついても生きていたい」と思っている。しかし、債鬼に追われいる人や、病魔に苦しめられている人の中には、「こんな世の中はこりごり」と思っている人がいるかもしれない。

そのような人にとっては、大いに共感し慰められる一句であろう。「私にとって川柳することは単なる趣味ではなくて、人生をいかに生きるかということを知るためである」という気概は、職業川柳人を宣言し驀進していた時代のこと。病を得て命の果てが見えたとき、本句の諦観に達したのだ。昭和四十年七月、七十七歳で逝去。辞世の句は《雲の峯という手もありさらばさらばです》。

半身は肉買うために立っている

樋口由紀子

では、あとの半身は何をしているのか？　財布を握り締め、ぼんやり突っ立っている愚鈍な自分を、冷ややかに眺めているのだ。樹木は大地と太陽が育ててくれるが、にんげんは働いて金を稼ぎ、食べ物や飲み物を得なければならない。そして、食材を切り刻み、煮炊きをして家族に食べさせ、自分も食べる。それが死ぬまで続く。身体の半分は、その厄介な宿命を受け入れてはいるが、半分は、「そのような俗事をするために生まれてきたのではない」「もっと崇高な使命があるはず」と拒否している。

上半身とか下半身という分け方はしばしばするが、縦半分に切り分け、「肉体」と「精神」に抽象化した表現は斬新だが説得力あり。

マンボウの口　神さまが餌をやる

古谷恭一

まるで童話のようにのんびりした情景。陸上の動物も海中の生物も、みんな食べるために必死になっているのに、どうしてマンボウだけ？　いかにも善魚というような愛嬌ある風貌と、欲のなさそうな鈍い動きが神さまに愛されているのだろう。現実のマンボウは、想像しているよりも遊泳力があり、主食もぷかぷか浮いているクラゲやオキアミだけではなくイワシなども捕獲するとのこと。そのような生態を知っても、なお、本句の牧歌的な味は薄れない。

私たちも現役で稼いでいる間は、サメやマグロのように必死に泳ぎ回らなければならないが、リタイアしたあとはこのようでありたい。問題は、神さまが餌をくださるかどうか…。

木のぼりの劣りしままにいまも貧

大山　竹二

子どもの頃からドンくさかったのだ。木のぼりだけではなく、跳び箱も逆上がりも、キャッチボールも苦手だった。「昔から何をしても後れをとっていた。その不器用さが今の暮らしに続いている」というのである。もちろん、運動能力と生活能力は別。関係のないことを引き合いにして弁解するのは詭弁である。が、これは他者に訴えようとしたものではなく、来し方を振り返っての感慨。その軽い自嘲がおもしろい。

本句に述べられた如く、生活に追われ結核を患い、昭和三十七年、五十三歳の若さで逝った。闘病中の《ひとり病んで鏡にうつるかぎり見る》は、代表作の一つであるが、掲出句と併せて読めば、哀切さは一層極まって胸を打つ。

大声を出すときがくる浮き袋

中尾　藻介

浮き袋に乗っかってプカプカ。流れる雲などを眺めながらご機嫌なひととき。だが、その快適さは、足の立たない海の上に漂っている不安定な状況でのこと。浮き袋の空気が抜けるとたちまちアウト。「助けてくれ〜」と叫ばなければならない。「浮き袋とはその程度のものである」そして、「浮き袋のような安易なものに依存した快適さは必ず破綻する」と、作者は警告する。

人それぞれ、快適な暮らしを支えている浮き袋の形態は異なるが、極めて壊れやすいものであることは共通している。かつて「年金」という浮き袋は、頼り甲斐のある救命ボートの感があった。が、今や空気が抜けるばかり。「助けてくれ〜」の悲鳴があちこちから聞こえる。

おしろい花も似合ってインド大使館

高田　桂

一読、明るく爽やかな風景が浮かび上がる。それは、おしろい花とインド大使館の取り合わせの妙もさることながら、「インド大使館」という言葉そのものが持つ力。単なる名詞でありながら、憧れや郷愁という趣さえ感じさせる。

川柳はもっぱら人間を、俳句は花鳥風月を詠うと言われている。絵に喩えると、川柳は人物画であり俳句は風景画。しかし、風景を描写して心に響く川柳も多々ある。本句はその一つ。少々の難としては十九音であること。しかし、省略できない固有名詞二つで十四音あり、やむを得ない。定型厳守派の諸兄には不満であろうが、定型を尊重しながら、推敲を重ねた結果としての動かし難い破調は許容したい。

不遇なり海に向かって首鳴らす

住田　三鈷

自分の欠点や失敗などを述べるのは、川柳の一つの形であり珍しくはない。しかし、自らの境遇を見つめ、「不遇である」と言い切るには勇気が要る。果たして、本当に不遇であったのか？　三鈷の代表作の一つに《蟻たちの頭上はるかに桃熟れる》がある。これは、労働者と資産階級を抽象化していると読めるが、この蟻こそ、生涯にわたって家庭を持つことなく、独りで暗い海に向かって立つ三鈷の姿ではなかったか。

掲出の句は平成二年のもの。同年には《遁走や黄泉の七坂ひと跳びに》《稜線が光って待ってくれている》など、自らの死を予感したかのような句を発表した直後、クモ膜下出血によって米子市にて急逝。五十二歳であった。

二等分しても心の手がならび

川上　日車

浅ましいことである。頭では「納得しなければならない」と分かっていても、心の片隅では「向こうのほうが多いのではないか」とか「もっと欲しい」と思っている。大袈裟に言えば理性と欲望の葛藤。しかし、このようなことは誰にでもあることで、態度に出さず理性で抑え込んでいる限りは良識ある社会人でいられる。

現代川柳は自分の想いを主観的に述べるのが主流。すなわち「心の手がならぶ」と言い切る。この形に慣れると連用止めは他人事のようでいささか頼りない。が、日車の時代（大正末〜昭和初期）には、まだ古川柳の流れを引きずって「他者を客観的に見て揶揄する」形や「余韻を持たせる連用止め」が一般的であった。

平凡という尊さの中にいる

大嶋　濤明

句の姿そのものが簡潔で、気負いも衒いもない。また、格別に優れた内容とも思えない。しかし、それは、悲嘆のどん底、窮乏の極みを味わったことのない恵まれた者の感覚。いや、恵まれた境遇に育った者でも「平凡こそ大切」という程度なら理解できる。「尊い」とまで言わしめた想いは、並大抵の苦労では生まれない。

順調に歩んでいた大陸（満州）での生活が敗戦によって破綻。資産のすべてを失い、昭和二十二年にようやく無一物で帰国した濤明。戦後生まれの世代からは想像もできない凄まじい体験が本句の背景にある。《金のない間が俺の美しさ》と共通するのは、自らを客観的に分析している川柳作家としての冷静な眼である。

友達の不運で学ぶことがある

籠島　恵子

冷淡な内容であることは充分に承知の上での勇気ある一句。もちろん、友人の不運を喜んでいる訳ではない。また、手をこまねいて傍観しているのでもない。寄り添って相談に乗り、できる限りの援助はしているであろう。そのような行動と、「学ぶことがある」という冷静な考察は別の次元のこと。そのことを踏まえて、自分の身勝手さを自嘲気味に詠っている。他者を非難しているのではなく、自らの心情を正直にさらけ出した「無防備な自然体」によって、読者も「わたしも同じ」だと納得させられる。

先頭車両には乗らないこと。酔って川に近づかないこと。定期検診を受けること。など等、すべて、友人が遭った災難から学んだ教訓。

お通じがよければうまくいくこの世

永田ふき子

人生において何が重要なのか、いかに生きるべきかを説く指針は数多あり、そのような書物も溢れている。しかし、何を為すにしてもまず大切なことは「健康な身体」であることは言うまでもない。そして、健康であるための三原則は、「快食、快眠、快便」。この三つの中で最も重要でありコントロールが難しいのが快便。便秘が続けば食欲も失せ睡眠障害に陥ってしまう。すなわち、「お通じがよければ」健康な身体になって、何をやってもうまくいくのである。

本句が痛快なのは、右のような考えを経ながら、すべて省略し、結論だけを放り投げたところにある。分かりやすい表現ながら、深遠な哲学よりも現実に即し、真理を突いている。

想い出のひと多くみな月のなか

石曾根民郎

科学技術の発達は宇宙の謎を次々と解き、神秘のベールを剥がし続けている。人類はすでに月面に降り立っているが、我々の夢や空想まで奪うことは出来なかった。「死後の世界」が解明不能である限りロマンチシズムは不滅であり、こころに沁みる作品が絶えることはない。

また、誰も知り得ない死後の世界は宗教の領域であり、その多くが「霊魂は不滅」と説いている。しかし、本句はそのような宗教的な考えとはまったく別のもの。澄みわたる月を眺めながら、懐かしい人を偲んでいるだけのこと。その子どものような心情に共感できるのは、科学万能に侵されていない情感や、人智を超えたものに対する慎ましさを持ち合わせている証。

人恋し人煩わし波の音

西尾　栞

本句が収録されている句集「水鶏笛」（昭和四十五年発刊）の序文に於いて、麻生葭乃は「栞さんは常に柔和で、人づきあいもよく、ついぞ不機嫌な顔を見せたことのない人である。」と記している。そのような穏やかな人をして「人煩わし」と言わしめたものは何か。都会の喧騒を離れた海辺、潮の香りに包まれたひとときの正直な想いであろう。誰しも、コンディションによって、友だちと談笑したいときもあれば家族でさえ煩わしく感じるときがある。気力が充実しているときは賑やかな宴会も楽しいが、弱っているときは一人酒がいい。

こよなく人を愛し酒を愛した作者の代表句の一つに《酒仙とも言われ中毒とも言われ》がある。身につまされる御仁も多いことだろう。

万国旗豊かな国はいくつある

岩井　三窓

運動会等で飾られる色とりどりの万国旗。青空の下で揺れている光景は、赤ん坊の笑顔のように平和であり、戦争や飢餓などはどこにもないように思える。しかし、一つ一つの国を仔細に見ると、それぞれ、解決至難の大きな問題を抱えている。ギリシャの財政破綻に始まった欧州の経済危機などはほんの一端。経済大国を自認していたアメリカも日本も巨額の財政赤字に苦しんでいる。いや、そのようなことより、飢餓状態にある人が八億二千万人を超えるという厳しい状況に立ち向かうことが人類最大の課題。

誰にでも分かる語り口であるが、内容は極めて重たい。すべての国が豊かになり、万国旗のように仲良く手を繋ぐ日は来るのだろうか。

うずくまり栄螺のようなものになる

大嶋千寿子

「ダンゴムシ」という比喩はしばしば目にするが「栄螺《さざえ》のようなもの」はユニークで卓抜。殻に閉じこもり、外との接触を避けているということ。傷ついて、心身ともにそのような状態である、ということだろう。何があったのかは知る由もないが、大変な落ち込みようである。甘くはない人生、四面楚歌とも思える状況に陥ることは珍しくはなく、誰もが経験している。

しかし、どのような事態になっても、本句のように、自分の落ちこみようを客観的に眺め、自嘲できる余裕を失くさない限り、速やかに立ち直ることが出来る。このように、自らを冷静に見詰めて分析できるのは、長年の創作によって培ってきた力、いわば「川柳の力」である。

降る雪に貧しきものが先ず隠れ

橘高　薫風

降り積もる雪は、暮らしの垢とでも言うべき猥雑で目障りなもの、紙屑、空き缶、ドブ、ゴミ箱、看板などを覆い隠し、見慣れた街を別世界に変えてしまう。それは、何者かが雪に託した「シンプルに生きよ」というメッセージかもしれない。また、「貧しきもの」を生み続けている私たちそのものが貧しき存在であり、雪の街が美しいのは、にんげんの姿をも隠しているためだろう。「隠れるべきものはにんげんである」とまで言えば、深読みに過ぎるであろうか。

川柳は基本的に口語体であり、本句であれば「貧しいものが」となるが凛々しさは失せる。文語体に拘り続けた作者、他に、《遠き人を北斗の杓で掬わんか》など優れた作品多々あり。

このバスでいいのだろうか雪になる

広瀬ちえみ

体験に基づいた実感句であろう。誰もが経験したことのある一抹の不安感、掴みどころのない茫漠とした頼りなさを端的に述べている。体験を具体的に述べた作品の強みは、周囲の状況まで想像させる力があること。本句であれば、乗客の少ない田舎のバスのシートに一人、ぽつんと不安げに座っている姿、そして、移り行く窓外の寂しげな景色まで浮かんでくる。作者はそのようなことまで述べてはいないが、読む者に想像させるのは作品が持っている力。

一方、「現在地の不安感や、誰も保証できない行末の頼りなさを抽象化している」とも読める。どのように読むかは読者の自由であり、多様な読み方に耐えられるのも作品の力である。

大寒やカイロを尾骶骨に貼る

辺　安子

俳句のように切れ字を使った上五「大寒や」の大きな構え方に続く、下の十二音の内容がいかにもアンバランスなのがおもしろい。もちろん、このカイロは使い捨てのもの。普通は背中とか腹に貼るのだが、「尾骶骨」というのが極めて異色であり本句のポイント。たしかに、椅子に座って作業しているときなど、いちばん効きそうな部位であり、試してみたい気がする。このような句は考察や想像では作れない。作者が実際に行ったから無理なく生まれたのだ。

日常の暮らしの中からユーモアを拾い出す名手である作者、他には《頻尿の夫と散歩などしない》《みそ汁の具からはじまる口げんか》《帰る家なくてけんかに負けられぬ》などあり。

前向きに生きよう鼻は低いけど

池田　茂瑠

鳥やケモノが異性を誘うときに羽根の色や体格を誇示するのは、持って生まれた本能である。私たちが容姿や体型を気にするのも、煩悩というよりも抗い難い本能の一つであり、人それぞれ、多かれ少なかれ劣等感を持っている。そして、本能をコントロールする力（理性）が弱い人は、劣等感に負けて委縮してしまう。

人の魅力は容姿や体型ではなく、思想や生き方、所作や話し方など等、すべて、その人の精神が支配しているものから生じる。いつも前向きで溌溂としている人は、年齢に関係なく輝いている。高齢になると本能の力も弱くなり、顔の造作も気にならなくなるが、それまでは本句のような気概で立ち向かいたい。

さわさわと朝の窓打つ放射線

七ツ森客山

二〇一一年三月十一日、午後二時四十六分。三陸沖を震源に国内観測史上最大であるM９の地震が発生。津波と火災による死者と行方不明者は一万九千人を超えた。また、津波によって損壊した東電の福島第一原子力発電所は、大量の放射性物質を放出し、帰還困難区域や居住制限区域に指定された町から人影が消えた。

作者は福島県在住だが居住制限区域外。もちろん、放射性物質は耳で捉えることはできない。目で確認することもできない。にもかかわらず、朝の光とともに「さわさわ」と窓に届いていると受け止めたのは、恐怖によって鋭くなった五感。百年も経てば注釈が必要になるかもしれないが、末永く伝えるべき戦慄の一句。

病棟に残るオムツとポルノ本

板垣　孝志

身体は紙オムツが要るようになってしまったが、煩悩はまだ燻っている。「にんげんの悲しさ」と言えば、女性から「一緒にしないで！」と叱責されるだろう。確かに、病床でそのような本を読む女性など考えられない。これは間違いなく男。男の本能はことほど左様に単純で愚かしい。スカートの中を隠し撮りして捕まる男が絶えないのも、この愚かな本能の為すところ。

本句、第九回川柳マガジン文学賞の大賞に選ばれた十句の三句目に置かれたもの。震災直後の作品だけに、《蛇の子の罪なき儘に砕かれる》など、すべて重たく暗い。しかし、最後の《浜茄子は咲くかと今日も日が昇る》に明るさと救いがあり、構成にも緻密な配慮が見える。

良心はいつも途方に暮れている

藤原　鬼桜

良心とは、事の善悪を見分け善を命じ悪を退ける意識。しかし、複雑な現代社会において善悪の線引きは簡単ではない。また、意識通りに善を為すのも難しく、良心は戸惑うばかり。

本句、川柳宮城野社主催の第六十回東北川柳大会（誌上・共選）の入選句。この大会は東日本大震災の被災者支援として開催され、投句料はすべて義援金として贈られた。その背景を考えると、作者の良心の困惑が分かる。すなわち、想像を絶する甚大な被害を前にして「私も何かお役に立ちたい。だが、どうしたらよいのか分からない」という自責の念。その心情は被災者を案じる人たちすべて同じ。被災地を見詰めるすべての良心が途方に暮れているのだ。

かなしみを薄める水をくださいな

ひとり静

全国的には通じないかもしれないが、「日にち薬」という言葉がある。どれほど深い悲しみや苦しみでも、時の流れが治してくれるということ。本句の「かなしみ」も日にち薬が癒してくれるだろう。しかし、じっと待っているだけではとても耐えられない悲しみ。体中に沁み込んでいる悲しみを薄れさせるには、塩分を薄める水のようなものが要る、というのである。

本句も、前句と同じ第六十回東北川柳大会の入選句。そのことによって、作者の悲しみの源と深さが理解できる。「くださいな」という会話体がいささか感傷的ではあるが、自分ひとりでは立ち向かえない無力感に加えて、謙虚な願いと祈り、そして優しさが表われている。

この中で誰が明日死ぬ花の山

井上剣花坊

満開の桜は人を浮かれさせるが、また、人の命の儚さも思わせる。「一寸先は闇」は、言い古された慣用語だが、まさに、誰が明日死ぬかは予測がつかぬこと。いや、明日どころか、今夜この花見の帰り道で事故に遭うかもしれない。他人ごとのような冷淡な表現に見えるが、作者自身をも含んだ「誰が」であるのは言うまでもない。花見に限らず宴には寂しさや虚しさがつきまとう。それは、楽しい宴がいつまでも続かないこと、散り散りに去って行かねばならないことが人の世の無常を思わせるためだろう。

川柳中興の祖と言われ明治から大正にかけて活躍した剣花坊。人の死を見詰めた句では他に《葬列にぢき死にそうな顔も居る》がある。

ふところに金の無い日を桜咲く

西島〇丸

生きていると切ない思いをすることがしばしばある。その原因もさまざまだが、最たるものは金がないこと。病気がちで一人静かに居るのが好きならまだしも、身体は健康そのもの、しかも、外はうららと気持の良い陽気で桜も見ごろ、となると切なさもひとしお。もちろん、花を愛でるのに金は不要。堂々と出かければいいのだが、右も左もご馳走を囲んで花見酒。まさに「酒なくてなんの己が桜かな」である。

掲出の句、庶民の暮らしの一端だが、同じように日常の一コマを詠ったものに《赤ん坊を抱けば眼鏡を取りにくる》がある。明治十六年生まれ。四谷の西念寺第二十六代住職で達吟家であった。「〇丸」は「れいがん」と読ませる。

黄砂降る夢見る街になるように

久場　征子

アジア内陸部の砂漠や黄土高原の細かい砂が風に吹き上げられ運ばれて来る現象「黄砂」。昔は「霾」という奇態な文字を当て、訓読みでは「つちふる」、音読みでは「ばい」と呼ばれ、詩歌にも詠われてきた。黄砂という言葉が定着したのは、「こうさ」という響きの良さに加えて、気象用語として使用されているためであろう。たしかに、春めいてきた街並みがうっすら霞んでいる風情はロマンチックである。それは、黄砂が「夢見る街になるように」してくれていると作者は言う。夢もロマンも失った私たちに対する思い遣りであろうか。しかし、その黄砂に有害汚染物質のみならず細菌まで付着していると言われると、たちまち夢も醒めてしまう。

旅に出て少し大きなあくびする

真田　義子

決まり切った日常から離れ、しばらくこころを軽くしてくれる旅。たとえ日帰りであっても、出掛けるまでは何かいいことがありそうで、あれこれ想像して胸が膨らむ。しかし、美しい景色も三十分ほど眺めれば充分。珍しい食べ物といってもたかが知れている。当然のことながらハプニングもなくロマンスも生まれない。かくして、旅程半ばで「ふぁ〜あ」と大あくび。

本句、ただ単に、旅先で大あくびをしたことを述べているだけのようではあるが、旅というものの本質を突いていておもしろい。すなわち、「普段より少し大きなあくびをすることが、旅というものである」ということ。これからは、旅先であくびをするたびに思い出すだろう。

母の日の母はお経を読んでいる

原井　典子

母の日なんて私には関係ない、とでも言うように、いつも通り仏壇に向かっている母。しんきくさいことである。家族が多ければお祝いパーティーでも出来るのだが、親ひとり子ひとりというような家庭ではどうも照れくさくて勝手が悪い。しかも、《死ぬと言う母に死んだらいいと言う》などという同作者の句から推定すると、センチメンタルなことが嫌いで、キッパリした性格なのだろう。母としても「今日だけ気を遣ってもらうなんて真っ平ごめん」なのだ。

「母の日」や「父の日」など、欧米の真似をした行事は、率直に感情を表すことが苦手な人にはなかなか馴染めない「はた迷惑」なこと。本句と同じような家庭も多いことだろう。

母の日に何が欲しいか言わぬ母

岩名　進

娘であれば、母の好みぐらいは心得ていて喜ばせることも出来るが、気まぐれにしか顔を出さない息子には無理なこと。で、野暮ったく「母の日のプレゼント何がいい?」などとケータイで訊くのだが…。母としても、本当に欲しいものなど何もないのだ。やさしい言葉をかけてくれるのは嬉しいが、「おまえが元気でいてくれさえすればそれで充分」「プレゼントを買うお金で、おいしいものでも食べなさい」という想い。

洋の東西を問わず、母は自分を犠牲にしてでも、子供のことを最優先で考えている。だからこそ「母の日」が生まれ、「せめてその日だけでも感謝の気持ちを」というのであるが、奥ゆかしい母が多い我が国ではスムーズに運ばない。

消えそうな母と大きな虹を見る

居谷真理子

病室の窓を開けて「お母さん、ほら、大きな虹よ！」と語りかけている様子が見えるようである。希望の象徴のような虹も、その存在は束の間のことであり、肩を抱いて一緒に見ている母のいのちもまた「消えそう」なのだ。

同時期に発表された句で《ここで死ぬ　母が初めて我を通す》がある。わがままを言ったこともない気弱でおとなしい母が、「もう、どこにも行きたくない。長年暮らしたこの家で、娘に看取られながら…」という切実な想いを、精一杯の力で通したのだ。母もまた自分のいのちがいくばくもないことを悟っていたのだろう。

後日発表された《天上の白は母なる人の骨》は、ついに消えてしまった母への鎮魂歌。

毎日が母の日母は失語症

門村　幸子

母の日は五月の第二日曜日と決められているようだが、自宅で母を介護している作者にとっては、生活の中心が母であり、三六五日すべてが「母の日」だというのである。「皆さんがやるので、仕方なく…」などというように、その日だけ親孝行の真似事をしてお茶を濁している者たちには、まことに耳の痛い句である。

他には、《痛いだけ言える母です失語症》《隙間ない雑事で埋まる母介護》そして、《日常を母の微熱が掻き乱す》などがある。すべて連作ではなく介護の折々に綴ったもの。このようにポツリポツリと漏らす真実の言葉によって、その作者の暮らしぶりや性格まで窺い知ることができる。まさに「句は作者そのもの」である。

嘘のない世界へ着いた霊柩車

濱　夢助

誰もが、いずれお世話になる霊柩車。その行き着く先は「嘘のない世界」だというのである。たしかに、振り込め詐欺に騙される心配もなく、マニフェストなどというまやかしに立腹することもない、心安らかに眠れる世界であろう。死者を悼む気持の一端に「お気のどく」という想いがある。しかし、この世が来世より良いという証はない。また、死者にも「寿命が尽きただけのこと。同情などはゴメン」という人も多いことだろう。本句、そのような「死者を憐れむ」という浅薄な感傷を超えて、「死を嘆くことはない」という作者の死生観まで垣間見えて考えさせられる。自らの「嘘」に対しては《けさもまた虚偽のころもを身に纏う》がある。

坊さんの車は少しボロがいい

土居　耕花

洩れ聞くところによると、某花街には夜な夜な坊さんがベンツで乗り着けているとか。尾鰭のついた噂であろうが、不況に喘ぐ庶民から見ると檀家の多い寺は何やら裕福そうである。

本句、「僧侶たるものは貧窮に甘んじよ」などと差別的な考えを述べているわけではない。「お坊さんは質素なほうが似合うし、法話にも説得力があるのではないか」とか、「家計を遣り繰りしてお布施を出している私たちより、いい暮らしぶりはおかしいではないか」というような想いを漏らしただけ。昭和六十二年に発刊された句集「やっこ凧」には、《背のひくいお蔭でゼニをよく拾う》《サービスの日のパチンコでみなすられ》など、作者得意のユーモア吟多数あり。

すり切れたものばかりなり父の部屋

牧渕富喜子

まるで骨董屋の店先のように、灰色や茶系統の古ぼけたものばかり。他人から見ると、いや、実の娘から見てもゴミのようなものばかり。で、「掃除しましょう。要らないものは捨てますから、出してください」などと言おうものなら、「この部屋は構うな、俺がやる！」と機嫌が悪くなる。そのくせ、一向に片づける気配もなく、いつまでも乱雑なまま。長年働き続け、ようやく自由な時間を持てるようになった父にとって、いちばんこころ安らぐ場所が自分の部屋なのだろう。すり切れたものばかりだが、すべて思い出の品。誰にも干渉されたくないのだ。

父の部屋を冷静に分析した目は《なる程と聞いている間に貧富の差》と、世相にも的確。

父と並んで散髪をしてもらう

門脇かずお

作者の年代から推定すると父は老年であろう。若いパパと幼児であれば微笑ましいが、年老いた父と中年の息子が並んで散髪してもらっている光景は、何やら胸に沁みるものがある。

男女を問わず、思春期には父母を疎ましく感じるときがある。いわゆる反抗期というもの。その期間は人によって異なるが、世間の波に揉まれているうちに、慈しみ育ててくれた親の有り難さが分かってくる。ただ、その気持をどのように表すか？ 月に一度かふた月に一度ほど、馴染みの散髪屋さんへ一緒に行く、ただそれだけで立派な親孝行。父も嬉しいに違いない。

七音を上にした句姿、定型厳守派は不満かもしれないが、十七音の変形として認めたい。

暗い雨ふりそゝぐ日に生れしか

松本　芳味

生まれたときに降っていたであろう暗い雨が、ずっと我が身を離れない、という暗鬱たる想い。零落を気取っているのではなく、作者自身が「貧しさは執拗につきまとった」と述べているように、若くして骨の髄まで苦労した者の胸底に淀んでいる想い。このような重たい作品は、活力が満ちているときにはしっくりこないが、競争社会に倦み、来し方を振り返るひとときには、そくそくと胸に染み込んでくる。読者の状況や心情によって感興が違ってくる作品の典型。本句は、四十七歳で上梓した「難破船」に収録。他に《生きたいかひとえに秋刀魚やく母よ》《屍より影起きあがり立去れり》などの革新的な句を残し、昭和五十年に四十九歳で他界。

まだ雨の音する傘を折りたたむ

山下タツエ

蕭蕭と降り続く雨を背に、少しうつむいて傘のしずくを切っている姿が見える。雨の日には誰もが行う当然の所作ではあるが、こころを研ぎ澄ませていると、その何気ない行動からも一片の詩が生まれる。もちろん、折りたたんでいる傘から雨の音がすることはない。理屈に合わぬことである。が、感覚で捉えた句を理屈で分析するのは無意味。「解る、解らない」ではなく「感じる、感じない」で受け取るべき作品。

川柳は「知の文芸」とも称され、理が通じることを前提とし共感を重んじてきた。それは、前句付から流れ続けている川柳の血であり伝統であるが、本句のような感覚的な句が川柳の幅を広げていることも認めるべきであろう。

短冊に平和と書いて揺れる笹

鎌田　京子

戦争や内乱で殺し合うことがないように。飢えに苦しみながら死んでゆく子供がいないように。国籍の違いや身体のハンディキャップで差別を受ける人がいないように。地球上のすべての人々が楽しく笑顔で暮らせる世の中になるように。そのような数々の想いを一言に凝縮した「平和」である。余りにも重たいその願いを吊るされて、七夕の笹はたじろぎ揺れるだけ。もちろん、世界中の一人一人は、このような平和を願っている。だが、国家と国家になると、互いの不信感から軍備を増強し続けている。その膨大な軍事費を福祉に回せば平和が実現するであろうに…。万物の霊長も集団になると愚かしくなる。まことに歯痒く嘆かわしい。

教え子の乳房がふたつずつ笑う

江畑　哲男

薄着の季節になると、女性の胸のあたりが気になるのは男性たちが持って生まれた本能のせい。教師とて人の子、例外ではない。似た状況では、西東三鬼の俳句《おそるべき君らの乳房夏来る》が巷間に知られている。両句に共通するのは「異性に対するたじろぎ」であるが、いずれも男性特有の視線に加えて、「乳房」という言葉の露骨さを嫌悪する女性も多いことであろう。ただ、本句には女生徒たちの明るい笑顔があり青春賛歌の趣がある。その点、三鬼の句よりも少しは理解を得られるのではないか。

句文集「ぐりんてぃー」には《鼻ピアスほどの貧しき自己主張》《子を叱る貧しき語彙を恥じながら》など、教師の視線からの句多数あり。

敗けた国宮城道雄の琴が鳴る

柴田　午朗

一九四五年八月十五日正午、玉音放送はポツダム宣言受諾を発布。一九四一年十二月八日の真珠湾攻撃に始まった太平洋戦争は終わった。荒廃した街、疲弊した人々にラジオから流れてきたのは平和そのものの琴の音。その雅やかな調べは傷心の胸に沁みわたり、「リンゴの唄」と共に、多くの同胞に立ち上がる勇気を与えた。杜甫の五言律詩「春望」冒頭の「国敗れて山河あり」と相通じる想いの本句、二〇一〇年に百四歳で他界した午朗の代表作の一つ。そして、詠われている宮城道雄は一八九四年生まれ。八歳で失明、箏曲の道に入り十一歳で免許皆伝を得た天才箏曲師。一九二九年発表の名曲「春の海」は、新春を寿ぐＢＧＭとして馴染み深い。

かげろうに八月十五日が揺れる

大野　風柳

昭和二十年八月十五日は、封建的な大日本帝国が瓦解した日。兵士二百三十万人、民間人八十万人の尊い命が失われ、街は焦土と化した。これほどの惨禍をもたらしたものは何か？　歴史に「もしも」はないが、国民ひとりひとりがもっと賢明であれば、権威に対して「ノー」と言う勇気があれば、違った道が拓けていたかもしれない。八月十五日が巡りくるたびに広島の原爆ドームと焼け焦げた幼児の顔が浮かぶ。

もちろん、本句の「揺れる」は、過去に対する感慨だけではない。次代を担う若者たちに八月十五日をどのように伝えるべきか、戦争を合理化する動きが活発になりつつある国の将来を憂えての、極めて重たい「揺れる」である。

音もなく花火のあがる他所の町

前田 雀郎

雀郎は初心者のために「自句自註」と題して、作句時の背景などを述べた短文を残している。本句については「一夏、こどものため羽田の海岸に過ごしたことがある。そこでのある夜、何処とも知れず海の向こうに盛んに花火のあがるのを見た。しかも、音一つ聞こえぬのである。（後略）」と記し、その花火の下で楽しんでいるであろう多くの人たちと気持を繋げないことに、堪らない淋しさを覚えたと正直に述べている。

本句、情景を描写しているだけであるが、作者の心情がよく分かる。「淋しい」という想いを語らず、読者に淋しさを感じさせるのは、詠っている対象そのものが淋しさを持っているため。そして、それを摑むのは冷静な観察眼である。

どの顔も逃亡者なり炎天下

中野 六助

究極の競争社会に陥ってしまった現代に生きる私たちは、いつも何者かに追いかけられているような焦燥感に囚われている。炎暑の中、汗を拭いながら憔悴した目でそそくさと行く人たちの中には、借金取りから逃げ回っている人もいれば、厳しいノルマに追いかけられている人もいるであろう。しかし、大方の人たちの表情を曇らせているのは、油断すると炎天下のミミズになり果てる非情な社会から受ける圧迫感、逃げ場のない閉塞感、そして、未来に対する不安。「どの顔も敗北者なり」のほうがシリアスだが、それでは突き放し過ぎて救いがない。「逃亡者」によって、「私も同じ」という想いが含まれ、読者にも共感できる余裕が生まれている。

エノケンの笑ひにつゞく暗い明日

鶴　彬

本句は日中戦争が勃発した昭和十二年の作。他に《手と足をもいだ丸太にしてかへし》《万歳とあげて行った手を大陸へおいて来た》等の反戦川柳を発表。これらの作品が治安維持法違反として特高に検挙され、翌十三年獄中にて病死（享年二十九）。三年後の昭和十六年には日米開戦、同二十年には敗戦という悲惨な歴史を顧みると、本句が軍部台頭への批判であると共に「暗い明日」への警鐘であったことが分かる。

時事川柳は歳月を経ると理解不能になることがあるが、掲出の右三句のように時代の一端を摑んだ内容は、歴史の証人として末永く記憶される。「川柳界の多喜二」とも称される鶴彬。決して忘れてはならない大先輩の一人である。

フクロウの声で必ず知らせます

阪本　高士

誰に言っているのか、何を知らせるのかは不明。そのことには触れず、読者の想像に委ねているが難解ではない。すなわち、「私が消え去っても、いつか必ず戻ってきます。そして、フクロウの声で、ここにいるよと知らせます」と言うのであろう。もちろん、愛しい人へ。

死後の世界を対象にした作品は珍しくはないが、その多くは、あの世への願望や想像。しかし本句は、自身をあの世に置いての想いであり極めて異色。現実離れした内容だが、嘘っぽくないのは「フクロウの声」という具象にある。フクロウの背景は森であり、夜の森は神秘的で恐ろしく、冥界に通じていると思わせる。このように、さまざまに想いを広げさせるのは作品の力。

平凡に生きて田舎の自由席

國米　和江

限られた人しか座れない特別席や指定席には、羨望や好奇の目が注がれる。それは、自尊心をくすぐってくれるかもしれないが、それだけのこと。いわば自己満足に過ぎない。そのような席は、周囲の思惑に気を遣いながら本音を押し殺し、常に体面を繕っていなければならない。一方、誰からも注目されない自由席は、まさに自由そのもの。起床時間も就寝時間も、畑の草取りも小旅行も、すべて、誰からの束縛も受けずにマイペースでのびのび。まさにこの世の極楽、理想的な暮らしである。この「田舎」、作者はひなびた土地柄を言っているのであろうが、主流から離れた境遇の比喩と解釈すると、都会の人にも相通じる「田舎の自由席」である。

山姥の姿で畑から帰る

森下よりこ

ヤマンバ或いはヤマウバ。「深山に住み、怪力を発揮するなどと考えられている伝説的な女」とは広辞苑の記述。能楽の「山姥」は、妄執を持ちながらも山の精霊として表現されているが、伝説の多くは山で迷った人を誘って食い殺すという恐ろしいもの。その姿も、ざんばら髪にボロボロの衣服と、凄まじく描かれている。同じように、着古したよれよれの作業着にモンペ。破れかけた麦わら帽子の横から垂れているのは色褪せた手ぬぐい。夏草と闘って疲れ果てた顔でとぼとぼ帰る姿は、どこから見ても山姥である。と、これは他人を言っているのではなく、作者自身が己が姿を客観的に見ての自嘲。ユーモアの中でも最高の味は自嘲にある。

なんぼでもあるぞと滝の水はおち

前田　伍健

滝を見て想うことは人それぞれ異なるが、このようなことを考えた人は稀だろう。擬人法が成功するか否かは、作者が本当にそのように感じたかどうか、そして、その発想が斬新であるかどうかによる。本句、ニヤリとさせられるだけではなく、晴天続きでも滝の水が枯れない大自然の力をも考えさせられて興味深い。

「♪野球するなら」の野球拳は、伍健が即興で踊ったものが最初であり、伝えられている作詞も伍健。「美しい辞句、巧妙な表現よりも真実の叫びに尊さがある」など、遺した言葉多数あり。昭和三十五年、七十二歳で死去。その遺徳を偲び、「伍健まつり川柳大会」（愛媛県川柳文化連盟主催）が毎年二月に開催されている。

三尺の机広大無辺なり

村田　周魚

尺貫法が廃止されたのは昭和三十四年。馴染みのない世代に説明を加えると、一尺は30・3㎝。「三尺の机」とは長辺が約91㎝。大人用にしては少し小さい。机は質素であっても、そこから広がる空間に制約はない。他人に成り切る詠い方、すなわち「成りすまし」は感心しないが、雲に乗って空を飛び、魚になって海に潜り、魂を自由自在に遊ばせ、独自の見解を吐露するのは痛快。日常茶飯事から宇宙の果てまで、まさに川柳の世界は広大無辺である。

代表句は《二合では多いと二合飲んで寝る》《盃を挙げて天下は廻りもち》など。大正九年「川柳きやり吟社」創立に参加。昭和九年に同吟社主幹。昭和四十二年、七十八歳で死去。

のろのろとあいうえおから生きてきた

村井　規子

誰しも、母親の胎内から出たときが人生の始まりではあるが、その出発点から「ものごころがつくまで」の五～六年ほどは、振り返ってみてもほとんど記憶がない。となれば、実際に「生きてきた」と思えるのは、「あいうえお」や「1たす1」等のルールを教えられ、悔しさや哀しさを知った小学校一年生の頃からのこと。

そして、生きてきた道は平坦であったのか、それとも険しかったのか。また、常に他人より先んじてスイスイと来たのか、後塵を拝してきたのかは人それぞれであり、それが個性。作者は「のろのろ」と来たのだという。スイスイ進むのが「のろのろ」よりも上等ではない。いかに充実した時間を過ごしてきたかが肝要。

お金より好きだと言える人いない

荻野　圭子

比較できないもの、いや、比較してはならないものを強引に比べたおもしろさ。ジョークのようにみせながら、しっかり本音が含まれているためにブラック・ユーモアの趣あり。

昔も今も、給料前になると金欠でピーピー言っている若者たち。しかし、自分を貧しいと思ったこともなく、「愛さえあれば…」などと純粋でいることができるのも若者の強み。しかし、そのような清々しい季節も長くは続かない。中年あたりから快適な暮らしや贅沢の味を覚え、次第に金の力や恐ろしさが分かってくる。そして、理想と現実のせめぎ合いに鍛えられ、現実が勝ってしまった本句にも、「正直すぎるんじゃないの!」と余裕を持って苦笑できるようになる。

無い筈はないひきだしを持って来い

西田　當百

会話体川柳の元祖とも見本とも言える一句。「無い筈はない」という断定。自分は動かず「ひきだしを持って来い」という横着な態度。強い口調の二つの言葉から、作者と奥さまであろう相手との力関係が分かる。ひきだしを持ってきて見つかれば「それ見ろ！」と大威張りだが、無ければどのように弁解するのか。最近の草食系男子には理解できないほどの亭主関白ぶりだが、戦争に負けるまではどこにでもいた。

大正二年岸本水府等と共に「番傘」を創刊。同五年娘の結婚を機に引退し運営を水府に委ねたが後に顧問として迎えられる。昭和十九年七十三歳で他界。同三十四年法善寺横丁に句碑《上燗屋ヘイ〳〵と逆らはず》が建立される。

なつかしいことはなんだかはずかしい

徳永　政二

一読して「ほう、はずかしいだろうか？」と、過ぎ去ったことを振り返らせる。このように、言葉では表現しにくいこころの動きや、すぐに消え去って「何を感じたか」さえ分からなくなってしまう些細な想いを掬い取るには、静かな空間と時間、そして繊細な感覚が要る。

本句、写真（藤田めぐみ）とのコラボ句集「カーブ」に収録されている。他に、《かなしみはつながっているカーブする》《こころとはどんなものかと階段を》《よくわかりました静かに閉める窓》等あり。いずれも、ひとときの読者自身のこころを振り返らせる力がある。それは、徳永政二が長年の創作を通じて「こころを見詰める」ことを丁寧に積み重ねてきた成果である。

柿よ熟すなもう村はないのだよ

吉田　成一

枝いっぱいに実をつけても、それを喜ぶ子供も村人もいない、いわゆる「廃村」。特に「学校跡を有する廃村」だけでも、全国に千カ所以上ある。近年、そのような所を訪ねる人が増えつつあるとのこと。廃村が持つ寂しさや侘びしさの中に身を置くことは、喧騒の街で疲れた人の癒しになるのだろう。また「自分の現在地」や「これからの生き方」等を考え直す機会になるのかもしれない。しかし、それはあくまでも旅人としてのひとときの感傷にすぎない。その村に生まれ育ち、其処ここに思い出がぎっしり詰まっている人の「痛切な想い」とは程遠い。

福島の原発事故によって帰宅困難地域に指定された町村も廃村になる運命であろうか。

さてどこへ片づけたのか日章旗

堀　正和

文化の日ぐらいは日の丸を、と気まぐれに思いついたが、さてどこに仕舞い込んだのだろう？　この前に取り出したのはいつだったのか、それさえ思い出せないほどのご無沙汰。生真面目な人から「不謹慎な！」と叱られそう。

たしかに、オリンピックのときだけもてはやされる日の丸というのも寂しく、「もっと愛国心を」という声も分からないわけではない。しかし、そのような道筋を強制すると、過激に傾く輩が現れるのは必定。国旗を粗末に扱った者は不敬罪で逮捕、などという恐ろしい時代に逆戻りするのは真っ平ごめん。思想や信教の自由が保障されている現代、本句のような「いいかげん」を笑って許される鷹揚さがありがたい。

秋風の中で乞食に拝まれる

須崎　豆秋

現在、放送業界や出版業界では「乞食」を差別用語として使用を自粛している。しかし、時代背景や文芸的価値を斟酌せず過去の作品のものまで否定するのは過剰規制であろう。

一読すれば分かるが、本句は物貰いの人を蔑んでいるのではない。「あなたは私を拝んでくれるが、私もあなたと同じように貧しいのだ」という想い。秋風に吹かれて佇んでいる二人はあくまでも対等。そのことを作者自身が身に沁みて感じなければこのような句は生まれない。

川柳塔の前身「川柳雑誌」にて活躍。軽妙な句風から「川柳界の一茶」と親しまれた。句集「ふるさと」には《三人が小便をしてわかれたり》など。昭和三十六年死去。六十八歳。

薬石の効なくついに灸をすえ

高橋千万子

薬石効なく死んだのかと思えば、まだ生きていて、最後の手段と「灸」をすえているのだという。誰もが知っている古い慣用語を頭に置いて読者の想いを誘導し、どんでん返しをくらわした、いわばパロディーのおもしろさ。女性作家には珍しくユーモア句を得意とした作者。昭和六十二年に上梓された句集「絵皿」には、他に《孝行の話を寄席で聞いてくる》《化粧品値切らず鰯値切るなり》など多数あり。

現代川柳は、「生とは、死とは」「人生とは」など、重たい命題が主流になりつつある。それは、大会の選者などがシリアスな句を高位に採ることも要因の一つだが、川柳の原点である軽みや諧謔性をもっと評価するべきであろう。

ボランティアさんかフリコメサギさんか
但見石花菜

優しく声をかけてくれる人を疑うのは失礼だが、本当に親切で言ってくれているのかペテン師なのか判断がつかない。このように疑念を持って慎重に向かえば大丈夫であろうが…。

最近のフリコメサギ等による被害額は二八〇億円を超えている。被害者の九割は六十歳以上。そして、その八割以上は女性とのこと。孫らしき声で「事故を起こしてしまった。お婆ちゃん助けて！」などと言われると狼狽して「私だけは大丈夫」という気構えなど吹っ飛んでしまうのだろう。また、自宅を訪問してくるペテン師は、服装から言葉遣いまで完璧に紳士淑女を演じている。「親切すぎるのではないか？」と感じたなら、本句を思い出して冷静に対処すべし。

ぶどうパン飛び出たぶどうから食べる
利光ナヲ子

ぶどうパンとは、パン生地にレーズン（干しぶどう）を練り込んだもの。パンの中のレーズンの位置は一定ではない。中のほうに潜っているものもあれば、表面に飛び出ているものもある。作者は、その、「飛び出たぶどうから食べる」というのである。難しいことや深遠なことは何一つ言っていない。ただそれだけのこと。ただそれだけのことではあるが、妙におもしろい。そのおもしろさを説明するのは至難だが、敢えて言えば「作為や自意識から解放されたときの、にんげんの自然な行動のおもしろさ」であろうか。このような句を評価せぬ人もいるが、解脱とも言える作句姿勢から生まれた句は「にんげんの可愛さ」まで表われていて秀逸。

ふる里の自慢は雪が降るばかり

堀口　塊人

「何もない所だが、雪だけはどこにも負けないほど降るぞ！」とヤケ気味な自慢。塊人の故郷は福井県大飯郡高浜町。高浜町は沿岸性の気候であり降雪量も山岳地帯ほどではない。が、働きに出た先の大阪人たちから見れば「北陸は雪深い所」であり、お国自慢となるとこのように開き直らざるを得なかったのであろう。

同じように、郷里を詠んだ作品では、《ふるさとのあのポストから来た手紙》がある。なつかしい人からの便りを手にしながら、その手紙が投函されたであろうポストのたたずまいや街角の様子を偲んでいる。その想いは深い。

日本川柳協会の結成に力を尽くし、昭和五十五年十二月十四日逝去。享年七十七。

鬼も蛇《じゃ》もおいでめされの味噌雑煮

時実　新子

寒風の吹き荒ぶ夜。あつあつの味噌雑煮を真ん中にして「敵や味方や細かいことを言うな、矢でも鉄砲でも持って来い！」の勢い。新子自身が自らの作句方法を「空中摑み取り」と述懐しているように、ポンポンと生まれ出た元気の良い句は、いずれも軽快なリズムを内蔵し理屈無用の小気味良さがある。持って生まれた感性に加え独創性を追求した賜物であろう。

女性の情念を率直に激しく表現した作風から川柳界の与謝野晶子と称されてはいるが、掲出句や《うそつきはお互いさまの手毬唄》《悪事完了　紙より白き月に逢う》のように、女々しさなど微塵もない清々しく屹立した気概こそ、川柳界に嵐を呼んだ新子の真骨頂である。

夜逃げした奴の話で盛り上がる

高瀬　霜石

「他人の不幸は蜜の味」であり格好の酒の肴。なぜ夜逃げするほどまでに深手を負ってしまったのか、不運な成り行きから「奴」の性格までをあげつらって哄笑。「ああ、おもしろかった。スッキリした」で終わってしまえば、本句は生まれない。他者の不運を肴にして笑っていた後味の悪さ。そのような身勝手な自分を客観的に見ての自嘲があってこその一句。誰しも似たような経験があるため、苦笑しながらも「私も同じようなもの」と身につまされ共感できる。

ただ、「自嘲の句」と理解せず、「非情な句」と受け止める人も皆無ではない。そのような誤解を恐れず、自分の身勝手さを晒せるのは精神的に成熟している人にしかできないこと。

蜘蛛の巣は払うが蜘蛛は殺さない

橋本征一路

自らの体内で作った糸を用い、根気良い巧みな作業の連続で完成させた芸術作品のような網。蜘蛛たちにとっては生きていく術であり、これがなくては餌を得ることも出来ない。

だが、我々人間にとっては厄介もの。軒下や鴨居にかかった蜘蛛の巣は、いかにも貧乏臭くて放置できず、申し訳なく思いながらも撤去しなければならない。けれども、蜘蛛までは殺さない、と言うのである。蜘蛛を殺すのはゴキブリよりも簡単だが、叩き潰すのを躊躇させるのは、殺生を嫌う気持ちもあろうが、「大切な巣を壊した」という後ろめたさもあるのだろう。いわば、心の痛みを和らげるためでもある。本句もまた、身勝手さを自省しての自嘲。

メリケン粉つけても海老はまだ動く

高橋　散二

メリケン粉とは小麦粉のこと。海老にとっては最悪の事態。断末魔の苦しみであろうが、にんげんにとっては食事の段取りにすぎない。このようなことは日常茶飯事、誰もが慣れてしまって憐憫の情にとらわれることもない。だが、改めて言われてみれば、おかしみと同時に、無力な生き物たちの哀れさや私たちの所業の罪深さまで考えさせられる。それは、対象を冷静に見詰め正確に表現したリアリズムの力。

番傘幹部としても活躍した散二、「川柳雑誌（後の川柳塔）」の須崎豆秋、「ふあうすと」の延原句沙彌と共に「ユーモア作家三羽烏」とも呼ばれ《琵琶湖からモロコ一匹釣り上げる》などあり。昭和四十六年逝去、六十二歳。

わが影を置いて見ている山の地図

渡邊　蓮夫

山好きにとっては、山に登っている間だけが充実した時間ではない。次の計画を立てながら用具を手入れし、地形図を広げるひとときが無上の楽しみ。ベテランともなれば、初めての山であっても等高線の状況を見るだけで、山容が浮かび上がり登山道が想定できる。山を愛し、「山の雨」や「チングルマ」と題した連作を残した蓮夫もまた「山の地図」を眺めながら、地図上に我が姿を重ねていたのであろう。

他には《山を下りて鉱物質な街の風》《ピッケルも錆びて遥かな山となり》など。川柳研究社代表を務めながら、昭和五十三年より毎日新聞全国版に「まいにち川柳」欄を開設。多くの川柳作家を育てた。平成十年逝去、七十八歳。

はじまりもおわりも勾玉のかたち

八上　桐子

勾玉（まがたま）の語源は、「曲がっている玉」から来ているという説が有力だが、何を表しているかは諸説あり謎のまま。その中の一つに「胎児の形を模した」という説がある。たしかに、胎児もそのようではあるが、嬰児が眠るポーズもまた勾玉そのもの。両手を胸に合わせ丸くなっている姿勢は、これから始まる未知の世界から身を守ろうとしているかのようである。

このような「はじまりのかたち」は、誰しも覚えてはいないが、いずれは直面するであろう「おわりのかたち」は、病に臥せた経験から想像できる。死に瀕しての苦痛と恐怖で海老のように身体を折り曲げウンウン唸っている、まことに恐ろしい「勾玉のかたち」である。

もう少し生きて悪夢を見続ける

藏内　明子

この世のことを言い表わす言葉は数多ある。一般的な「浮世」は、仏教的な厭世感である「憂き世」から転じたものであり、他に「苦界」「濁世」「穢土」「娑婆」「火宅」「下界」等々。いずれも仏教用語であり、「苦しみが多く忍耐すべき世界」を意味しているのは共通である。

本句も同様に、「この世は忍耐すべき世界」だと言っているが、「この世そのものが悪夢」だという表現に独自性がある。たしかに、昨今の世界は悪夢を見ているかの如き有様。そのことを思えば、「死は苦しみからの解放」であり、「死は厭うものではない」という哲学に通じる。そのような「歓迎すべき死」が訪れるまで、もう少し悪夢に耐え続けなければならない。

ひとすじの春は障子の破れから

三條東洋樹

早春の朝、まだ薄暗い部屋。目を覚ましたばかりの枕の向こう、障子の破れからほのかな光。そのような静かな様子が浮かんでくる。春のきざしは路傍の草花や陽の光、風の匂いや鳥のさえずりなどから感じられるが、その変化は微妙。雑事に追われているときには意識の外の世界であり、感慨にふけることもない。目覚めたばかりの澄んだ感覚だからこそ捉えることができた「ひとすじの春」である。

春の句では他に《世は春の記事に囲まれ少女の死》がある。身辺描写ではなく世間に目を向けているが、新聞記事を読む目は障子の破れを見詰めた冷静さと同じ。昭和三十二年「時の川柳社」創立。同五十八年没、七十七歳。

杖曳けば悪鬼の相のすでになし

今井鴨平

若い頃は威勢がよくて恐いものなし。「敵は幾万ありとても」と、鬼神のごとく突っ走っていたが…。歳を重ねるごとに角が削られ、言動も穏やかになり善良な市民となり果てた。それは、人の老いゆく様であり当然のことだとは分かっている。が、恐いもの知らずであった勢いを失った悔いや、好々爺に甘んじたくない抵抗心も燻っている。その屈折した感情こそ、高齢になっても衰えることのない創作意欲の源。

本句、作者晩年の自画像だが、謡曲の一節を思わせる凛とした詠い方は翁の端正な姿を彷彿とさせて味わい深い。昭和三十九年没。享年六十六は現在では若過ぎるが、五十年前の男性平均寿命と同じ。思えば隔世の感あり。

白馬《はくば》から降りればただの甲斐性《かいしょ》なし

川村 百代

もちろん、ご亭主のことを言っておられるのだが、男性諸兄は痛いところを突かれて苦笑させられたのではないか。一方、奥さまがたは「よくぞ言ってくださった！」と拍手喝采か。

しかし、結婚するまで「白馬の騎士」だと思っていたのは乙女チックな妄想。大いなる誤解である。そのことを棚に上げて、男性にとっては最大の侮辱である「甲斐性なし」とはあまりにもひどすぎるではないか…。と、反論したいが、大胆で大袈裟な表現には笑うしかない。

「かいしょうなし」と読めば六音で座りが悪くなるが「かいしょなし」で五音。これは関西方面での言い方であるが、「話し言葉」になるとかなり一般的になり、無理なルビではない。

悪口は充分言ったまたあした

近藤 朋子

買物帰りの立ち話か、親しい仲間との昼食会か。悪口の対象は、飲兵衛の亭主のことから口うるさい姑のこと。頼りない教師から横柄なＰＴＡ役員。出しゃばりの婦人会会長からゴマスリの下っ端役員。果ては、歩くのに疲れる巨大マーケットまで際限なし。口もくたびれ笑い疲れて「じゃあ、またね！」とバイバイ。

多かれ少なかれ誰もが経験していること。悪口によってモヤモヤが晴れるなら無駄な時間でもなく、会話の熱が冷めると「後ろめたさ」を感じるのは健全な証拠。身勝手な自分を省みての自嘲の一句だが、「充分言った」にもかかわらず「またあした」という偽悪的な表現がおもしろく、我が姿を見るようで苦笑させられる。

夜遊びの企み桜三分咲き

藤島　茶六

類は友を呼ぶ。酒飲みは酒飲みを呼んで良からぬ企み、と言ってもせいぜい「花見の打ち合わせ」そして「二次会の段取り」ぐらいだろう。折しも桜は三分咲き、厳しい冬に萎んでいたこころも身体も、暖かい日差しにほぐれてのびのび。ようやく最高の季節の到来である。

旅行でも同じだが、あれこれと計画しているときが、想像も膨らんでいちばん楽しいひととき。もちろん、その楽しさも気の合った仲間がいるおかげ。人それぞれかけがえのない「たからもの」はあるが、夜遊びの打ち合わせができる仲間もまた、得難い貴重な財産である。

茶六は、当初「ちゃろく」だったが後年「さろく」に改め、昭和六十三年没。八十七歳。

どこからか人湧いてきて春ですね

木本　朱夏

厳しい冬の間はゴーストタウンのように人通りが絶えていた街角。陽気に誘われたのか、あちこちで「春ですね～」「いい季節になりましたね～」と明るい声。「人集まってきて」でも情景は見えるがいささか平凡。まるで虫のように「湧いてきて」がおもしろく、花の下をそぞろ歩きする人たちの様子まで想像が広がる。

季節の移ろいを描いた作品では、他に《神さまがくすぐったので山笑う》がある。「山笑う」とは、草木が萌え始めた明るい山の形容であり、俳句における春の季語。この季語を使った句は珍しくはないが、なぜ笑ったのかを分析しているのは稀。「神さまがくすぐったので」という思いがけない断定はスケールが大きく秀逸。

孤独死に寄り添っている魔法瓶

濱山　哲也

右は、川柳展望社主催の「第十回現代川柳大賞」の「大賞」を受賞した十句の内の一句。一人暮らしの人が誰にも看取られずに亡くなる孤独死。最近は孤立死と呼ばれるケースもあるが、残念ながら、高齢化社会への移行と同時に進む核家族化によって増え続けている。本句、ルポルタージュ形式だが、創作だとしても「寄り添っていたのは魔法瓶だけ」という死者への想いは深く、真実味を持って迫ってくる。また、作者は意図していないだろうが、「魔法瓶」という古い言葉が現実感を醸している。

擬人法では他に《嵐の夜とうとう家を出たバケツ》もあるが、掲出句と同じように、物体を見据え想いを重ねる手法は冴えている。

更年期大きなパンツはいている

神野きっこ

ホルモンのバランスの乱れから生じる更年期障害。その症状では、動悸・腹痛・微熱・肩こり・不眠・めまい・そして、自律神経失調による冷えやのぼせ等々さまざま。本句から推定すると作者は冷え症になったのかもしれない。いや、この「大きなパンツ」は、サイズを指しているだけではなく、さまざまな症状からゆったり我が身をガードするという想い。そして、若者向けの可愛いショーツからは卒業。「実用第一」という意味も含めてのことであろう。

近年の作では、《惜しまれて死んでも棺桶はひとつ》もあるが、これは愛娘の死を受けての慟哭の一句。真実の想いを率直且つ大胆に述べる勇気は掲出作と同じであり、作者の持ち味。

校門を出ると一年生走る

黒川　紫香

片時もじっとしてはおれないエネルギーのかたまりのような子供たち。背中のランドセルを揺すりながら校門から飛び出したあとは一目散に我が家へ。「ただいま～」「お帰りなさ～い」という明るい声まで聞こえてきそうである。

しかし、集団での登下校が増えつつある現在、このようなほほえましい光景もだんだん見られなくなってきた。歩道と車道の区別のない道や、狭くて見通しが悪い道など「危ない通学路」が全国に六万箇所もあるという現実。加えて、子供を狙う犯罪の増加などを考えると、残念ではあるが、学童たちの行動を制約する措置もやむを得ないことかもしれない。川柳塔社の相談役を長年務め、平成十八年逝去、九十九歳。

決められた薬飲まない母叱る

天根　夢草

母の日が近づくたびに思い出す一句。離れて暮らす母への電話であろうか。「変わりないですか？」という問いかけに、「元気よ～、今朝も薬を飲み忘れたぐらい…」という明るい声。薬を飲み忘れるのは、痛いとか苦しいという状況ではないということ。取り敢えずは心配ないということ。だが、いつまでも達者でいてほしいという気持が「ダメやね～、ちゃんと飲まんと！」というキツイ言葉になってしまう。もちろん、母としても、自分の身体を気遣ってくれての苦言だということは充分に分かっている。

親が子を、子が親を思い遣るのは当然のことであるが、暮らしに追われてその余裕さえ失くしている若者が多いのは嘆かわしい限り。

見送りの母バンザイを繰り返す

松原　未湖

駅までの道では「身体に気をつけてね。無理したらダメよ！」とか「都会には悪い人が多いから、騙されんようにね！」等とあれこれ注意していたのだろう。だが、列車が発車する段になると、万感胸に迫って何も言えない。周囲の目も気にせず、ぎこちなく両手を挙げて「バンザイ！」を繰り返すだけ。「お母さん、恥ずかしいからもうやめて…」と思うのだが、母のこころを想うと涙があふれて声にならない。

この「バンザイ！」は、我が子への精一杯のエールであるが、「元気でいるように！　しあわせになるように！」という願いであり「この子を守ってください！」という切実な祈りでもある。まことに、母とは有り難いものである。

春風とセブンイレブンまでの旅

工藤千代子

旅人になるには条件も資格も不要。「何でも見てやろう！」という好奇心と、「何に出会えるのか？」という期待感さえあれば、いつでも誰でも旅人。たとえコンビニまでの短い散歩道であっても、その好奇心と期待感を持ってワクワク歩めば、バス旅行にも負けない立派な旅。

広辞苑にも「古くは、必ずしも遠い土地に行くことに限らず、住居を離れることをすべて『たび』と言った」とある。交通手段がなく、さまざまな迷信に満ちていた昔は、隣の村へ行くだけでも冒険のように感じたのだろう。そのような「見えないものを畏れる、小さなことに感動するこころ」こそ現代人が失いつつあるもの。春風に吹かれリフレッシュして取り戻そう。

芋粥も食った一途な恋もした

江原とみお

芋粥を飽きるほど食べてみたい、と洩らしたのは芥川龍之介の短編小説「芋粥」の主人公。だが、本句の芋粥は「粗食」を象徴的に言ったものであろう。さまざまな苦労を重ね、貧しい食事にも耐えてきた。しかし、人並に純粋な恋もした、と来し方を振り返っての感慨。

作者自身が「放浪は天性である。どうしようもない業である」と述懐しているが、晩年は妻の郷里に戻って作句に専念した。《ボヘミアンの僕にからまる豆の蔓》は、老年になっても断ち切り難い放浪への憧れと、ようやく落ち着いた家庭との間で揺れ動く想いを描いて秀逸。

平成八年逝去、八十歳。掲出句は友人たちが協力して発刊した遺作集「居酒屋」に収録。

梅漬ける少しこころを病んだ子と

渡辺　梢

小鳥のさえずりが聞こえる縁側であろうか、母と子が黙って一粒ずつ梅を選っている。世間から切り離された二人だけの静かでしあわせなひととき。母としては、このままずっとこの穏やかな空間の中で見守ってやりたいが…。

こころを病む子供は純粋でやさしい子が多い。厳しい競争社会に適応できないのだろう。楽しいはずの学校へ行けなくなった不登校生は小中学校で十二万人にもなる。その中にはいじめによってこころを病んでしまった子も少なくないだろう。親として、愛しい我が子が友達や学校に馴染めず塞いでいるのを見るほど辛いことはない。切なさや哀しさを訴える言葉は一言もないが、その心情は切々と伝わってくる。

大方の人は静かに生きている

木村　彦二

いわゆる「世間を騒がせる」という言葉はあまりいい意味では使われていない。警察沙汰とか裁判沙汰など、好ましくないことに対して用いられている。本句の「静かに生きている」は、そのような「世間を騒がせるようなことはしていない」という意味に加えて、「華やかな脚光を浴びるようなこともない」ということ。たしかに、ほとんどの人は泥棒や放火をすることもなく、ナイフを持って暴れることもない。また、ノーベル賞や国民栄誉賞を受賞することもない。規則正しくつつましく暮らしている。至極当然のことを述べているだけであるが、「大方の人は」という緩い括り方と「静かに生きている」が妙なおもしろさを醸している。

ヘイタクシー明るい星へ行きましょう

芳賀　博子

新聞を読んでもテレビを見ても、気の塞がるような暗いニュースばかり。「もうやってられないよ!」と背負い投げを食らわした一句。最近増えつつある「会話体川柳」であるが、友人や家族への語りかけではなく、見ず知らずのタクシーの運転手に対する呼びかけの形にしているのが異色。本句をそのまま実行したい誘惑に駆られるがシラフでは無理。宴会からの帰途にでも言い放てば受けるだろう。ただし、ユーモアの分かる運転手でなければならないが…。

平成十五年発刊の句集「移動遊園地」には、《はやいとこずらかんなくちゃ恋になる》《老けたって聞いたが**君**は**君**だろう》など、持ち味である肝の据わったユーモア句が多々あり。

朝顔のつる鉄窓へ伸びてやれ

森田　一二

大正六年のロシア革命以後、我が国にも左翼思想が広がり、反体制運動が激しくなっていった。かの悪名高い「治安維持法」は大正十四年に公布されているが、危機感を抱いた政府は、昭和三年に最高刑を死刑に変更。適用範囲も大幅に広げ、社会主義者への弾圧を強めた。

柳誌「新生」主宰であり川柳革新運動の先駆者であった一二（かつじ）もマルキスト。鶴彬など社会主義を信奉した川柳作家達に影響を与えた。捕えられた同志への想いを朝顔に託した掲出の句は昭和四年の作。背景には前述のような暗い時代の流れがある。他に《新しき花がロシアに咲き乱れ》《標的になれと召集状が来る》など。昭和五十四年死去。八十六歳。

鯵一尾　貴公子然と売れ残り

谷垣　史好

身体の横にあるギザギザ（稜鱗）が特徴の鯵。味も良いが姿形も美しい。小鯵は一盛にされて売られているが、本句の場合は一尾ずつの大きなものであろう。売れ残っても悪びれず、昂然と胸を張っている端正な姿を、「貴公子然」と描写したのはまことに的確。直喩では「…のように」や「…ごとし」などが一般的だが、「…然」は稀であり、凛々しさを醸し出している。ただ、この「見つけ」は魚を縦に並べて売っている関西在住であればこそ。関東の横並べでは、いかに美しい鯵でも貴公子にはならない。

魚を詠ったものでは他に《活け造り鯛は死ぬほど恥ずかしい》や《ほしがれいとことん搾取された貌》などあり。平成五年死去。六十八歳。

節電の街やわらかく息をする

赤松ますみ

東日本大震災以後、求められている「節電」。文字通り電力を節約することだが、今では「これからの生き方」を象徴する言葉のようにも思える。すなわち、消費は美徳の時代は過ぎ去ったということ。人智の及ばぬことに対して謙虚になろうということ。そして、傷ついた人たちを思い遣り、こころを繋ぎ合おうという呼びかけ。そのような想いで眺めると、街の灯りも優しく柔らかく息づいているように見える。

街を構成するのは民家やビル、信号機やネオンサインなど雑多な物体。だが、その無機質な街に血を通わせているのは私たちにんげん。そして、その街が「生きている」と感じるのは、街や人を愛しく想うこころに他ならない。

かすり傷だった人だかりが消える

松永　千秋

身辺で事故や事件が生じると「何があったか知りたい」と思うのは好奇心。「状況が分からないと不安」は自衛本能。「対岸の火事は大きいほど面白い」という身勝手さも同じ。いずれも、強弱の差はあるが誰もが持ち合せている。掲出句の場合は、車と自転車の接触事故か。状況が分かれば好奇心も満たされ、「大ごとでなくて良かった」という安堵感と、いささかの期待外れ感を持って野次馬たちは日常へ戻る。

個人の行動も面白いが、群衆の動きを観察することによって、日頃は見逃している特異な習性を見つけることができる。このようにして突きつけられた事実は、読む者に「私も同じ」と自らを省みて苦笑させる力を持っている。

賠償のせめても富士が残されて

石原青竜刀

ポツダム宣言を無条件で受諾し、連合国に降伏した我が国が、今後どのようになるのか、当時の国民には想像もつかなかっただろう。占領軍最高司令部（ＧＨＱ）が次々と打ち出す、「非軍事化」や「公職追放」、そして「言論統制」等々の政策から、「アメリカの植民地になるのではないか」と危惧した人も多かったに違いない。敗戦国の無力な有様を皮肉った掲出句も、「占領軍批判」と判断され掲載禁止を食らっている。

代表句の《神武以来食えぬ人あり放っとかれ》は、昭和三十二年の作。朝鮮戦争の特需によって同二十九年～三十二年まで続いた大好況を「神武以来の景気」等と浮かれていた政府や経済界に対する痛烈な一矢。昭和五十四年死去。八十歳。

考える日にして黙す終戦日

野村　圭佑

太平洋戦争が終結したのは昭和二十年八月十五日。全国民にとって衝撃的な一日であったのは想像に難くない。しかし、その事実を理解できる年齢であった者と、理解できない幼児であった者とは、感慨に差があるのは当然。作者は三十六歳（明治四十二年生）の働き盛りであり、行く末を思って暗澹たる思いに囚われたのであろう。その暗く絶望的な想いは終生離れることなく、終戦記念日が訪れるたびに沈思黙考してしまうのだ。昭和四十五年より「川柳きやり吟社」主幹。同五十七年発刊の「川柳全集　野村圭佑」には、生業（絵具・和物卸商）から生まれた、《朱が責れてその朱の行方考える》や《仏像の絵具敦煌遥かなり》など珍しい作品あり。平成七年逝去。八十六歳。

わたくしが土に還ると咲くかぼちゃ

浜　知子

私たちが死んだ後はどのようになるのか。来世とはどのようなものなのかは誰にも分からない。肉体が滅びるのは理解できるとしても、「霊魂も消滅する」ということはどのような状態になるのか、それは想像もできないこと。魂だけは残って何かに生まれ変わるとか、風になって漂っていると考えたほうが安心できる。

掲出の句、「かぼちゃに生まれかわりたい」という願望ではなく、「生まれかわる」と言っている。その想いをそのまま述べると嘘っぽくなってしまうが、「かぼちゃの花」に託した詩的な表現によって、読者の胸にも素直に届く。「メロン」では川柳にならないが、「かぼちゃ」の素朴さと、あの黄色い花が醸し出す謙虚さが心地良い。

りこんしたそらよかったと皆が言い

木藤　明子

「そら」は「それは」から転じたもので、関西方面の言い方。関東では「そりゃ」であろうか。作者夫婦を知っている誰もが「お似合いではない」とか「すぐに別れそう」あるいは、「早く別れたほうがいい」等と思っていたのだろう。ご亭主がギャンブルに嵌り込んでいたとか、甲斐性なしの大酒呑みだったのかもしれない。離婚して祝福されているという状況もおかしいが、悲観して然るべき事態を少しも悪びれずカラリと詠っていて愉快。離婚で輝きを増すのは肉食系女子。萎んでしまうのは草食系男子。

「りこん」を「離婚」に、「言い」を「言う」に添削したい気もするが、やはり、元の句が持つパワーやムードを尊重するべきであろう。

キリストの握りこぼした闇を追う

高木夢二郎

そのまま読めばキリスト批判だが、この「キリスト」は神仏や人智の及ばない力を、「闇」は恵まれない境遇を抽象的に表現したもの。

いつの時代も、陽の当たらない闇で蠢く人がいる。それは自業自得の場合もあるが、多くの人は、抗えぬ運命に翻弄された結果のこと。苦しんでいる人を援けるのが神仏であれば、手を差し伸べてくれるはずだが、「握りこぼした」のか、それともそのようなものは最初から存在しないのか。ならば、私たち同胞が手を繋がなければならない。独力で教員資格を得て生涯を北海道の僻地教育に尽くした夢二郎。本句のヒューマニズムは、その苦闘に裏打ちされている。明治二十八年生まれ。昭和四十九年死去、七十九歳。

性感帯なくし　旅する老夫婦

礒野いさむ

かつて、男女の性愛を面白おかしく、或いは卑猥に詠っていた時代があった。現代川柳の歩みは、その「狂句百年の負債」を払拭する闘いの歴史でもある。しかし、「羹に懲りて膾を吹く」臆病さは、自由自在であるべき川柳の幅を狭める。人間の総てを対象とする文芸が、生物の根源である「性」を避けて通れないのは当然。

本句の「旅」は、具体的な旅行などではなく、いわゆる「人生の旅」と捉えなければ味がない。肉体的な結びつきがなくなったことを「性感帯なくし」と言ってのけたのは率直且つ大胆ではあるが、清々しく枯れた翁と媼を思わせて微笑ましい。人の世の味は、このような老境に至って、より一層深くなるのかもしれない。

赤ちゃんが生まれ疲れた声で泣く

真弓　明子

かわいそうな赤ちゃん。この世に生まれ出たばかりだというのに「もう疲れているのか…」と、笑ってしまった。お母さんのおなかの中で十カ月も待たされて疲れてしまったのか。あるいは、これから始まる長く厳しい人生の道のりを思ってウンザリしているのかもしれない。

もちろん、赤ん坊はそのようなことまで考えていない。作者が「これからが大変ですよ、ご苦労さま!」という想いで見ているからこそ、「疲れた声」と受け取ったのだ。そのユーモアを潜めた穿ちこそ川柳作家の目。そして、その想いの源にあるのは、泥濘の人生街道を越えてきた経験に他ならない。かつて時実新子が「川柳はオトナの文芸」と言った所以である。

孫が来てトルコ行進曲になる

西澤　知子

トルコ行進曲で有名なのはモーツァルトとベートーベンのもの。孫が来ていきなりキリキリ舞いになる状況を考えると、本句はモーツァルトのほうであろう。安田祥子・由紀さおり姉妹の「♪ティアラララルン　ティアラララルン」というオノマトペの歌詞でもお馴染みの曲。

直喩であれば「トルコ行進曲のようになる」だが、思い切って「のよう」を外した隠喩によっておもしろさが際立った。とかく、「孫の句はいただけない」と言われているが、それはどこかに自慢が臭うため。掲出句のように、自慢を抑えて日頃の実感を表現すると、上質のユーモア句になる。子や孫、兄弟や両親など、すべての家族や縁戚もまた川柳の重要な素材。

いつまでも基地あり画像ゆれにゆれ

岸本　吟一

太平洋戦争末期の昭和二十年三月二十六日、米軍を主体とする連合国軍は沖縄諸島に上陸。三カ月の戦闘による死者は両軍合わせ約二十万人。以来、沖縄は米軍に占領され、昭和四十七年の返還後も本島の二割近くを米軍基地が占有。その弊害は軍用機の騒音や墜落事故、米兵による犯罪、そして、実弾訓練による山林火災等々。この深刻な状況や沖縄県民の苦悩を、全国の人々はどれほど理解しているのであろうか？

吟一は岸本水府の長男であり映画プロデューサー。「画像ゆれにゆれ」は、映像と川柳に関わっていた作者ならではの表現。基地による電波障害という現実と同時に、揺れ動く沖縄の人々の心情をも訴えている。平成十九年死去。八十六歳。

喪主の席いもうと凛と泣いている

安土　理恵

泣くとか笑うという感情の発露は極めて自然であり、誰に遠慮をすることもない。しかしながら、理性をもって制御しなければならない場合もあるのが浮世。葬儀の主役は死者であるが、中心となる責任者は喪主であり、参列者を前にして取り乱すことはできない。「凛と泣いている」という簡潔明快な表現によって、しっかり背筋を伸ばし冷静な姿勢を保っていながらも、頬は涙に濡れているという様子が見えてくる。「凛と」が「慎まなければならない」という理性の為すところであり、「泣いている」のは抑え難い感情の為すところ。その健気な理性と、脆い感情との相克こそ、人の人たるところであり、愛しく美しいところではないか。

洞窟の中にはコウモリと詐欺師

加藤　鰹

夕暮れになればどこの街角でもヒラヒラ飛び交っていたコウモリ。最近は洞窟以外ではあまり見かけなくなった。一方、詐欺師たちは、都会のビルの一室という洞窟に潜んで「母さんたすけて!」などという電話を掛けまくっている。このような振り込め詐欺による被害は、ここ数年で二八〇億円を超えている。しかし、問題は金額の多寡よりも、彼らがゲーム感覚でやっていて罪の意識が極めて薄いこと。若い心を蝕む物質万能主義や拝金主義が恐ろしい。

いつの時代にも悪党はいるが、最近は長引く不況によって定職につけない若者が道を外れていく事例が多い。彼らを洞窟から引き出し明るい社会に復帰させるのも政治の力である。

十七音何と大きな海だろう

丸山あずさ

作者名がなくても多くの読者に感動をもたらすのが名作である。しかし、作者の暮らしぶりや作品が生まれた背景を知ることによって、より一層味わいが深くなる作品もある。

作者は二十六歳のときに多発性硬化症という難病により視力を失った。以来、人間嫌いに陥ったが、その絶望の底で出会ったのが川柳だったという。現在は盲導犬とふたり暮らし。東日本大震災のときも盲導犬に助けられたとのこと。「川柳は、自分を冷静に見つめる力をくれる」「荒れた心を制御してくれる」とは作者の言葉。自らを表現する手段を得た人は生涯それを手放すことはない。ハンディキャップはあっても、限りなく広い海で自由自在に泳げるのだ。

生き耐えてタンスが空になっている

笹本　英子

島根大学初の女性教授である溝上泰子は山村女性の地位向上に尽くし、英子をモデルとした「日本の底辺」を著した。序文に「英子さんの一生は厳しかった。それは『青春をたのしむように嫁き遅れ』にみられるように二十七歳で入った結婚生活にはじまる。（後略）」とある。

右の「青春を楽しむ」とは、二十四歳のときに知った川柳が主ではなかったか。以来、大阪の川柳界で活躍したが、島根の農家に嫁いでからは厳しい生活を強いられた。その逆境を支えたのが川柳であり、苦難の想いを優れた作品に昇華させた。昭和三十九年、五十四歳で脳溢血にて急逝。翌年に松江番傘川柳会が刊行した句集「土」には《首すじに伝う雨なりわがくらし》がある。

ぼんやりと聞いているしかないお経

奥　時雄

「読書百遍義自ずから見る（あらわる）」という言葉がある。しかし、「観自在菩薩　行深般若波羅蜜多時」で始まり、「羯諦羯諦　波羅羯諦　波羅僧羯諦　菩提薩婆訶　般若心経」で終わるお経の中でいちばん有名でポピュラーな「般若心経」でさえ、何度読んでも分からない。

これはサンスクリット語やパーリ語を聞き取ったままの音に漢字を当てたのだという。分からないのが当然であろう。最近は現代語に訳した経本もあるが、法事や葬儀の読経は相変わらず意味不明。穿った見方をすれば、「明確に分からないほうが深遠で有り難味がある」のだろう。しかし、仏教がそのようなものに頼って権威ぶっているならば、いずれ廃れるのは必定。

回覧板もう持って来ぬ隣の子

吉崎　柳歩

生まれたときから知っている隣の子。保育園児の頃から回覧板を持ってきてくれるようになった。母親の言いつけだろうが、幼児は喜んで親の手伝いをする。子供心にも「お母さんの役に立っている」ことが嬉しいのだろう。

このような素直さ可愛さもせいぜい小学校の高学年ぐらいまで。思春期を迎え自我が確立するようになると、親や大人たちとは距離を置くようになり反抗的になる。もちろん、「子供の使い」のようなことには応じない。やがて都会の大学に進学、そして就職。あれほど親しかった「隣の子」が遠い存在になってしまうのだ。本句、一読明快であるが、人と人の繋がりということまで考えさせられて味わい深い。

お金にはいつも大雑把でいたい

坂上のり子

ここで言う「大雑把」はルーズということではない。お金には縛られたくない。自由なこころでいたいということ。もちろん、毎月の経費の大枠は決めていて、その枠から出ないようにはしている。だが、個々の出費についてはいちいち細かく気にしたくないということ。

現代は端的に言えば消費社会。あらゆる嗜好品や贅沢品が溢れ欲望を刺激してくる。しかし、それらを得るために必要なものはお金であり、ともすれば金が価値観の中心になってしまう。チラシを見比べて一円でも安い方をと心を砕いている主婦から見れば羨ましい心境であろうが。このような大らかな発想が生まれる生活環境なのかもしれない。

十二月八日の悔いは父一人

亀山　恭太

毎年巡り来る「十二月八日」に、特別の想いを抱かない人が増えてきた。何の日か知らない若者も多いことだろう。もちろん、本句の当日は昭和十六年。日本軍がハワイの真珠湾を攻撃し、太平洋戦争が始まった日。以来三年九カ月の凄惨な戦いは、長崎と広島への原爆投下を受けた日本の無条件降伏で終結に至った。

確かに、兵士や市民の別なく殺戮する核兵器は非人道的である。だが、その根っ子の「十二月八日」を忘れて、被害者意識だけを訴えても説得力はない。そもそも、非人道的ではない兵器などはない。「十二月八日」は、「戦争は最大の愚行である」こと「戦争の恐ろしさ」を、子供たちに伝える日としなければならない。

死ぬ前にしておくことが多すぎる

前田　咲二

まず、机の上や抽斗の中を整理しておきたい。本箱や箪笥の不要品を捨ててスッキリしておきたい。遺産分けや形見分け等の遺言を書いておきたい。世話になった人たちにお礼の言葉を遺しておきたい。後世に残る名作を作っておきたい等々、ざっと考えただけでもいっぱい。「そのような面倒なことをするぐらいなら、元気を出して生きていくほうがいい」というニュアンスも含めての「多すぎる」であろう。

「やるべきことがいっぱいある。まだまだ死ねない」と「もう何もすることがない。いつ死んでも構わない」という意識の差は、必ず生命力の差となって表れる。近詠《天国より地獄の花が美しい》は、並の老人ではない証し。

子よ孫ようちに産まれて幸せか

福西　茶子

男女の性差が薄れている現代、男句とか女句などと分けることにそれほどの意義はない。が、敢えて分けると、本句は女性特有の優しさから生まれた女句。男性にとって「家庭を守る」ことは、餌を運ぶ親鳥のように金を稼いでくるということ。「財政の基盤は守るが、幸せは自分の手で摑め」という意識が強い。一方、女性にとって「家庭を守る」ことは、雛を慈しみ育てるように、居心地のいい家庭を作ること。

そのような意味で、本句は子や孫への問いかけになっているが、家庭を守る立場として「充分であったか」との自省がある。もちろん、男性としても「家庭を軽んじてきた」という反省はあり、その点では大いに共感できる。

寅さんも飛び出して来る3D

藤田　武人

3DのDは「dimension（次元）」の略。2次元は縦と横の平面の世界。3次元は2次元に高さが加わった立体的な現実の世界。そして、3D映像は左眼と右眼の「見る角度の差（視差）」を利用して立体的に見せる技法。

映像技術はモノクロからカラーへ、そして3Dへと進化してきた。しかし、いくら技術が発達しても物珍しさとか驚かせるだけでは飽きられてしまう。映画は原作・演出・演技・照明・撮影等々を合わせた総合芸術。心に残る名作は決して技術だけで生まれるものではなく、何でも飛び出したら良いというものでもない。

では、本句の「フーテンの寅さん」は？　やっぱり、飛び出すのは遠慮してほしい。

元旦の鏡へ鼻などをうつす

尾藤　三柳

元旦とは元日の朝のこと。元旦といえども太陽は東から昇り、鏡の顔は相変わらず。いつもと同じ朝ではあるが、何やら落ちつかないのは、マスメディアが演出している「非日常」の所為。テレビでは「めでたい、めでたい！」の馬鹿騒ぎばかり。新聞は「読めるのなら読んでみろ！」とでも言うように特集記事がどっさり。正月元旦は、無事に新しい年を迎えられたことを寿ぎ、これからの一年を想う特別な日であることは承知している。だが、それは、ひとりで静かに向かい合いたいこと。他者から押しつけられている軽薄なムードに乗せられて浮つくほど青くはない。「無聊」を絵に描いたような描写に共感するご同輩も多いことだろう。

戦績を付けて碁敵から賀状

坂上　淳司

もちろん、敵のほうが勝っているのだ。苦笑する顔を思い浮かべながら書いたであろうご丁重な賀状。悔しいが苦笑するしかない。

「碁敵は憎さも憎し懐かしし」というのは、落語の「笠碁」でマクラに使われている古川柳。たしかに、負けると悔しくて「この野郎！」と憎らしく思うが、しばらくするとまたやりたくなる。これは囲碁に限ったことではなく、将棋や麻雀など勝負事すべて同じ。当然のことながら、気心が知れた良い仲間なればこそ。

それにしても、賀状に昨年の戦績を付けて闘争心を煽ってくるとは、敵もユーモアの分かるあっぱれな御仁ではないか。今年は「倍返し！」できるように発奮しなければならない。

百通り泣いて転んだからポパイ

きさらぎ彼句吾

レイモンド・チャンドラーは、自らが生みだした私立探偵「フィリップ・マーロウ」を通じて数々の名言を述べている。本句を一読して思い出したのは、「タフでなければ生きて行けない。優しくなければ生きている資格がない」という有名な台詞。「百通り泣いた」のは純真で優しいためであり、それにくじけず、いや、その逆境のおかげで「ポパイ」のように逞しくなったのは、芯に強さを秘めていたからであろう。

繊細な人にとって、この世は住み難いところである。いわゆる「引きこもり」は、三十九歳以下に限っても五十万人以上もいる。その人たちが数々の試練を糧として「転んだからポパイ」と言えるタフさを身につけて欲しいものである。

コロッケになってしまった男たち

真島久美子

男女の性差がなくなりつつあるのは時代の流れだが、女性が逞しくなってきた要因の一つは、男性が弱くなってきたためであろう。戦後の復興を担って必死に頑張ってきた世代の三代目あたりは「苦労知らずのお坊ちゃま」。闘わずとも食べてゆける環境は幸せなことだが、男たちから覇気を奪ってしまったのではないか。

コロッケと言えば「ジャガイモ」が定番であったが、最近はバリエーションが豊富。中でも女子中高生に好まれているベスト3は、「カニクリーム」「かぼちゃ」「コーンクリーム」とのこと。甘口で子供にも好かれる優しい味は、まるで草食系男子。増殖しつつある肉食系女子には歯ごたえがなく、いささか物足りない。

今日は何食べた日暮れの寒雀

松井　一寸

もうすぐ日が暮れるというのに、寒風に吹かれている雀。「食べるものはあるのだろうか、ひもじくはないのか」という想いが「今日は何食べた?」という問いかけになった。か弱い生き物に対する優しさが素直に伝わってくる。

雀は雑食性。穀物の外には虫や果物、草木の種なども食べる。しかし、虫などがいなくなる冬場は厳しい。特に山野が雪に埋もれてしまう北国では春に生まれた若い雀の多くが淘汰される。作者も青森県生まれ。そのような背景を知った上での「今日は何食べた」であろう。実感もなく技巧が先走った作品が多くなってきた現在、本句のように思ったままの素朴な表現も見直したい。平成三年死去。七十六歳。

失った深さを埋めるように　雪

守田　啓子

しんしんと降る雪を見ていると「こころが落ちつく」という人もいれば、「こころも身体も浄化してくれる」と感じる人もいる。作者は「失った深さを埋めてくれるよう」だという。

オトナになるということは、多くのものを失ってゆくということ。最たるものは「体力」だが、それは止むを得ぬことであり悔やんでも仕方がない。失っているのではないかと自省させられるのは、「夢」や「希望」そして、何よりも「純真なこころ」。そのような自省はいささか青臭いものではあるが、その「青臭さ」こそいちばん失ってはならないもの。「失った深さ」を自覚できなくなるということは、「こころも老人になってしまった」ということに他ならない。

因習に埋もれて空はネズミ色

石橋　芳山

作者は山陰地方と呼ばれる島根県在住。山陰のみならず北陸や東北地方などの日本海側は、西高東低の冬型気圧配置が多くなる十二月から三月にかけては曇天続きで、しばしば雪や雨。朗らかに晴れる日は数えるほどしかない。そのような土地柄が生んだ風習の中には、床しい祀り事となって親しまれているものもあるが、「守らなければ祟る」等と人を脅えさせる陰湿なものもある。

神仏や霊魂を畏れる謙虚さは良しとしても、その神秘性を利用して捏造された因習やタブーは善良な人々を惑わすだけ。人々を元気づける陽性の風習は伝統文化として残すべきだが、不合理且つ差別的で人を傷つける陰性のものは断ち切らなければならない。

胃の中が「コケコッコー」と鳴く朝だ

諏訪　夕香

健康な証しの「腹が鳴る音」と雄鶏の「元気な鳴き声」とのコラボレーションとも言える本句、肉体的にも精神的にも元気であることを表していて愉快。日覚めたときに空腹を覚え「よーし、快調！」と気合を入れて起床した日は何やら良いことが起こりそう。そのような清々しい朝ばかりでありたいが、頭の中をゴキブリが這い回っているような朝もある。その多くは飲み過ぎによる二日酔いや夜更かしなど、いわば自業自得。優れた仕事を為すには体調管理が不可欠なのは言うまでもない。胃袋が「コケコッコー」と鳴く朝を持続したいものである。

鉤括弧などの記号使用については賛否両論あるが、個人の判断に委ねるべきなのは当然。

何尺の地を這い得るや五十年

吉川雉子郎

いずれの道においても「極める」ことは至難。特に、芸術や文芸にゴールなどはなく常に道中。精進してきた道を振り返り、行く末を見詰めてのふとした感慨、或いは、茫漠とした想いは平均寿命が延びた現代でも変わらない。仮に百年生きたとしても満足できる境地には達し得ないだろう。ならばこそ、一尺でも遠く深く足跡を残そうとするその姿勢こそ尊いのである。「雉子郎」は吉川英治の川柳作句時の雅号。代表句の《貧しさもあまりの果ては笑い合い》ほか秀句多々あり。後に時代小説に取り組み、「鳴門秘帖」をはじめ、「宮本武蔵」「新・平家物語」「私本太平記」などの大作を生み、人気を得たのは周知の通り。昭和三十七年死去。七十歳。

しあわせなさかなうまれたうみでしぬ

浜田さつき

釣り上げた魚がピチピチ跳ねているのは、決して嬉しいからではない。哺乳類ほどの痛みは感じないとしても、エラ呼吸できない苦しみはあるだろう。人間の場合なら交通事故、或いは河川への転落死と同じ「不慮の死」である。当然のことながら、魚にとって幸せなのは人間どもの餌食にならず、生まれ育った海の中で順当に老いて死んで行くこと。川柳の対象は宇宙の果てから海の底まで無限であるが、魚たちの幸せまで思い遣った句は稀ではないか。

平仮名ばかりの表記が句の優しさをより一層際立たせている。京都の「川柳草原」などで活躍。他に《無力さをかくしはしないもみじの手》など、佳吟多数を遺し平成二十三年死去。六十三歳。

私に近づいてくる紙おむつ

中前　棋人

誰にでも平等にやってくる「老病死」だが、その老化現象や病状は人それぞれ。「長患いせずポックリ」が多くの人の願うところだが、紙オムツの世話になる人も少なくない。ただ「オムツ」は昔から排泄の始末が出来ない赤ん坊用なので、いざ自分がとなると困惑するだろう。状況が理解できないほどボケているのならいいが、頭だけはしっかりしていると大変。そのようになった場合は「病気だから仕方がない」と諦め、プライドなどは捨てなければならない。

自分が近づいているのだが、自らの意思によるものではないので「紙おむつが近づいてくる」と言っている。まるで「自分のせいじゃない。相手が悪い」と言っているようで愉快。

むつかしいことのひとつに死んだふり

青砥たかこ

冗談で言われる「死んだふりをする」とは、死人の如く口を閉じ動きを抑え、存在を希薄にするということ。確かに、言うのは簡単だが実行は極めてむつかしい。それは、誰もが多少は持っている自己顕示欲のせい。いや、「欲」は言い過ぎとしても、自分の見解や主張を表明せずに黙り込むことは誰しも苦痛に違いない。

影をひそめていたいと思うのは、体調不良の場合もあるが対人関係の縺れが多い。これが高じると「消えたい」「死にたい」となってしまう。しかし、どのような事情があったとしても「死んだふり」などの不自然な行動は無用。無理をしなくても、いずれ、ひとことも発することが出来なくなる「本当の死」がやって来る。

愛されて巡査で終わる桃の村

摂津　明治

一読してあたたかい空気に包まれるのは、懐かしい「巡査」と、優しい「桃の村」という表現が醸すところ。春ともなれば桃の花が咲き乱れ、子供たちの明るい声が響く。そのような穏やかな村で、「駐在さん」と親しまれて定年まで勤め上げるのもまた良き人生ではないか。

作者が意識したかは知り得ないが、この「桃の村」は「桃源郷」を連想させる。陶淵明の「桃花源記」に拠れば、或る漁師が桃の林を辿って発見した村には、戦乱を逃れてきた人々が平穏に暮らしていた。村人の歓待を受けて別れ、再び訪ねようとしたが見つけることはできなかった。同じように、愛された巡査がいた懐かしい村も、今や私達の心の奥にしか存在しない。

春ふわり長女の靴と次女の靴

小島　蘭幸

明るい春の日差しが入り込んでいる玄関に行儀よく並んだ靴が見える。余所行きの皮靴などではなく、軽快なスニーカーを想像させるのは「春ふわり」という表現。大きいほうが姉であり少し小さいほうが妹、ということは二人ともまだ成長期の中学生か高校生であろう。

父としてのふとした感慨だが、「二人の越し方、行く末を想う」というほど重たいものではなく、「今日も元気で！」という程度の想い。であるからこそ読者のこころにも軽やかに届く。このような些細な発見やこころの動きをも見逃さず、一句にまとめることによって、家族と共に暮らした記録となり自分史の一端となる。まことに川柳とは奥深く味わい深いものである。

ふなっしー中は肉体労働者

小林信二郎

「ゆるいマスコットキャラクター」を略した「ゆるキャラ」。今や各種キャンペーンに欠かせない存在となり、数え切れないほどのキャラクターが生まれている。たしかに、絵本に出てくるような顔やユーモラスな動きには、子供のみならず大人も癒される思いがする。

しかし、その着ぐるみの中に入っている人は大変であろう。視界が狭い上に通気が悪く、夏場は想像を絶する状況と思われる。ただ、その多くは自身で声を出さず特徴的な動きもないために数人で交代可能。一方、人気者の「ふなっしー」は、動きも激しく喋り方も特徴があり、余人をもって代え難い。外面に惑わされずその内側まで見通す目は川柳作家の面目躍如。

きっと嘘ひと月のちに死ぬなんて

中平　亜美

あと数カ月のいのちと告げられ、刻々と日時が過ぎ去っていくとき、どのような想いに陥るのか。気が狂うほど怖ろしいことであろうが、経験のない者には想像もつかない。

余命告知には賛否あるが、膵臓癌と分かった作者は、自ら「生きられる時間を教えて…」と主治医に願い出たとのこと。理由を訊かれ、「川柳集を出すため」と答えた。そして、「あと三カ月」との告知を受け、残された時間を自らの手による毛筆書きの句集作製に注ぎ込んだ。

右のことは、残された句集「微笑」の「あとがき」に詳しく記されている。その日付は、平成十九年三月十三日。そして四月七日、桜吹雪に見送られて旅立った。享年六十七。

年齢順に死ぬうるさくてかなわない

定金　冬二

この世へのスタートは誰もが公平で零歳からであるが、ゴールは一様ではない。若くして残念無念という人もいれば、百歳を超えて矍鑠としている人もいる。出発が公平であるならば、終点も高齢者順であるべきだとは思うが、順番が近づいてくるとさぞ怖ろしいことだろう。いつ死ぬか分からず「自分はまだまだ」と思っているから、平気で生きていられるのだ。

本句、冬二の代表句《にんげんのことばで折れている芒》と共に、句集「無双」に収録。高齢者を疎んずる社会を鋭く突いて痛快。没後、倉本朝世氏によって編まれた句集「一老人」には《一老人　交尾の姿勢ならできる》という衝撃的な句あり。平成十一年死去。八十五歳。

死に方を考えるほど暇である

山本　洵一

死に方を大別すると「病死」「事故死」「自死」となろうか。この中でいちばん多いのは病死だが、自分で病を選ぶことはできないので、「どんな病で？　どこの病院で？」という程度のことしか考えが進まない。また、事故も自分で選ぶことができないため遭難の状況を想定し難く「死に方を考える」には向いていない。結果として、いちばん熟考に値するのは自死であろう。首吊り・飛び降り・入水・排気ガス等、どれが楽で死に様は綺麗か、検討すべきことは多々ある。などと考えるのも暇な所為。

儒教の経書の一つ「大学」に「小人閑居して不善をなす」とあるが、誰しも、雑事に追われているほうが健康的なのかもしれない。

つきあかりだけでいきられたらいいね

やすみりえ

誰かに語りかけている形になっているが、さて、その相手は誰であろうか。こころが折れかかって俯いている人か、折れてしまって引きこもっている人か。いや、特定の人ではなく、自分自身も含めて、この苛烈な人生を生き抜くために懸命に頑張っている私たち総てに対する思い遣りを込めたメッセージと思える。

ひらがな表記がより一層やさしさを醸しているこの一句。素直に受け止めるだけで良いのだが、ひっそりと夜に行動する小動物たち、フクロウやコウモリ、ムササビやネズミなども思い起こさせて興味深い。この語りかけは私たちだけではなく、強い光を避けて暮らしているそのような小動物たちにも向けられているのだろう。

外すたび的は小さくなってゆく

米山明日歌

スポーツ選手が競技に集中したとき、ボールや人の動きがくっきりと見える、いわゆる「ゾーンに入る」ことがある。有名なエピソードでは、打撃の神様と言われた川上哲治が「ボールが止まって見えた」という体験。本句の状況はこの反対であろう。的を外してしまったことによって自信を失い集中力が欠けたのだ。

ことほど左様に、人の心理は繊細で微妙。精神の強さ弱さが如実に成果に反映されるのはいずれの世界でも同じ。どのような状況に陥っても、冷静に態勢を立て直せる強さを身につけるには、日頃の厳しい鍛錬以外にはない。川柳は人間を詠う文芸であるが、本句のように、感情と感覚の繋がりを具体的に表現した句は稀。

焼香の順で揉めたりしたくない

中田たつお

亡くなった人を弔うという厳粛な場においてさえ、自らの立場を主張しようとする人がいる。プライドが高いこともあるのだろうが、軽んじられたと邪推し冷静でいられなくなるのは自信がない証し。そのような人もいることを考慮し、無用のトラブルを避けるために、関西方面では「止め焼香」という風習がある。故人に近い親戚の者が、「私が最後に焼香しますので、ご不満もあるでしょうが順不同はご容赦ください」という表明。それでもなお納得できぬ人は、本句の「自戒」を己が心底に叩き込むべし。

他に《葬儀屋の手順に学ぶものがある》等、葬儀場においてさえ観察を忘れないのはさすがである。平成二十三年死去。七十六歳。

どの扉開けても後期高齢者

谷口 義

向こう三軒両隣も友人宅も、カルチャー教室も病院も、マーケットも居酒屋も高齢者ばかり。まさに「どの扉開けても」である。

我が国が世界でも稀な高齢社会になっているのは数々の資料で示されている。平成二十八年の統計によれば、七十五歳以上の後期高齢者は千六百万人以上。だが、そのような数字よりも、掲出句は具体的な状況を述べていて明確に分かり苦笑させられる。斯くの如き状況だからといって高齢者が卑屈になることはない。経験を積んだそれぞれが貴重な人的資源であり、溜め込んだ資産は埋蔵金。自身はボランティアなどで役立て、預貯金は老春を謳歌するために、経済を活性化するためにどんどん使うべし。

しあわせのゆりかご揺らすのは自分

斉尾くにこ

お母さんの胸に抱かれて優しくあやされると、ぐずっていた赤ちゃんもすやすや。「ゆりかご」の原点はそのお母さんの胸であろう。

しかし、ゆりかごは誰かが揺らさないと母の胸にはならない。北原白秋作詞の「ゆりかごの歌」では、「ゆりかごのつなを、木ねずみがゆするよ」と、リスが揺すっている。では「しあわせのゆりかご」は誰が揺らすのか？　オトナのゆりかごはもう誰も揺らしてはくれない。本を読み、音楽を聴き、名画を鑑賞し、森を歩き、街を観察し、人と接して、自分で自分のこころを揺らさなければならない。感動のない日々はこころを萎ませるだけである。と、哲学的な内容をやさしく表現していて納得させられる。

愛犬に市中引き回しにされる

松尾　冬彦

主従逆転の図。体力が落ちてきた高齢者にとって犬の散歩は一苦労であろう。飼い犬に引っ張り回されているなさけない姿には笑ってしまうが、本句の手柄は、「市中引き回し」という大時代的で死語に近い言い回しを復活させて自嘲に用いていること。説明は不要であろうが、「市中引き回し」とは、斬首や磔刑などの死罪に処する者を馬に乗せ「町中を練り歩いて見せしめにした」江戸時代に行われた制度。

句集「しょせん駄馬」には、他に《犬のすることはみーんな許してる》《真っ先に愛犬を抱く震度六》など犬の句多数。引き回しにされるのは体力負けではなく、飼い犬の行動をコントロールできぬほど溺愛しているということか。

海鳴りや小亀なんびき生き残る

柏原幻四郎

海亀の卵は二カ月ほど地熱で温められて孵化し、一斉に海に向かって這い出す。それが彼らのスタートライン。だが、そのほとんどは鳥や魚の餌食。生き延びることができるのは数千匹に一匹程度。そのような厳しい現実を知った上での「なんびき生き残る」であろう。

生粋の伝統派でありながら、《遠い星座に合わせて光る深海魚》という超現実的な句もあり。また、「川柳は、いまだその正体を私に見せてくれぬ」という言葉を残しているが、それは「川柳の可能性は無限であり、小さな枠に満足するな」という後輩たちへの忠告ではなかったか。平成十九年に「川柳瓦版」の会長を退き病気療養に努めたが平成二十五年死去。八十歳。

過去のことすべて忘れている更地

三村　舞

見知らぬ街のことではない。いつも通い慣れている道に忽然と現れた更地。「はて、ここに何があったのだろう?」と、思い出そうとしても浮かんでこない。何度か訪れたことがある建物であれば別だが、特に注意を払うこともなかったならば記憶に残らない。あっけらかんと空を見ている更地は、いかにも「何も覚えていないよ～」と呟いているかのようである。

しかし、そのように見えたのは、作者自身が過去の様子を覚えていないためであろう。対象を観察して摑み得るものは、観察する者の感情が正直に反映される。馴染みの建造物であり過去の様子を覚えていたなら、更地が「過去を懐かしんでいる」ように見えたに違いない。

幸せな家族に見える遺族席

寺田　香林

みんなで力を合わせて悲しみに耐えよう、とでもいうようにひっそり肩を寄せ合っている遺族たち。取り乱している人もおらず、「幸せな家族に見える」のは、子供や若者の葬儀ではなく諦めのつく高齢者であったに違いない。厳粛な雰囲気を演出する喪服は、日常を覆い隠し、しばし現実離れした世界を醸す。仲睦まじい家族や親戚に見えるのもその所為。だが、普段は「顔も見たくない」間柄で、喪服を脱いだ途端に遺産争いが始まるのかもしれない。

このように周囲の状況を冷静に観察し、一句に纏めることができるのは川柳魂の為せるところだが、作者もまた悲しみに沈んでいるのではなく、義理での参列であったと思われる。

戒厳の街ゴミ箱を封鎖する

了味　茶助

米国大統領バラク・オバマが来日したのは、平成二十六年四月二十三日。数日前より羽田空港はじめ都内各地には厳戒態勢が敷かれた。空港や駅のコインロッカーは使用中止。テレビニュースでは、ガムテープで封印されたゴミ箱の前で「このゴミ、持って帰らんといかんのか」と憮然とした男性の言葉を拾っていた。

絶対に遺漏があってはならない当局の責任を思えば「ゴミ箱を封鎖する」という作戦も頷けないこともない。だが、かつての米軍に対する「竹槍訓練」に似通ったところがあっていささか滑稽。攻撃より防御が難しいのは当然だが、「聖戦」を掲げ自爆テロもいとわない相手に対して「ゴミ箱封鎖」は気休めに過ぎない。

机上より一尺低き民衆よ

木村半文銭

いずこの国においても、その歴史の中心で蠢いてきたものは、国家権力と民衆との対立。権力は常に民衆を重んじ、民衆の意を汲んでいるかの如き体裁を整えてはいるが、本質は特権階級に牛耳られた道具に過ぎない。

本句は大正十四年の作だが、その構図は現代でも同じ。代議士たちは「国民の皆様のために」と言いながら、一尺高い机上では自らの票集め金集め地盤固めに腐心している。無論、この「民衆よ」は侮辱ではなく、自分もまた仲間であり、その無力さを嘆き、そして愛しんでのこと。

岸本水府らと関西川柳社（後の番傘）を興したが間もなく伝統派とは決別し、川柳革新を提唱した。昭和二十八年死去、六十四歳。

昭和史のまん中ほどにある血糊

小田島花浪

軍部が台頭しつつあった昭和十二年に盧溝橋事件が勃発。それに端を発した日中戦争でも多くの血が流れたが、昭和十六年の真珠湾攻撃に始まった太平洋戦争では、三百万人以上が無念の死を遂げている。しかし、これは我らが同胞のみ。全世界での兵士と民間人の戦病死は五千万人とも八千万人とも言われている。

右の事実は多くの人が知っているであろう。しかし、知識として把握しているだけでは無知と変わらない。この愚かで悲惨な歴史を次世代にどのようにして伝えてゆくのか。そして再び、この列島が、いや世界が、血まみれにならないようにするにはいかにするべきなのかを真剣に考え、行動に移さなければならない。

ふる里は戦争放棄した日本

大久保眞澄

この「戦争放棄」が、日本国憲法第九条一項に拠っているのは明白。そして、この九条が「世界に誇るもの」であるか、「現実離れしている」のかは意見の分かれるところであり、我が国において熱く議論されていることの一つ。誰しも、自分の思想に添っている作品には感動するが、相容れないものには違和感を持つ。本句は他者へのアピールではなく、作者の想いを述べているだけではあるが、読者各々の考えや立ち位置を振り返らせる力を秘めている。

毎年、八月十五日を迎えるたびに悲惨な戦争体験が語られる。第四回「高田寄生木賞」を受賞した本句もまた、日本の将来を担う子供たちに伝えてゆくべき覚悟の一つに加えたい。

アルバムを開くと風鈴が鳴った

大海戸　定

窓辺の机でアルバムを開いている情景が見える。折しも、風が吹き抜けて、風鈴が涼やかな音を響かせた。ただそれだけのことだが、一篇の詩となって読者の胸に響いてくるのは、その風に懐かしい人の面影を重ねるため。「千の風になって」という歌を持ち出すまでもなく、自然豊かなこの国の風土は、鳥獣のみならず、山川草木すべてのものに魂が宿っている想いを醸成してきた。窓からの風は先に旅立った旧友か、それとも父か母か。肩越しにそっとアルバムを覗いて去って行ったのだろう。

九音八音の変則十七音ではあるが、リズムに破綻なく、「明窓浄机」とでもいうべき清潔で爽やかな趣を醸していてこころに残る。

台風が近い暖簾がゆれている

伊藤　益男

バタバタと激しく煽られているのではない。重たい力にグッと押されているように、ゆらりとしている暖簾。どこか遠くでラジオが台風の接近を報じている。まさに嵐の前の静けさ。

わずか十七音で述べなければならない川柳の要諦の一つは、事象の細部を述べて全体を想像させること。台風接近のニュースがなければ気に留めることもない僅かな暖簾の揺れではあるが、このように示されると、大自然が人間の暮らしに及ぼしている不気味且つ強大な力が見えてくる。

同作者には《ゴキブリを潰した靴で墓参り》もある。矛盾したバチアタリな行為に苦笑させられるが、深読みをすれば、掲出句と同様に、抗い難い巨大な力と無力な虫との関係まで見える。

焦げ過ぎのパンも齧って生きている

岩崎　公誠

人生とは何ぞやとか、生きるとは死ぬとは、などという大きな命題を僅か十七音で表現するのは至難であり、大上段に構えて作ってみても嘘っぽい机上作品になりがちである。

また、私たちが生きてゆく途上で、大冒険や大事件に遭遇するのは稀。誰しも似たような平凡な日々であり、「朝食で味噌汁を作った」「昼食にパンを焼いた」など、ほんの些細なことの連なりこそが「いま生きている」ことに他ならない。そして、その一端を取り出すことによって、作者の現在の姿が現れ読者の胸に届く。

ただ、下五を「生きている」でまとめた句は多々あり、凡作と同列に見られることもあろうが、本句のペーソスに並ぶものは稀である。

巣立つ日の朝も小言を言うだろう

栃尾　奏子

「箸の上げ下ろし」あるいは「一挙手一投足」とは、こまかい一つ一つの動作や行動のこと。そのようなことまで注意したくないとは思っている。また、煩がられていることも承知の上だが、言わずにおれないのが母心であろう。

しかし、親なればこその小言であって、社会に出ると、常識を心得たオトナとして扱われ、誰も何も言ってくれない。そのことに気付くのは、親になり、我が子のことを気遣うようになってから。ようやく、煩いと思っていた一つ一つの小言が、「人に迷惑をかけるな」「思い遣りを持て」「エチケットを守れ」「身体に気をつけて」「前向きに」「逞しく」などという母の切なる願いであり、祈りであったことが分かる。

誇るもののないが包丁よく切れる

田中　重忠

この「誇るもの」は、お宝鑑定団に出せるような美術品や骨董品のみならず、地位や財産なども含めた、いわば「自慢できるもの」すべて。そのようなものは何もないが「毎日使う包丁は手入れが行き届いている」ということ。

最近は調理済みの総菜が簡単に買えるので、「包丁などあまり使わない」という若者も多くなっている。しかし、鍋や釜や包丁などの調理器具は台所の中心になるものであり、地味ではあるが、毎日の暮らしに欠かせないもの。そのような道具を大切に扱っているということは、生真面目な性格であり、地に足がついた質実な生活であるということ。優れた作品は作者の性格や暮らしぶりまでを如実に伝えてくれる。

妻逝った病院今も聳え立つ

遠山あきら

妻が闘病中に何度も訪れた病院。語り合ったのはあの窓あたりだったか…。残念ながら退院できず霊安室へ移されてしまった。伴侶を失った哀しみはいつまでも癒えず、病院の近くを通りがかるたびにさまざまな思いが去来する。「最新の医療技術を誇示していながら、どうして…」「最期は住み慣れた家で迎えさせてやったほうが良かったか…」などという無念さ、誰にもぶつけられない悔しさが込められた「聳え立つ」であろう。もちろん、最新の技術をもってしても困難な病であったことは理解している。医師も看護士もベストを尽くしてくれたことも充分に承知している。しかし、その理性と感情の相克は、哀しみが薄れるまではなかなか折り合わない。

結局は何も起こらぬ他人の死

大内　朝子

歳を重ねるごとに訃報に接することが多くなる。「天寿全う」とも言える年齢であれば諦めもつくが、自分よりも若い人であれば愕然とさせられる。特に、重要な役割を担っている人の場合は、その周辺に及ぼす影響は大変なもの。だが、その混乱もせいぜい一カ月ほど。四十九日の法要が済む頃には仕事の引き継ぎも完了。「台風一過の晴天の如く」と言えば言い過ぎになるが、すべて何事もなかったかのように進行している。しかし、それは決して薄情などというものではなく、肉体における自然治癒力と同じ「環境への順応性」である。かくして、「結局は何も起こらず」世間は動いていく。たとえ一国の宰相であったとしても、他人の死とはそのようなものである。

笑顔ってちょっと広めの歩幅だね

岩崎　雪洲

ルンルン気分のときは足取りも軽やかで思わずスキップするほど。意気消沈したときは俯き加減でトボトボ。こころ模様は正直に身体の動きに現れるが、それを十七音で表現するとなると至難。笑顔と歩幅の結びつけは意外でありながら、言われてみればなるほどと納得させられる。このような「こころのありかた」を詠ったものは、得てして教訓や説教のようになりがちであるが、それを超えているのは「歩幅だね」というやさしい会話体。もちろん、これは他者への語り掛けであり、自分への呟きでもある。

本句、川柳宮城野社主催「八百号記念誌上大会」での第一位。誌上大会全盛の昨今だが、秀句誕生の場と考えれば意義のあることだろう。

かくれんぼ金木犀はすぐわかる

難波智恵子

九月の下旬から十月上旬ごろ、街を歩いていると、どこからともなく甘く懐かしい香りが漂ってくる。「あっ、キンモクセイ！」と気がつくが、「どこから？」と見回しても地味な花なのですぐには分からず、見つけたときはちょっと嬉しい。金木犀の花言葉は「謙虚」そして「高潔」。目立たない花の姿からだろう。「かくれんぼ」もまた、そのありさまを踏まえてのこと。

優れた作品にはそれぞれの味がある。逆に言えば、独自の味を醸し出しているのが秀句の条件でもある。「重たい問題提起」「愉快な笑い」「軽いくすぐり」「やるせない想い」「癒えない哀しみ」「ナンセンスユーモア」「詩的空間」等々。掲出句は「童話的なやさしさ」ではないか。

ともしびや静脈浮かせ飯ひろう

片柳　哲郎

暗く貧乏くさいひとときの情景。「ともしび」は蛍光灯などの明るいものではなく懐かしい白熱灯であろう。長い人生、晴れやかな日々もあれば、このような湿っぽいときもある。明るい気分は作品としてまとめやすく発表しやすいが、暗い内容は表明をためらわせる。しかし、川柳は己が想いを率直に吐露することによって、他の短詩文芸にはない独特の世界を拓き「人間諷詠の詩」と呼ばれてきた。その特異さが一層際立ってくるのが、掲出句のような逆境を詠った内容である。読者もまた順風の日々ばかりではなく、逆風に阻まれる日も多々ある。そして、当然のことながら、それぞれの気分に合った句に共感する。暗い句は沈んでいる人への「ともしび」である。

にんげんが漂う風の日のツアー

柴田比呂志

一読して、岬の端で頼りなく風に吹かれている人たちの姿が浮かんでくる。もちろん、人それぞれ思い描く情景は異なるであろうが、読者に想像の翼を与えてくれるのは作品の力。

人が旅に求めるものは何か。「日常からの解放」「雄大な景観」「珍しい食べもの」等々、いろいろあるが、どこへ出かけてもしょせんは人の世。人生観を根底から覆すような事象にも遇わず、わずかに香りが違う風に吹かれて戻ってくるだけ。そのようなやるせない想いや虚しさを込めた「にんげんが漂う」であろう。刺激の少ない日常は倦怠感に捉われがちだが、ほっこりとした充足感は地に足が着いた暮らしからしか生まれない。幸せの青い鳥は山の彼方にも旅の空にもいない。

夜行バスたましい薄くして帰る

清水かおり

バスはJRや飛行機より割安。夜行であればホテル代が助かり、ひと眠りすれば目的地という利便性も捨てがたい。だがそれは、ぐっすり眠れた場合のこと。大方の人は、うとうと浅い夢を見て、眠ったのか眠っていないのか分からないボンヤリした頭で朝を迎えることになる。

「たましい」とは、「肉体に宿って心の働きをつかさどるもの」ではあるが、気力や精神力という意味もある。本句の場合も、疲れて気力が衰えた状態を述べているのであるが、単純に「気力を失くして」では詩にならず川柳味も失せる。「たましい薄くして」が手柄で一片の詩となった。珍しくない日常を詠っていても、表現の仕方によってこころに沁みる秀句となる恰好の例であろう。

こんにゃくでもくらげでもなくおばあさん

東川　和子

私たちが「何を哀しく感じるか」は概ね同じだが、「何をおもしろく感じるか」は大いに異なる。それは川柳作品でも同じ。特に評価が分かれるのが、掲出句のようなナンセンス・ユーモア。どこがどのように可笑しいのか、摑みどころのない瓢箪鯰なところがナンセンスたるところ。おもしろさを解説するのは至難だが、敢えて分析すれば、「こんにゃく」と「くらげ」と「おばあさん」という異次元のものを並べた意外性。こんにゃくとくらげが似ているところはグニャリとした感触と面妖な存在感であろう。「そのようなものに似てはいますが、そのようなものではなく、単なるおばあさんである」と言ってのけた強引な開き直りが痛快。自信がないと自分を嗤えない。

いのししの右も左も風ばかり

森中恵美子

棲息する領域が人間と接しているケモノたちは、農家の人にとっては憎らしい害獣である。たしかに、苦労して育てた作物が収穫間際に食い荒らされるのは無念であろう。だが、ケモノたちは必死に餌を探して空腹を満たしているだけのこと。彼らに孤独感とか寂寥感があるとは思えないが、何処へ行っても敵ばかりで危険に満ちていることは本能的に察知しているに違いない。誰からの保護もなく安住の地もなく、我が身ひとつで生き抜いてゆかねばならない厳しさは、私たち人間の比ではない。

本句、イノシシを「作者自身」あるいは「孤高の人」として鑑賞することも出来るが、ケモノの姿そのものと捉えたほうが味わい深い。

寒がりを探して寒い風が吹く

牧野　芳光

あるアンケートによると、春が好きな人は42%、秋は32%、夏は13%、選べないという人が9%、そして冬が4%であった。冬が好きな人はウィンタースポーツ愛好家だと思われるが、身も心も縮んでしまうような厳しい季節が敬遠されるのは当然のことであろう。

だが、生涯この国で暮らしてゆくのではあれば人生の四分の一は冬。着膨れて家に閉じこもってばかりではもったいない。北風は寒がりを狙って攻撃してくる。まず、「冬はイヤだ」を払拭して冬の良いところを探す。そして、インフルエンザの予防注射を済ませ、軽くて温かな下着と帽子と手袋で身を守り北風に向かう。「かかって来い!」と胸を張れば元気も出てくる。

ボジョレーに酔ううちに冬忍び寄る

竹内いそこ

フランスのボジョレー地方特産ワインの新酒「ボジョレー・ヌーボー」。毎年十一月の第三木曜日に解禁され、軽くてフルーティとかで二、三十数年前から女性を中心に人気を博している。居酒屋が好きなオヤジギャルやおっさん女子たちも、このときばかりは淑女に変身してワイングラスを傾け優雅なひととき。

掲出句を一読したとき、信長が好んだという幸若舞「敦盛」の一節「人間《じんかん》五十年、下天の内を比ぶれば、夢幻の如くなり…」が思い浮かんだ。背景はまったく異なるが、その底に流れる虚無感は共通。歳月の流れは非情。気の合った友人たちとの語らいも束の間のこと。その背後には暗く厳しい冬が忍び寄っているのだ。

猫にまゆ描いてさみしいクリスマス

伊藤　昌之

クリスマスシーズンには鬱症状を訴える人が増える。いわゆる「ホリデー・ブルー」。みんなが楽しんでいる中で「わたしだけが…」と落ち込んでしまうのだろう。が、その一因はマスメディアにある。寂しいという感情が個人的なものであるように、「楽しい」もプライベートが自然。にもかかわらず全員揃って楽しくなければならないようにテレビなどで騒ぎ立てる。

もちろん、作者はそこまで深刻に考えていない。それは、ホリデー・ブルーという状況にいる自分を客観的に眺めて面白がっていることでも分かる。その余裕は川柳によって培われたものであり、読者もまたその余裕を承知している。ペーソスが漂うユーモアはオトナの味。

極道と雪夜の厠《かわや》入れ替わる

木下　愛日

極道は仏教用語で「仏道を極めた人」であったが、江戸時代には任侠道を極めた親分のこと。現在では一般的に放蕩者や道楽者を指すことが多いが、関西ではヤクザそのものを言う。

さて、背景はどこか？　厠という古めかしい言葉から瀟洒な料理屋が思い浮かぶが、「雪夜の…」から推定すると場末の公衆便所あたりであろう。時間帯も宵の口ではなく深更。作者もまた夜遊びの帰途であったのか。極道を扱った川柳は稀だが、一見して「ヤクザ」と分かる男に対する想いや読者に対するメッセージなどを排除し、状況だけを簡潔に述べた語り口が男っぽい。掲出句は昭和四十七年発刊の句集「愛日」に収録。昭和五十九年死去。八十四歳。

雪積もる小銭数えているうちに

草地　豊子

普段は無造作に扱っている小銭だが、素寒貧になったときには頼らざるを得ない。暗い灯の下で銭勘定しながら、これから先のことを案じている。ふと気がつくと外は雪。

本句の「小銭」を、文字通りに具象として捉えると右のような情景が浮かんでくる。これはこれで小市民の哀感無きにしもあらずだが、いささか物足りない。「小銭数える」を、「小事に捉われる」のメタファー（暗喩）と受け止めると、「雪積もる」も「逆境に陥る」あるいは「不本意な状況に追い込まれる」と読める。

具象か抽象かは意見の分かれるところであろうが、いずれが正解というものではない。作者の手を離れた作品の解釈は読者の自由。

北風はシニア割引などしない

吉川　一男

シニア割引で代表的なものは、千円の映画館と、最高三割引きになるＪＲの「ジパング倶楽部」。他にもスポーツ施設や観光施設、航空運賃やレストラン等、様々なところで優遇策が講じられている。いずれも高齢化社会を迎えての戦略であろうが、敬老精神の賜物と素直に受け止め、ありがたく利用したいものである。

しかし、大自然にはジュニア割引もシニア割引もない。老若男女すべてに公平。厳しい北風に対して、「抵抗力の弱い老人だからお手柔らかに…」などと頼み込んでも通じない。となれば、ウォーキングや水泳、グラウンド・ゴルフやストレッチなどで身体を鍛え、風邪を引かぬよう肺炎に罹らぬように自衛しなければならない。

おまかにどんぐりの木と呼んでいる

古徳　春奈

晩秋の穏やかな午後、散歩道の林道を通りかかると、三歳ぐらいの幼児がしゃがみこんで落ち葉を見詰めていた。そばで微笑みながら見守っていた母親に、「何を探しているの？」と訊くと、幼児が「どんぐり…」とつぶやいた。その声を聞いてフトこの句を思い出した。

どんぐりが生るのは、アラカシ、シラカシ、クヌギなど二十種類ほど。しかし、木の名称などは便宜上だけのこと。どんぐりの生る木はすべて「どんぐりの木」でいいのだ。作者もまた子供のころ、境内や森蔭で拾っていたのだろう。そして今でも、その木々を「どんぐりの木」と呼んでいる。ひらがなの多い表記も明るいが、些事に拘らぬ大らかな詠いかたが心地良い。

水栓のもるる枯野を故郷とす

河野　春三

見渡す限りの焼野原。家屋があったとおぼしきあたりにポツンと水道管。蛇口からポトポト水が漏れている。そのような荒涼とした風景が浮かんでくる。昭和二十三年に創刊した個人誌「私」に収録した一句。戦災によって無一物となりながらも果敢に革新川柳の砦を築いた。その覚悟が「枯野を故郷とす」に表われている。掲出句と並んで春三の代表句《おれの　ひつぎは　おれがくぎうつ》もまた、安易な妥協を嫌った果ての開き直りと読める。両句とも、「革新」の割には難解ではない。半世紀を経て時代が追いついたと思えるが、革新イコール難解というイメージを持たれる前の斬新な形であったとも言える。昭和五十九年死去。八十三歳。

骨を鳴らして一本の冬木立

上田　宣子

林立する木々を遠くから眺めると、互いに連携し庇い合っているかのように思える。しかし、それぞれは自らの身を守るのに必死。隣木が落雷に遭っても突風に倒されても手を差し伸べることはできない。何ものからの保護もなく厳しい北風に晒されながら耐えている。

それは私たち人間も同じ。友人の悩みや心細さを受け止め、いささかの支援は出来たとしても、「骨」までは支え切れない。その骨とは、肉親でさえ窺い知ることの出来ない「心」であり「たましいの中心」。どれほど厳しい試練に遭遇しようとも、それぞれが「骨を鳴らして」春の訪れを待たなければならないのだ。七音十音の変則十七音が凛々しさを醸し出している。

街中をきんつばにして雪が止む

上垣キヨミ

何もかもすっぽり覆い隠す北国の大雪ではない。白い衣によって隠し切れなかった灌木や車やゴミ箱などがあちこちに黒く覗いて見える、あたかも「きんつば」のそのように。

直喩であれば「きんつばのように」となり、意味はより明確になるが面白味は薄れる。結びつけるものに意外性があるほど効果を発するメタファー（暗喩）の見事な成功例。「街」と「きんつば」の取り合わせは珍妙だが「きんつば」を知っている人は誰でも「ああ、ほんとうだ！」と納得させられる。それは発見した目の確かさであり「見つけ」の手柄。「川柳のネタは枯渇した」と嘆く人もいるが、万物を凝視し独自の想いを重ねることによって素材は無限になる。

脳梗塞なんてへっちゃらラリルレロ

丹下　凱夫

優れた作品は作者のことを知らない読者にも感動を与える。しかし、予備知識を持って臨めばより一層味わい深くなる句もある。掲出句は、脳梗塞と診断された作者が緊急入院した病室からカルチャー教室の講師宛に電話によって提出した作品。「ラリルレロ」は呂律を指しているのは明確。「脳梗塞なんて」という根性にも驚かされるが、入院してもなお宿題を忘れずに提出するという熱意と律義さには驚く。

誰しも、順風のときには気力が充実しているが、風向きが変わったときにも快活さを持ち続けることができるかどうかが大きな課題。それぞれの性格にもよるであろうが、打ち込んでいる熱意によって復元力が違うのは明らか。

一人去り　二人去り　仏と二人

井上　信子

最近の統計によれば男性の平均寿命は八十一歳を超え女性は八十七・七歳。本句のように一人で仏壇を守っている女性が多いのは数字の上でも明らか。この状況は現在でも同じ。

考えてみれば、家族揃っての和やかな団欒は、子供たちが社会に出るまでの僅かな間のこと。家族との別れだけではなく、親しい仲間たちもまた一人二人と欠けてゆく。その人生の長い時間的な経過を分かち書きによって表現。一文字の空間にあるのは言葉にならない静寂である。

作者は井上剣花坊夫人。夫の活動を支え家庭を守りながら優れた作品を数多く残している。剣花坊は昭和九年に六十五歳で他界。信子は二十四年後の昭和三十三年に死去。九十歳。

全壊のこころ再建まならず

熊坂よし江

住み慣れた家屋のみならず、家族やご近所とのつながりまで一瞬のうちに喪失するとどのような心境に陥るのだろうか？　他者には説明し難い心情を「全壊のこころ」と表現した。

三月十一日が巡るたびにマスメディアは「大震災〇周年」の特集を組む。しかし、その多くは、インフラ整備や街並みの復興であり、被災者の心情まで踏み込んだものは少ない。表面的には日常を取り戻しているかのように見えるが、それは被災者自身が「この気持ちは説明できない」「説明しても解ってもらえない」などという諦めと、「耐えなければならない」という健気さによって口を閉ざし、笑顔を見せているだけのこと。全壊のこころは「時」でさえ癒し難い。

チョコレート届かず濡れ煎を齧る

津田　遅

濡れ煎餅は千葉県銚子市の柏屋が昭和三十八年に商品化したもの。焼き上がったばかりの煎餅を醤油に漬けることで、しっとりした食感を持たせている。煎餅といえばパリパリしたものが常識。「歯ごたえのない濡れ煎なんて嫌い」という人もいるが、独特の食感と醤油味が受けて今では全国的に有名でファンも多い。

バレンタインデーにチョコが届かなかった作者も千葉県在住。もうそのようなものを気にする歳でもなく期待もしていないが、誰からも届かないとなると少し寂しい。たまたま手元にあった濡れ煎を齧ったのだが、グニャリとした感覚は侘しさを増すだけ。チョコレートと濡れ煎の取り合わせが絶妙で男のペーソスあり。

夢三つほど見てやっと朝になる

成田　雨奇

夢など見たこともない、という人もいるが、多くの人は何らかの夢を見ている。目覚めてから思い出せないものもあれば、明確に覚えているものもある。また、不気味で思い出すのも嫌なものもあれば愉快なものもある。

掲出の句、「やっと朝になる」から推定するに、あまり楽しい夢ではなかったらしい。夢の話は虚構のようにも思えて佳作になり難いが、この句は夢の内容には触れていない。「夢三つほど見て…」というアバウトな表現によって、ボンヤリとした目覚め、「何だか変な夢ばかり見ていたなあ～」という状況を思い出させておもしろい。夢に魘されることなく熟睡できる世代はともかく、高齢者の多くは「同感！」であろう。

こっそりと炎えて居られぬ炎なり

三笠しづ子

百人一首の中でも人気の高い歌の一つに「しのぶれど色に出りけりわが恋はものや思うと人の問うまで　平兼盛（拾遺集）」がある。熱くなってしまった恋は「こっそり」とはならないのは、昔も今も同じ。男も女も同じである。

女性の川柳作家が珍しかった大正の末から昭和初期にかけて井上剣花坊に師事し活躍した。

恋を歌った句では他に《拭わるる涙をもって逢いに行く》《そっと撫でられて何にも見えない眼》《今日のみに囚れたさを化粧する》など、弁護士夫人でありながら奔放な表現で世間の度肝を抜いた。しかし、これが現実の恋なのか、「恋に恋しての創作」であるのかは定かでない。本名・丸山貞子。昭和七年死去。五十歳。

グローブに保革油塗って古稀の春

早川　玲坊

グローブの保革油といえば「ドロース」を思い浮かべるのは中高年だろう。現在ではグラブオイルとか単にオイルと呼ばれている。厳しい冬の間に固くなってしまった身体をほぐすように、丁寧にグローブの手入れをする。「いよいよ待望の春の到来！」という気力の充実と前向きの姿勢が伝わってくるのは「グローブ」と「保革油」という具象による効果。

倉吉市長として辣腕をふるった作者も、引退後は川柳やゴルフ三昧で悠悠自適。近年の作では《喜寿までを和食文化に生かされた》があり、掲出句から七年経過したことが明確に分かる。折々の感慨を年齢明記の表現によって記録してゆく、いわば川柳による自分史の好例。

ゴミ出したついでに桜見て帰る

滝野きみよ

古典落語の「長屋の花見」を持ち出すまでもなく、「桜が咲けば花見で一杯」は日本の伝統文化。しかし、歳を重ねるにつれて「お花見の回数が減った」という声をしばしば聞く。もちろん、この場合の「お花見」は、弁当や酒を提げて仲間と一緒にということ。お花見が減ったというのは、そのような段取りをするのが煩わしくなってきたこともあるが、親しい仲間が減ってきたという寂しい事情もあるだろう。

しかし、ゴミを出したついでとか散歩の途中でも桜は美しく、春爛漫を充分に堪能できる。「ああ、今年もとうとう花見に行かなかった」と後悔しないためにも、「ついでの花見」であっても、存分に楽しんでおきたいものである。

ハイタッチして駆けて行くランドセル

畑　佳余子

説明するまでもないが、「ハイタッチ」は称賛や祝勝を表すジェスチャー。これは和製英語であり英語ではハイ・ファイブ (high-five)。

入学したばかりの一年生か、それとも四年生ぐらいの腕白か。近所のおばさんとの朝の挨拶。朗らかな笑顔と「行ってらっしゃ〜い！」という声まで聞こえてきそうな明るさが嬉しい。

かつて、地域の子供たちに声を掛け、温かく、ときには厳しく見守るのはオトナの役目であった。そのような繋がりによって、学校や家庭では学び得ない人間関係を身につけていった。隣近所との付き合いが希薄になりつつある昨今。朗らかな光景が普通に見られる地域再生のためには、まずオトナから声掛けしなければ…。

良い川柳は一読明快でありながら味わい深く独創性があります。文芸に限らず創作で最も重要なことは独創性ですが、独創を目指す余りに珍奇な言葉の組み合わせや抽象的な表現によって難解に陥る例が多々あります。内容は独創的でありながら表現は簡潔明解であり伝達性を保っているのが良い川柳です。

ただ、作句するときに「独創的且つ伝達性を…」等と意識し過ぎては前に進めません。観察力と考察力で捉えた対象を「気取らず衒わず率直に述べるだけ」で作者独自の作品が生まれてきます。

Ⅱ

五月鯉四海を呑まんず志

阪井久良伎

爽やかな青空を背景に悠然と泳ぐ鯉のぼり。季節を彩る行事の中でも特に美しく、雛飾りと共に末長く受け継いでゆきたいもの。ただ、本句の「四海を呑まんず志」の想いは、単純に美しさを讃えたものではない。軍部が台頭しつつあった時代背景（大正初期）を考えれば四海は天下、或いは世界。同時代に生まれた学校唱歌「鯉のぼり」の一節にも「百瀬の滝を登りなば、たちまち竜になりぬべき」とあるように、男児の健康と成長を祈念した素朴な願いが薄れ、勇ましさの象徴として扱われている。

狂句全盛の明治三十八年に柳誌「五月鯉」を創刊。狂句の過ちを指摘し、古川柳の神髄を説き続けた。昭和二十年死去。七十六歳。

交信する　母とおでこをくっつけて

池田　文子

人と人の「交信」に遣われるのは言葉。だが、指の動きや身振りによる「手話」や「目と目」で想いを伝えることも出来る。作者は母と「おでこ」をくっつけて交信するのだという。同時期に発表された《税用語母は特別障害者》《管二本入れて久しい母の鼻》などから、母上は臥せておられること、会話が困難であることが分かる。しかし、娘のおでこから発信されている「想い」は届いているに違いない。作品は一句一姿として味わうべきであるが、このように、関連する句によって状況が明確になり、より一層味わい深くなる場合も多々ある。上六・一字空け表記共に定型派には不満であろうが、リズムに破綻なく許容範囲と考える。

背中にはがんばれないと書いてある　句ノ一

「がんばれ！」は落ち込んでいる人を励まし、奮起を促す定番の言葉。これまでは深く考えもせずに遣っていたが、精一杯がんばっている人に対して、「それ以上言うのは酷」と敬遠されるようになったのは阪神淡路大震災以後のこと。たしかに、必死にがんばっている被災者からすれば、傷ひとつ受けていない外野席からの「がんばれ！」は辛いものがあるだろう。応援のつもりの言葉が相手を傷つけていたのだ。

さて、作者は誰を見てこのように感じたのか。被災者か、五月病の新入社員か、あるいは、イジメに耐えている小学生かもしれない。うつむき気味の背中は「もう疲れた。これ以上がんばれない」と、ＳＯＳの信号を発しているのだ。

頑張れをムリするなよと言い替える　羽田野洋介

本来なら力づけられて然るべき「がんばれ！」に傷つくのは、それまでに精一杯やってきて心身ともに疲労困憊しているため。マラソンを完走して倒れそうになっているのに「がんばってもう一回！」と声援されるようなもの。

では、そのような人に対して「応援したい想い」はどう伝えるべきなのだろう。作者は「ムリするなよ」に言い替えるのだという。相手を気遣った言い回しであり友人や後輩には有効だろう。ただ、いささか「上から目線」の感あり、先輩に対しては適切ではない。また、子供は言葉よりも、先ずしっかり抱きしめてやること。そのような微妙な対処を考えると、他者を労わる難しさ、言葉の力の限界まで痛感する。

ほんとうに泣いてるジャンパーの喪服

雨宮八重夫

一読して状況が見える。「着替える暇がなくて駆けつけた」のではない。きちんとした喪服を持てない境遇にある人が「恩返しもできないうちに…」と葬儀場の隅で泣いているのだ。それは「ほんとうに」で充分に説明されている。

参列者の中の幾人が「ほんとうに」泣いているのか、そのようなことまで考えさせられた一句は、昭和五十二年発刊の「遍路美知」に収録。正しくはジャンパー（jumper）だが、日本ではジャンパーと言われることも多い。また、「泣いてる」の「い抜き言葉」も気になるが、九音八音の十七音に纏めようとした結果であろう。柳誌「青空」主宰。甲府市を中心に広く川柳の普及に努め、平成三年死去。八十八歳。

喜びと悲しみの傘すれ違う

大西　俊和

人それぞれ、そ知らぬ顔で平然と歩いてはいるが、大きな喜びに包まれている人もいれば、耐えられぬほどの悲しみを抱えている人もいる。それは当然のことであって、誰しも普段はあまり意識することもなく過ごしている。だが、一人一人が広げた傘をテリトリーとしているように「個」が際立ったとき、「ああそれぞれが…」と、いささか感傷的な想いに捉われる。

作者もまた、傘の一つとなって流れの中に身を置いたときの感慨、と解釈するのが妥当であろう。が、ビルの窓から、あるいは車窓から歩道を見おろしてと想定すると、人の姿は見えず、色とりどりの傘だけがすれ違っている。という状況が見えて、より一層感興をそそられる。

だいじょうぶ雨のち晴れははずれない

岡本　恵

第八回川柳マガジン文学賞を受賞した「天気予報」十句の止めに置かれた作品。降り止まぬ雨はない、解決できない悩みも薄れない哀しみもない、等という内容そのものは決して目新しいものではない。しかし、天気予報の形をもって「雨のち晴れははずれない」という表現はユニークで説得力がある。

いきなり頭に置いた「だいじょうぶ」は、作者が自らに言い聞かせている、いわば「自分への声援」であるが、読者それぞれ、特にいま雨に打たれて俯いている人に向けた力強いエールでもある。また、受賞十句の中にある《ゆっくりと空を味方にして歩く》の大らかさは、作者の性格や人生観をも思わせて心地良い。

身の置き場無くて鴨居にぶら下がる

丸山　進

掲出の句、事実を述べたものではないが、嘘っぱちでもない。ベースになっている「身の置き場がない」という想いは真実であろう。しかし、そこからの展開「鴨居にぶら下がる」は、常識を超えた意外性で笑わせてくれる。

平成十七年発刊の「アルバトロス」には、他に《ごろ寝して哺乳類だと意識する》《電話では説明できぬ犬の顔》などあり。共通しているのは、理屈や意味などに頼らないおもしろさ。いわゆるナンセンス・ユーモア。現代川柳では「おかしみ」が敬遠され気味だが、中でもナンセンスは作るのが難しい割には支持され難い。「評価など気にしない」と割り切った者だけが到達できる自由自在なフィールドである。

みんな死なないで、便所へばかり行き

中村　富二

高齢化社会を揶揄した不届きな句、と断じるのは狭量。この「みんな」は自分を含めた皆であり「私たち人間は」であるのは当然。医薬品の開発、医療技術の躍進は我が国の平均寿命を飛躍的に延ばし、今や世界に誇る長寿国となった。しかし、その内情を赤裸々にぶちまければ掲出句の通り。「長寿」を裏返せば、簡単には死なせてくれないということではないか。

突き放した冷たい表現ではあるが、生き永らえることの難しさ、イノチの重さまでを考えさせられる。八音九音の分かち書きに句読点という表記は、代表句である《パチンコ屋　オヤ　貴方にも影が無い》等と共に「表現の自由」を主張している。昭和五十五年死去。六十八歳。

真夏日にごわごわ乾く柔道着

吉田　静代

真夏日とは最高気温が三十度を超える日をいう気象用語。そのときどきの気象状況が心身のコンディションに微妙な影響を及ぼすのは当然であり、そのことを詠った句は珍しくはない。しかし、衣類の乾き具合まで表現したものは稀。柔道着の素材のほとんどは吸水性が高く着心地の良い綿。その分厚い質感までが手に取るように伝わってくる。そしてまた、「乾いた」ではなく「乾く」という現在進行形から、その背景となっている紺碧の空と、真昼のカッと照りつける日差しまでが眼前に広がってくる。

誰もが知っていながら見過ごしている小さなことを掴み出し、広々した状況や深い想いを想像させるのは川柳の本懐であり、その好例。

気の合わぬ人に修行を積まされる

横山きのこ

周囲は気の合う人ばかりでいつも和気藹々、何の諍いもなく毎日が楽しい、というのが理想だが、そのような環境は極めて得難い。近所付き合いでも職場や趣味の仲間でも、一人や二人は気の合わない人がいるのは当たり前。そして、その人の言動にイライラさせられることがあったとしても、ルールを破っていない限りは耐えなければならない。それが修行。

もしも耐えるのを嫌い、苦手な人を避けたとしても、また同じケースにぶつかるのは必定。修行を重ねることによって、どのような状況でも、誰に対しても冷静に対応できる人間になれる。授業料も払わずに鍛えてくれる「気の合わぬ人」とは、何と有り難い存在ではないか。

赤紙はいらない人は殺せない

平尾　正人

いずこの国の軍服も凛々しく格好いい。男性のみならず女性にも憧れる人が多いだろう。しかしそれは、人殺しを正当化するための偽装にすぎない。言うまでもなく殺人は重罪である。だが、兵士として敵を撃ち殺すのは殺人罪には当たらずむしろ手柄。その矛盾が「戦争」というものの愚かしさを明確に語っている。

赤紙とは、かつての召集令状が赤色であったことから「強制的に兵役に就かせる」ことを象徴する言葉。もちろん、現在の日本でそのような制度はない。しかし、戦後七十七年、悲惨な経験が風化するにつれて、平和憲法の解釈を変えようとする流れが止まらない。人として「人は殺せない」ことを叫ぶべきときである。

空を飛ぶ夢が戦闘機になった

竹信　照彦

もともとは「あの鳥のように空を飛べたら楽しいだろうなあ」という憧れだった。一九〇三年、人類初の動力飛行に成功したライト兄弟の想いも同じであっただろう。だが、それから僅か十一年後の第一次世界大戦では戦闘機や爆撃機に化している。空を飛ぶ夢から生まれ飛行機が人を殺す道具になってしまったのだ。

科学技術は我々の暮らしを向上させた。だが、その技術は軍事産業に直結し「人を殺戮する道具」を生み続け、遂には核兵器までに至った。今こそ英知を集め「万物の霊長」の誇りを持って殺戮の歴史に終止符を打たなければならない。同作者の《靖国は英霊ほかは雑魚の霊》もまた、靖国神社のみを奉る姿勢を突いて痛烈。

旅の本亡夫と折り目つけたまま

矢倉　五月

存命中には傍にいるのが当然と思っていた人。口喧嘩したときには鬱陶しいと思ったこともある人。だが、他界されてみると胸にポッカリと空洞ができたようで虚しく寂しい。

そのような想いも時の流れと共に少しずつ薄らいで、今では一人暮らしにも慣れてすっかり元気を取り戻した。のではあるが、何かの拍子に懐かしく思い出す。掲出の句、本棚の整理でもしていたのだろうか、ふと手に取った旅行のガイドブック。折り目を付けた記事を見ながら「今度はここに行きましょう」と語り合ったのがつい先日のように甦ってくる。残念ながら実現できなかったが、ご主人にとっては読経などよりこの一句が何よりの供養になるだろう。

初恋のひとも夫もいる彼岸

村上ミツ子

仏教用語の「彼岸」は「煩悩の流れを超えた彼方の岸の涅槃の地」。つまり悟りの境地のこと。だが、一般的には此の世から見た「向こう岸」であり「あの世」と理解されている。

高齢になるにつれて、友人や伴侶が向こう岸に渡っていく。まことに悲しいことであるが、逆らえない自然の流れ。また、順番が巡ってくることを思うと恐怖心が募るが、先に逝った初恋の人や夫が「待ってくれている」と思えば心強く楽しい。しかし、初恋の彼と夫が一緒にいる所へ行ったとき、彼のことを夫にどのように紹介し対処するつもりであろうか？　等とは要らぬお節介。天国は嫉妬など俗な感情から解放されたカラリと朗らかな世界なのだろう。

桃の中の虫の恍惚で死のう

根岸　川柳

快適な状況を表現する比喩も様々あるが、「桃の中の虫の恍惚」とは大胆且つ的確。これ以上甘美な寝床はなかなか考えられない。

現役で闘っている間は試練の連続であるが、「最期ぐらいは安らかに」と願うのは誰しも同じ。だが、桃の中でとろけてゆけるのか、断末魔の苦痛にのたうち回るかは誰にも予測不能。

「川柳」の号は現代まで続いているが根岸はその十四代目。六十代半ばまでは伝統川柳の主流を歩み、代表句集「考える葦」には、《応接に番茶と蠅と俺を置き》など飄逸な佳作が多々あるが以後は革新に舵を切った。掲出の句は六十九歳の作。《茹でたらうまそうな赤ン坊だよ》は七十歳の作。昭和五十二年死去。八十九歳。

輪になって鞠を蹴り合う和の日本

田浦　實

民族を一括りにしてその性情を云々するのはいささか乱暴だが、モンゴロイド系は概ね穏やかであり、コーカソイド系は闘争心が旺盛のような印象を受ける。具体的に言えば、鞠を落とさないように互いに協力するだけの「蹴鞠」と、敵陣に蹴り込む「サッカー」の違い。

聖徳太子が制定した十七条憲法の第一条に置かれたのが「和をもって貴しとなす」であるように、本来は穏やかである日本人。だが、近代化が進むに連れて「欧米列強に負けてはならじ」と富国強兵の道を選び、大戦に突入し、悲惨な結果となったのは周知の通り。主義主張の違いを認め合い和を保つのは至難ではあるが、それが政治の使命であるのはいつの時代も同じ。

着るものはあるが着ていくものがない

橋倉久美子

説明するまでもないが「着るもの」とは普段着のこと。「着て行くもの」とは、ちょっとしたお洒落着。いわゆる「よそゆき」。もちろん、結婚式などに着るフォーマルなものは別。

謙遜しているのであろうが、実用的な普段着ばかりでお洒落着が少ないのは買う余裕がないわけではない。ファッションなどにはあまり関心がないということだろう。妙齢の女性でもこのようなクールとも言える気性の人はたまにいる。おしゃれをすればもっと輝くのにと思うのだが当人は頓着していない。句集「だから素顔で」には、《義父が死にそうでも揚げるエビフライ》など有り。「素顔・普段着・正直」は優れた個性であり大いなる美徳なのかもしれない。

父さんは元気で生まれ変わらない

久保田　紺

別人の如く変貌することの比喩「生まれ変わる」を下敷きにした面白さ。句集「大阪のかたち」には、《蒸し暑いですがわたしのおとうさん》もある。豪放でマイウェイをマイペースで行く、家族としては暑苦しい存在なのだろう。

その父が、作者が肺癌だと診断されたとき「わしが代わります。わしが代わりますから、娘を助けてください」とボロボロ泣いて医者に訴えたのだという。何度かの手術に耐え、薬の副作用で視力を弱めながらも、《こんなとこで笑うか血ィ出てんのに》《おもしろい看板鳩がようとまる》そして《信号がどんな色でも渡ります》等々、大阪のおばちゃんパワーを発揮しているのは、豪快な父から受け継いだＤＮＡに違いない。

神宮の雨が昭和史から消えず

荻原　鹿声

年配の人なら目に焼き付いているであろう雨に濡れて行進するニュース映像。昭和十八年十月二十一日の明治神宮外苑競技場。兵力不足のため、二十歳以上の学生を徴兵し出征させた、いわゆる「学徒出陣」の壮行会。動員された学生は東大はじめ七十七校。角帽、制服、ゲートルに身を固め銃を担いだ姿は勇ましいが、その後の成り行きを思えば痛ましい限り。

また、動員したのは文科系の学生が主であったと聞けば、その浅薄な思想と姑息な手段が情けなく涙を禁じ得ない。軍国主義のプロパガンダに洗脳され、拒否する勇気もなく行進している映像こそ「戦争は絶対にしてはならない」という、昭和からの哀しくも貴重な伝言である。

激安に辿りつけない車椅子

高杉　千歩

急速に進む高齢化社会に向けて、都市部の駅のほとんどでエレベーターが設置されている。また、車椅子用スロープを抱えた駅員が電車を待っている姿もしばしば見受けられる。その応対もすこぶる丁重で、社としての姿勢や社員教育が行き届いていることが窺われる。

だが、「激安」などというエゴがぶつかり合う場ではその限りではない。車椅子も盲導犬も我利我利亡者たちに弾き飛ばされる。他者を押し退ける体力のある者などより、社会的弱者である人たちにこそ、安い品を提供するのが「商人の道」ではないのか。いくらハード面を整備しても、基本となる「思い遣りのこころ」が欠けていては、イザとなるとボロが出てしまう。

古稀過ぎて負けず嫌いな未熟者

大和　峯二

負けず嫌いも、競争社会で働いている間は驀進するパワーを生み出す源にはなるが、現役を退いてからの暮らしは競い合いなどとは無縁。上下関係や肩書きのない自由でのびのびとした世界を楽しんでいるのに「勝った、負けた！」と拘られると鬱陶しくてかなわない。

人それぞれの性格を形成している大きな要素は、遺伝という先天的なものと、育ってきた環境という後天的なもの。誰しも、若い頃には遺伝的な要素が強く現れているが、社会に出て揉まれているうちに徐々に自らを矯正し、人としてあるべき姿に近づいてゆく。七十歳ともなれば少々の悔しさぐらいは抑制し、飄然としていなければ「未熟者」と言われても仕方なし。

祟りなどあるかとゴリラ樹に登る

林　瑞枝

万物の霊長を自認している我々ヒト科ではあるが、その賢さ故に得体の知れぬものまで想像を広げ不安を駆り立てている。その得体の知れぬものの最たるものが「神仏」であると言えば、信心深い人たちから「バチ当たり！」と叱られるであろう。だが、昨今の世界情勢を見るにつれ、その惨禍の根っ子にあるのが宗教の違いであることを思えば、まことに罪深い存在（想像上の存在）であると言わざるを得ない。

積み重ねた経験から編み出されたセオリーならまだしも、何の根拠もない「迷信」もまた神仏と同じようなもの。そのような不確定なものには一切こだわらず、思いのまま動いている動物たちのほうがよほど合理的とも思える。

頼りなく種なしぶどう食べ終り

泉　比呂史

穏やかな秋の日を有り難く受け止め、さまざまな想いを巡らしながら葡萄をいただく。そのひとときが豊かなのは、一粒ずつ丁寧に種を取るという手間のお陰ではないのか。

人の欲には限りがなく、またその要望に応える努力にも限りなく、種のない西瓜や葡萄まで作りだしてしまった。確かに、食べやすくはなっているが…。果たしてこれは改良なのか？　自然に対する冒涜ではないのか？　などという割り切れぬ想いを含めた「頼りなく」であろう。

平成十一年、「ふあうすと川柳社」主幹に就任。泉比呂史川柳句集には他に《けし粒のごとき我なり陽の真下》《妻の肩叩き独りは生きられず》などあり。平成十八年死去。七十四歳。

祭り月なのに喪服を弔っている

八木　千代

窓を開けると遠くから祭囃子が聞こえてくるが、部屋の中では葬儀に出かける段取り。「祭り月」と「喪服」に生と死を象徴させているのも巧みだが、対比させることによって、より一層命の儚さと切なさを際立たせている。

このように、状況を冷静に見つめることができるのは、亡くなられた人が肉親や親友ではないということ。もちろん、人の命に軽重はないが、身近ではない人の訃報に対しては、それぞれの思い出や感慨はあるとしても、うろたえることなく対処できる。また、歳を重ねるごとに哀しみへの対応力が増してくるのは、耐えなければならないという自制心の為せるところではあるが、幾度もの離別から得た諦念のおかげ。

大阪の湿った場所に棲んでいる

小池　正博

「住んでいる」であれば人間らしい文化的な暮らしを思わせる。が、「棲んでいる」となると、隠棲や棲息や両棲類などの言葉から、「俗世間を離れて、ひっそり暮らしている」、あるいは「小動物のように隠れ棲んでいる」という薄暗いイメージが浮かんでくる。もちろん、そこが作者の狙いであり自嘲の味を深めている。

また、自宅の環境を「寂しい片田舎」とか「小汚い裏町」などと、謙遜するのは珍しくないが、「湿った場所」は極めてユニークで面白い。

さて、「大阪の湿った場所」とはどの辺りなのか？　と詮索したくなるのもこの句の力だが、これは作者が醸し出した詩的風景。どこの下町も再開発が進み探し当てるのは難しいだろう。

昼寝して不倫の夢を見てしまう

新貝　映柊

不倫願望など抱いたこともなく、貞淑な妻として夫に尽くしているのに「どうして？」という驚き。「望んだことではない」という不本意な想いが「見てしまう」に表われている。いささかのエロスを感じさせるきわどい内容であるが、不潔感がないのは、当人にはコントロールできない「夢」の話であるから。また、頭で作り上げた虚構ではなく、身に起こったことを包み隠さず述べている正直さが心地良い。

若い頃に生々しい夢を見るのは本能の為せるところであり健康な証し。だが、歳を重ねるにつれて、そのような夢を見なくなるのもまた自然の移ろい。不本意であったとしても、稀にはこのような夢で汗をかくうちが華ではないか。

仕合せでいつもどこかがかったるい

鏡渕　和代

「第十三回川柳マガジン文学賞」を受賞した十句の内の一句。「かったるい」は関東の方言だがニュアンスは大方の人に伝わるだろう。

では、「しあわせ」ってどういうことなのか？　しあわせの条件とは何か？　健康である・悩み事がない・金には困っていない・家族や友人がいる・敵がいない。数えてゆけばキリが無い。

だが、そのような条件が全部揃って、それが何だというのか、これ等はすべて「ボケる条件」ではないのか。充実した精神にとって「そのようなものは、かったるくって欠伸が出るだけ」であろう。遥かなターゲット、超えるべきハードル、刺激してくれるライバル、等を持ち続けていれば「かったるくなる」暇などはない。

目的地付近だという終り方

大野たけお

カーナビの音声案内。女性のきれいな声で「次の信号を右折です」等と明確に指示してくれるが、目的地の直近になると「目的地周辺です」などと言って終了する。そのたびに「もう少し付き合ってくれよ…」と心細く思う。正確に最後まで指示できないのは、技術的に無理なこともあろうが、居宅である場合は個人情報に抵触するという事情もあるのだろう。

本句、ただ単にカーナビの音声のことと思わせない力を持っている。すなわち、親が子供を社会へ送り出すとき、或いは、遺族が死者を送り出すとき。送る立場としても、「目的地」は何処でどのように向かうのかは不明。ただ漠然と「目的地付近」と手を離さざるを得ないのだ。

酒旨しうちの子みんなうちにいる

石神紅雀

一読して、中学生二人が殺された事件を思い出した。親には「友達の家に行く」と言って出た二人。明け方まで駅前周辺でうろついているのを防犯カメラがキャッチしていた。

思春期の子供たちは、オトナには摑み切れない行動をとることがある。最近はケータイやスマホを介して見ず知らずの人と接触し、事件に巻き込まれる例も多々あり、親としても心配の種は尽きない。しかし、ずっと監視するわけにもならず、口やかましく注意するのも逆効果。

掲出の句、利己的な感無きにしもあらずだが、誰しも、我が身の安泰があってはじめて他者を思い遣る余裕が生まれる。だが、酒が旨いのもひととき、傍にいないときはヤキモキである。

動脈も静脈もなく眠る里

前田三津子

交通手段の比喩として使われる「動脈」は、都市間を結ぶ主要な高速道路や新幹線など、大量輸送ができるもの。対して「静脈」を持ってきたのはこの句の手柄で、ローカル線やバス路線を指していることは容易に分かる。

高齢化や過疎化によって、共同生活が維持できなくなってきた集落を「限界集落」と称しているが、そのほとんどが、ローカル線のみならずバス路線もなく、直近の駅や停留所まで何時間もかかる山村や離島。世間から取り残された里は、晩秋から冬にかけては日暮れが早く、殊のほか寂しさに包まれる。政府は「地方創生」を唱えてはいるが、このような静かに眠る里に対しても本気で対策を講じなければならない。

天の網逃げられるだけ逃げてみる

神尾　三休

「天網恢恢疎にして漏らさず」は、天の網の目は粗いが悪人は決して逃さないという意味。これを下敷きにしているのであろうが、天網に対しては「彼岸へ連れ去る網」との想いがあるのは明らか。すなわち、天から与えられた寿命（天命）には逆らえないかもしれないが、全力を尽くして生き延びるという意気込み。

運命に逆らわずジタバタしないというのは一つの悟りでもあるが、いささか老熟すぎて壮年にはそぐわない。「逃げられるだけ…」は、自らの覚悟を述べているのだが、疫病神に捕まり意気消沈している人たちへのエールでもある。

掲出の句は大正六年の作。北海道川柳界の基礎を築き、昭和二十八年死去。六十九歳。

雪深く高倉健のいた世界

花岡　順子

己に厳しく他人に優しく、寡黙で誠実な男を演じ切った高倉健。実像もそのようであったという。いずれの役柄でも存在感を示していたが、特に「雪」が似合っていたのは、その人柄から滲み出ていた「己を律する厳しさ」の背景としてしっくり合っていたのだろう。

数々の主演作の中でも雪が効果的に使われていたのは、若い頃にヒットした「網走番外地シリーズ」「昭和残侠伝シリーズ」。そして、「八甲田山」では激しい吹雪そのものが主人公でもあった。歳を重ねて「鉄道員（ぽっぽや）」では、雪原を背景に佇む孤独な男の姿が心に沁みた。

今年もまた、雪国は「男の中の男」健さんを追慕するかのような雪のシーズンである。

目薬を差し新年の探し物

宮村　典子

老化現象の一つが物忘れ。その結果が「探し物でうろうろ」となってしまう。誰しも経験のあることだが、こちらは正月早々、しかも「目薬を差し」だから念が入っている。

それまでの行動を思い出すのが探し物のコツだが、その行動さえ辿れないから苦労する。「そのうちに出てくるだろう」と達観できる物ならいいが、放置できない重要な物なら大変。すべて自分の責任だから誰に当たることも出来ず歯痒い。さて「目薬」の効果はあったのだろうか。

他人には知られたくない滑稽な自分の姿を軽い自嘲を込めて述べている。また、それを「私も一緒」と共感を持って受け止める読者。川柳が「成熟したオトナの文芸」と言われる所以。

軍配の向きが決まらぬ酔っぱらい

藤井　智史

戦国時代に於いては武将の指揮用具であった軍配団扇（ぐんばいうちわ）。現代は単に「軍配」と呼ばれ、大相撲の行司が土俵を仕切る道具として受け継がれている。この行司の役目で不条理なのは、同体に見えてもどちらかへ軍配を上げなければならないこと。行司自身に「同体、取り直し」を宣告する権限はないこと。

一方、こちらは居酒屋での議論であろうか、白熱した舌戦を仕切ろうとする酔っ払い。だが、自分の頭がメロメロの者に本筋を摑み出す力はなく、「まあまあ、まあまあ」を繰り返すばかり。

「軍配の向きが決まらぬ」という比喩も秀逸だが、大きな力士の周りを逃げ回っている行司と、腰が引けた酔っ払いの姿が重なって愉快。

背骨から凍てる無言の父二月

岡崎　守

厳しい寒さに耐えながら働く男たちの姿が見える。建設現場の作業員、交通整理のガードマン、甲板作業の漁師、農業や林業等々、烈風をまともに受ける仕事に携わる男たち。当然のことではあるが、気楽に金儲けが出来る職場などはない。中でも冬場の屋外作業は強靭な身体をもってしても堪え難いものがある。

今や男女同権は常識。女性が就けない仕事は稀であり、職業選択の自由は保障されている。だが、極寒の屋外作業だけは女性にやらせたくない。二月の烈風に女性の背骨を凍てさせたくはない。「それは男に任せろ」と言いたい。このちっぽけな国を経済大国として驀進させている動輪は、この忍耐強く誇り高き男たちである。

人間になるのはとても難しい

竹内ゆみこ

狼は狼として生まれ、放置していても立派な狼に育つ。他の動物たちも同じ。だが、人間は幼い頃から躾や教育を受け、読み書きや常識を弁えてようやく人間らしくなる。

しかし、この句が言っている「人間になる」は、そのような「普通の人間」ではなく「本当の人間になる」ということ。極めて哲学的な命題だが、さて、普通の人間と本当の人間の違いはどこにあるのだろう？　それは、聖人君子などという幻ではなく、「これでいいのか？」という自省を失くさないこと。「もう少しマシな人間になろう」という意識を持ち続けること。普通の人間が忘れがちな「人としてあるべき姿」を常に抱いている人こそ本当の人間である。

正月に解除したまま休肝日

植竹　団扇

休刊日・休館日・休肝日など、いろいろの「きゅうかんび」があるが、飲兵衛にとって一番つらいのは休肝日。要するに「飲酒せず肝臓を休める日」。一週間に二日ほど設けるべきだと勧告されているが、これがなかなか難しい。

酒が「百薬の長」と言われているのは、血行を良くし、ストレスを発散させ、脳梗塞のリスクを減らす等のため。しかし、それは適量の場合であり、飲み過ぎると心身共に破滅に追い込むのが酒の恐ろしいところ。掲出の句、正月には飲む機会が多いので、「休肝日解除！」を宣言したのだろうが、そのままズルズル知らぬ顔の半兵衛を決め込んでいる図。そろそろ奥さまの堪忍袋の緒が切れ、爆弾が炸裂する頃である。

楽しんできたという顔せぬ夫

緒方美津子

仲間との飲み会か同窓会か、愉快なひとときであったことは雰囲気で分かる。が、「楽しかった」という顔は見せず、そのようなことも話さない。それは、留守番をしていた妻への想い遣り。自分だけが楽しんできたという引け目といささかのテレがあるとしても、やはり妻を思い遣る気持ちから出た素っ気なさに違いない。奥方としてもその優しさは分かるが、「もっと素直に」と、歯痒い想いなきにしもあらず。

このように文章で表現すると、くどくなって味が薄れる「一瞬よぎる微妙なこころの動き」を的確に表現できるのは川柳だけ。同作者の、人と人の微妙な心理を詠ったものでは他に《もう十時とまだ十時とが飲んでいる》等あり。

線量はしるよしもないはこべたち

雫石　隆子

線量とは「放射線量」のことであり単位は「シーベルト」。私たちの被曝許容線量は年間一ミリシーベルトだが、東日本大震災による帰還困難区域の年間積算線量は、五年経過しても二十ミリシーベルトを下回らなかった。これすべて「核は技術によってコントロールできる」と思い上がった人間たちが為した結果である。

野生の草花たちは今年もまた何事もなかったかのように健気に花を咲かせ実を結ぶであろう。だが、過剰な被曝線量による影響はなかったのか？　その調査は被災者のみならず、物言わぬ動植物に対しても継続し対策を講じなければならない。それが自然界のバランスを崩してしまった我々人間たちの責任であり礼儀である。

カッコよく仕事を辞めて昼の月

丸山　健三

上司と口論の末「それでは辞めさせていただきます！」と威勢の良い啖呵を切って辞表を叩きつけてきたのであろうか。一時の激情が醒めてフト気がつくと周りには誰もいない。ぽかりと浮かんだ昼の月のようにひとりぼっち。

愉快でラクチンで儲かる仕事などはない。嫌なことに耐え、気の合わぬ人達に我慢してようやく給料が貰える。もちろん、言うべきことは主張しなければならないが、相手の言い分もしっかり受け止め、互いに協調するべく努力するのも勤め人の義務。そのようなことは承知していたつもりではあるが…、とうとう堪忍袋の緒が切れてしまったのだ。「さて、明日からどうするか…」と仰ぎ見ても、昼の月は微笑むだけ。

加齢臭どんな臭いか言ってみろ

中筋　弘充

十五年ほど前、某化粧品メーカーが「加齢により体臭も変化する」ことを示すためにひねり出した「加齢臭」なる造語。消臭スプレー等のＰＲに使われ広く知られるようになった。

そもそも、臭いの元は汗であるが、汗そのものにはほとんど臭いはない。汗に分泌された皮脂が酸化するときに臭いを発生させる。それは子供も老人も同じだが、分泌される成分が変わることによって臭いも違ってくるだけのこと。着替えや入浴を怠っていれば子供でも悪臭がする。清潔にしていれば老人でも臭いなど発することがないのは当然。しかし、この加齢臭という言葉、高齢者自身が面白がって自虐的に使っているフシあり、抗議するのも筋違いか？

春はもうゼブラゾーンのあたりです

美馬りゅうこ

かじかんだ身体とこころをほぐしてくれる待望の春。その訪れを喜んだ歌は数えきれないほどあるが、童謡や唱歌では「春よ来い」「どこかで春が」「春の小川」「早春賦」など。歌謡曲やポップスなどは世代によって大きく異なるが、還暦以上の人たちにとって「ああ、やっと春」と嬉しく懐かしく思えるのは、イルカの「なごり雪」（昭和四十九年）や、キャンディーズの「春一番」（昭和五十一年）などであろうか。

さて、掲出の句、若々しく軽快であり委縮したハートを膨らませくれる。心待ちにしていた春は、「ほら、横断歩道の向こうで信号待ちをしているところですよ」との語りかけに臨場感があるのは、「ゼブラゾーン」という具象の力。

巨大迷路ついに一人も出てこない

石川　重尾

遊園地やテーマパークにある迷路。複雑な造りのものではスリルもあり大人も楽しめる。勿論、危険性はなく無事に出口まで辿りつけるようになっている。万が一、一人でも雲隠れして出てこなければ大騒ぎになるだろう。では、「一人も出てこない」巨大迷路」とは何か？　来世についてしばしば言われる「住みやすいのか誰も戻ってこない」等という言葉から、「次の世」であろうことは容易に推定できる。

死ねばどうなるのか？　あの世とは？　などは人智の及ばないこと。重たく深刻に考えてしまうことを、遊具のように「巨大迷路」と言ってのけたのがこの句の手柄。大胆なメタファーでありながら不思議な雰囲気を醸している。

京の椿はかんにんどすえと落ちる

古今堂蕉子

山茶花と椿の花は似ているが、散り方が異なる。山茶花は花びらがヒラヒラだが、椿は花ごとポトリと落ちる。その様子を「首が落ちるようだ」と嫌う人もいるが、地面に散らばっても咲いたままの形をとどめていて美しい。

さて、本句、その落花の瞬間を捉えて、花に「かんにんどすえ」と詫びの言葉を述べさせている。そう言われてみれば、花の形を整えながらポトリと落ちる様は、何やらもの言いたげである。人それぞれ育った土地の訛りを持っているが、花木も同じとした発想がユニーク。七音十一音の破調ではあるが、形式よりも想いを優先した結果のこと。字余りがかえって嫋やかな雰囲気を醸し出していておもしろい。

だれも見なかった桜も散りました

井上　一筒

大勢の人から「わ〜キレイ!」と褒め讃えられて誇らしげに咲いている桜は、散るときもまたその鮮やかさに喝采を浴びる。一方、誰一人訪れることもない山奥でひっそり咲いている桜は、誰に惜しまれることもなく散る。

もとより、花木も鳥獣も人間たちのために咲き競い囀っているのではない。ただ単に自然の営みを繰り返しているだけのこと。だが、私たちは神代の昔から、季節が巡り来るたびに美しい姿を見せる花木や小鳥たちを愛し、また慰められてきた。「誰にも愛でられなかった桜」にまで想いを重ねる人種は、大和民族を措いて他にいないのではないか。「桜」は「人間」とも読めるが、やはり素直に受け止めての味である。

滑り台大きなお尻入ります

春野ゆうこ

引率してきた保育士さんか若いお母さんなのか。楽しそうに滑っている子供たちに誘われて、自分も滑りたくなったのだろう。

この「大きなお尻」は、「君たちの可愛いお尻に比べて」という想いであろう。「滑りますよ～」の代わりに「お尻入りま～す」という言い回しも健やかで愉快。自嘲というほど大袈裟なものではなく、軽く自分を笑えるのはこころに余裕があるということ。それは、作者自身が快活な性格でもあるのだろうが、青空や公園、子供たちの笑い声という背景の明るさも大いに作用している。単に「滑り台から滑る」ことを述べただけではあるが、読む者のハートを膨らませてくれるのは、朗らかな佳作が持っている力だ。

投票所　月より遠く臥たっきり

佐藤　冬児

十九歳のとき、雪下ろし中に転落して脊髄を損傷。病床暮らしを余儀なくされた作者。敢えて「臥」の文字を使ったのは「単なる就寝ではない」ことを強調するためであろう。

本句の「投票所」の背景にあるのは、昭和二十七年に廃止された「在宅投票制度」の復活を求めて作者が訴訟を起こした、いわゆる「佐藤訴訟」。また、「月より遠く」は、昭和四十四年の「アポロ月面着陸」を背景にしている。しかし、そのような予備知識を除いても現代に通じるのは、「投票所と月」の取り合わせの妙と、社会的弱者の環境がさほど改善されていない事実。

冬児は「とおる」。本名は享如（きょうすけ）。明治四十五年山形県生まれ。没年不明。

たたまれていて幸せな紙風船

野沢　省悟

昔は子供たちの玩具であった紙風船。ゴム風船に負けて消滅しかかったこともあるが、その雅な美しさが見直され、今では伝統工芸品の仲間入りをして復活。イベントの景品や海外へのお土産などにもてはやされている。だが、薄い紙を継ぎ合わしているだけなので破れやすいのが紙風船の泣きどころ。お飾りとして楽しんでいるだけならいいが、本来の「遊び道具」としてポンポン叩くと壊れてしまう。

無機質な物体にまで「幸せな」と思いを寄せるのは作者の優しさと川柳眼。人もまた、親の庇護を受け羽を畳んでいる間が幸せなひととき。そして、長く厳しい闘いを終え、傷ついた体を畳む晩年もまた心安らぐ時でありたい。

かあさんがいるんだ鬼もにんげんも

日谷　寛

この「鬼」は、もちろん隠喩（メタファー）であり、直喩にすると「鬼のような人」。何の敵意も持っていない善良な市民、子供や女性までを殺戮するテロリスト。金品を得るために簡単に殺人を犯す人。別れた相手を追い回し、家族まで殺してしまう人。判断能力のない幼児を死に至るまで虐待する人。すべて「鬼のような人」である。いや、鬼でさえ「俺たちはそこまで酷いことをしない」と言うだろう。

この、鬼畜にも劣るような人間にも母はいる。そして、世界中の人がその行状を憎み責めようとも、母だけは、「ほんとうは良い子」「世間の所為」と、こころで庇い続けている。子のためなら命を捨てることが出来るのが母である。

レースから降りているのになぜ走る

山岡冨美子

説明するまでもないが、「レース」とは出世競争や凌ぎ合いのこと。「そのようなものから卒業したのに、いつまでバタバタ」ということ。加えて「残りの人生、ゆっくり楽しもうではないか」との想いであろう。他者への説教ではなく自分に対する問いかけ。いわば自省。

定年退職してからでも嘱託や臨時という形で働いている人は多い。仕事に就いていなくても、地域活動や趣味の会などで「超多忙！」のシニアが多いのはご承知の通り。のんびり出来ないのは「働き者」のＤＮＡに加えて、走り続けてきた「習い性」があるだろう。急ブレーキは体にも心にも悪い。徐々に速度を落とすのが理想だが、さて、元気者にそれが出来るかどうか…。

蒼原に隠れた蛇の眼が残り

八橋　栄星

明治三十七年生まれ。二十六歳にして新興川柳の祖と言われた田中五呂八の「氷原」同人に推され編集に携わった。無政府主義を貫き官憲から目を付けられ困窮していたが、五呂八の庇護を受けようやく糊口を凌ぐ。その後、上砂川に転居し履歴を隠して炭坑労働者となる。

掲出の句は昭和十年の作。「隠れた蛇」は、素性を隠して身を潜めた自身のこと。《鐘楼に星を残して音が消え》もまた同じ心情であろう。いずれも、その表現は五呂八の主張「川柳は詩であるべし」を具現している。「残した眼と星」は終戦によって輝きを取り戻し、いち早く「上砂川炭坑労働組合」を結成、労務改善に尽した。

本名・清一。昭和五十一年死去。七十二歳。

故郷は遠くてポストまで歩く

楢崎　進弘

もちろん、この「遠くて」は、距離の遠さを言っているだけではなく、「帰りたいけれども今はまだ帰れない」という心理的な遠さも含めてのこと。若くして墳墓の地を離れた人たちの胸底に、折に触れてたゆたう共通の感慨。

ご無沙汰の詫びと近況をしたためたのは父や母を慰めるためか、それとも旧友か恩師に対してか。そのような懐かしい人たち、今すぐにでも飛んで行って会いたい人たちが健在な間は、望郷の想いも切々たるものがある。だが、やがて父や母や恩師も他界し、旧友たちとも疎遠になってくると、生まれ育った山河も遥かに懐かしむだけの「想い出の地」となって、「ポストまで歩く」ことさえなくなってしまうのだ。

パチンコの最後の玉を見届ける

岩見かずこ

持ち玉が少しずつ減って、とうとう最後の一発。それが見事に命中してジャラジャラ！　勝利の女神がほほえんで大逆転！　ということになればいいのだが…、たいがいはアウト穴に吸い込まれて終了。さて、それを見届けてどうするか。ポケットに小遣いが残っておれば「よし、もう一度！」とチャレンジするだろう。そしてまた「最後の玉」を見届けて万事休す。スッカラカンになって店を出ると冷たい風。背中を丸めてとぼとぼ帰る姿はまさに負け犬。

パチンコに限らず競輪競馬など、ギャンブルに嵌まり込んだ人の「未練がましさ」「いじましさ」を鮮やかに摑み出した一句。己が姿を省みて苦笑させられた御仁も多いことだろう。

デュエットの相手トイレに行ったまま

清野　玲子

順番がきてイントロが流れてきたのに肝心の相手は「ちょっとおトイレ」と出て行ったまま。さて、取り敢えず一人で始めるか…。

高齢になるといろいろな老化現象が出てくるが、その一つが「トイレが近くなる」こと。デュエットのお相手を困惑させないためにも、しっかり用を足してからお願いしなければならない。それがマナーだが、申し込んでから尿意を催すこともあり得る。その場合は、トイレに行く前に「何曲待ちか」「行く余裕はあるか」を確認しなければならない。順番が来そうなら歌い終わるまで我慢する。我慢できなければピンチヒッターを依頼する。一緒に歌って頂くためにはこの程度のマナーは守らなければならない。

今死ぬというのにしゃれも言えもせず

食満《けま》　南北

辞世の句もいろいろだが、洒脱さで掲出の句に勝るものは稀。強がりではなく他人事のような冷静さに巧まざるユーモアあり。

明治十三年堺市生まれ。本名「貞二」。早稲田大学にて坪内逍遥に師事。のち、初代中村鴈治郎一座に加わり座付き作家として活躍。多くの優れた戯曲や歌舞伎に関する随筆を残した。土壇場に来て右の余裕には驚かされるが、劇作家として培った「人を視る目」の確かさが、己が姿にも注がれているのだろう。生涯に七十五回も転居した引っ越し好き。「殺陣師段平」や「桂春団治」の作者である長谷川幸延は南北の弟子。道頓堀に《盛り場をむかしにもどすはしひとつ》の句碑あり。昭和三十二年死去、七十六歳。

つつましく生きて輪ゴムの溜まる家

佐々木ええ一

何かにつけてくっついてくる輪ゴム。気にも留めずに捨ててしまう人もいるが、取り溜めている人も多い。「まだ使えるものを捨てるのは勿体ない」という想いは、親の考え方や生き方を見て自然に身についてきた価値観。

古き良き時代の家庭を思わせるつつましい暮らしぶりを「輪ゴムの溜まる家」に象徴させた手腕は見事でペーソスあり。だが、その「つつましさ」を貧乏臭いと感じる人もいる。また、誰もがこのような節約に努めると消費が縮小し、日本の経済が立ち行かないという考え方もある。いずれが間違いという程のものではなく、他人の生き方を云々するのは失礼だが、再生不能資源から作られた物に対しては節約に努めたい。

希望なら下り列車にだってある

森山　盛桜

この「下り列車」で真っ先に頭に浮かぶのが「都落ち」という言葉。すなわち、こころざし成らず都会を追われて地方へ行くこと。そのような状況になったとしても「どこにでも道はある」「希望を忘れるな」というエール。

東京一極集中の是正策として、文化庁の京都移設などが進められているが、肝心の「地方創生」はその萌芽さえ見えない。地方の大学を卒業しても大都会へ出る若者が多いのは、地元の就職先が「役場」「教員」「農協」などに限られていること。魅力的な企業を誘致し、都会よりも安く快適な住宅を供給する。そして「楽しく稼げる農林業」に改革すれば、希望を持って「下り列車」で戻って来る若者も増えるだろう。

落としても割れそうにない雲丹の瓶

鈴木　道子

確かに、言われてみればその通り。圧力のあるものを封じ込めている訳でもないのに、なぜあれほど分厚い瓶なのか。ネットで調べてみると。①少ない内容量を多く見せたい。②ガラスの屈折で中身が綺麗に見える。③ずっしり重いことによって高級感を出している等々。菓子箱に見られる「上げ底」の発想と同じ。

川柳でいちばん多く詠われているのが複雑な「人間」であるが、人間が創った物体も、考案した人の思惑が入っていて面白い。その物体を表現する方法の一つが「笑う瓶」とか「橋が泣いている」等の擬人法。人それぞれ好みはあろうが、擬人法に拠らず本句のように「凝視して得た想い」を述べる手法が真実味に勝る。

くもの巣に一番星がひっかかり

延原句沙彌

夕方、いちばん初めに輝きだす星が「一番星」。まだほんのり青空が残っている天空に、金の粒のようにキラキラ光る様は美しく「一番星みつけた」という童謡も親しまれている。

星や月などは日常生活から遠く離れた存在であり、普段はあまり意識していない。そのような宇宙の彼方のものと軒下に掛かっている蜘蛛の巣の取り合わせが絶妙。加えて「星が蜘蛛の巣にひっかかっている」という思いがけない描写によってユーモラスな一篇の詩が生まれた。

川柳雑誌（川柳塔の前身）の須崎豆秋と、番傘の高橋散二と共にユーモア三羽鴉と呼ばれ、代表作に《茹で玉子きれいにむいてから落とし》がある。昭和三十四年死去。六十一歳。

杖ついたジャンヌダルクを演じたい

大田かつら

人生は劇場であり、全員がそれぞれの舞台の主人公。脚本も演出も他人に頼ることは出来ず、自らの責任で演じなければならない。ジャンヌ・ダルクはイングランドとの百年戦争におけるフランスの英雄。作者は「彼女のように果敢に生きてゆきたい」と言う。足腰が弱くなっても「杖をついて」と言う。その背景にあるのは沖縄県民としての意地と矜持かもしれないが、ともすれば弱気になってしまう自分との闘いでもあろう。その意気があれば何歳になっても「我が人生劇場」の主人公を演じられる。

これは川柳マガジン誌「笑いのある川柳」の特選句。確かに笑える構図だが、ペーソスに裏打ちされた笑い。老いとは「おかしく哀しい」ものである。

失敗談よくよく聞けば自慢なり

村上　玄也

自慢は自己顕示や自己主張から生まれるものであり、多かれ少なかれ誰もが口にしている。稀には「ほとんど自慢をしない人」もいるが、謙虚な性格に加えて強い意思によって顕示欲を抑制できる「尊敬すべき達人」である。

自慢話でいちばん多いのは孫自慢、次に旅自慢・金自慢・学歴自慢・料理自慢・連れ合い自慢等々、数え上げればキリがなく、人が関わるものすべてから自慢話は生まれる。また、その開陳方法もさまざま。他人の失敗は優越感をくすぐってくれるのでニヤニヤ聞いていたら、結局は自慢話だったということは珍しくなく、「自慢しい」の常套手段。だが、誰もが軽くやってしまうことでもあり、以て他山の石としたい。

ラジオから「ワカレナハレ」というお告げ

平井美智子

関西在住の中年以上の人なら誰もが知っている「そら、あんさん別れなはれ」というフレーズ。ラジオ大阪の「人生相談」で四万人からの相談に乗ったという融紅鸞（とおる・こうらん。本名・胡桃沢美代子）さんの決め台詞。自分が進むべき道は自分で決めるのがベストだが、他人のほうが冷静に判断できる場合もある。作者も夫婦間のことで悩んでいたのだろう。そこへラジオから流れてきたのが同じような相談事。参考になるアドバイスが聞けるかと期待したが、あっさり「あんさん別れなはれ！」。

さて、それを「天からの啓示」と受け止めたのか、「他人事と思って…」と苦笑したのか？　一句として残せたのは後者の余裕であろう。

戦争へありとあらゆる人動く

小田　夢路

夢路の代表作といえば《ひとり来てふたりで来たい波の音》《馬鹿な子はやれず賢い子もやれず》がある。が、敢えて掲出の句を選んだのは、戦後七十年を経て、戦争の実態を知らない世代が中心の世になってきたため。指先で操るだけのゲームの中では勇敢な兵士ばかりだが、現実の戦争に傍観者は一人もおらず、命令する者から赤ん坊まで、「ありとあらゆる人」が悲惨な渦に巻き込まれてしまう。

随時発行であった「番傘」を月刊誌に定着させるなど、着実な仕事ぶりで岸本水府の信頼を得た。掲出句は温厚な夢路の精一杯の抵抗心の吐露ではあるが、彼自身、昭和二十年八月六日、広島の爆心地近くで被爆死。五十四歳。

見えぬ目の奥に飛ばしてみる蛍

松浦　英夫

句会や大会の良いところの一つはリアルタイムで優れた作品に出会えること。掲出の句、隣席の作者が呼名をされたとき「アッ！」と思った。選者の披講が終わった後、どのような句であったか確認させてほしいと申し入れたところ、机上のノートを開き指でなぞって教えてくださった。点字の作句帳を目にするのは初めてだったが、私の乱雑なノートが恥ずかしくなるほど、それは見事に整然と刻まれていた。

目が不自由とはどういう状況なのか、想像してみようと目を瞑るが長くは続かない。いっときの思い付きでは推し量れない厳しい世界に違いない。帰途の列車で「見えぬ目の奥で乱舞する蛍」を思い描こうとしたが無駄であった。

発狂の一歩手前にある無口

両川　洋々

発狂とは穏やかならぬ言葉であるが、国内外で次々と起きている血なまぐさい事件は、まさに「狂気の沙汰」。狂信的な集団に洗脳された挙句の自爆テロも恐ろしいが、「礼儀正しい好青年だった」という若者が、突如刃物を振り回して無差別に殺傷するのも恐ろしい限り。

人と人の繋がりが希薄になりつつある現代社会で、隣人の異変に気付くのは至難であるが、せめて、友人の状況ぐらいは見ておきたい。いつも前向きで元気な人が俯いて萎れているとき。朗らかで饒舌な人が無口になっているとき。それは、当人の身体が発している「ＳＯＳ！」に違いない。さりげなく言葉をかけることによって「一歩手前」から引き戻せるかもしれない。

うるさいと言われ三秒ほど黙る

永見　心咲

誰から「うるさい」と言われたのかは述べていないが、夢中で喋っている相手に「うるさいな、少し黙れんのか…」等と言えるのは亭主ぐらいなものだろう。また、文句を言われても怯むことなく、少し息を継いだだけで復活して喋り続けることができるのは夫婦だから。

稀によく喋る男性もいるが、「女三人寄れば姦しい」という言葉があるように、おおむね女性のほうがお喋りである。それは、「オキシトシンという結びつきホルモンのせい」という説。また「女性は男性よりも言語野が発達しているから」等の説もあるが、明確なのは「元気よくお喋りしている人は機嫌が良い」ということ。このような人が無口になれば要注意である。

晩年のふっくら炊ける栗ご飯

小出　智子

晩年とは「一生の終わりの時期」のこと。まだ現役で矍鑠としている自分に対して遣うのは不自然且つ不遜感無きにしもあらず。だが、同年輩の友人の訃報に接するようになり、自らの歳を振り返ったとき、「私もそろそろ」という想いがよぎるのは誰にでもあること。

爽やかな秋日和の下、ふっくら炊きあがった「栗ご飯」は、穏やかな暮らしの象徴であり、一筋の道を弛まず歩んできたご褒美。掲出句は平成元年発刊の「蕗の薹」に収録。他に《ともしびを大切にして冬籠り》《兎より愚かになってよく眠る》等。川柳塔社理事長として活躍。その穏やかな人柄は「川柳塔のお母さん」と多くの同人から慕われた。平成九年死去。七十一歳。

どの人も寝るとやさしい顔になる

糀谷　和郎

「生き馬の目を抜く」とは古い言葉だが、ぼんやりしていると足を掬われるのは昔も今も同じ。油断大敵、騙されてはいけない等と身構えていると表情が厳しくなるのは当然。

だが、手強い敵も寝床まではやって来ず、目を瞑ると天下泰平。緊張していた表情も緩んで「やさしい顔」になるのは誰しも同じ。睡眠こそ最も効果的な休息であり充電時間。「どの人も」とは、金儲けに血眼になっている人も、悪事を企てている人もということ。どのような日常を送っていても、寝ている間だけは強欲も悪意も失せて、赤ん坊のような純な心に戻っているということだろう。目覚めても、その「やさしい顔と純な心」のままであればいいのだが…。

衝撃を受け止めるため二重あご

福多あられ

女性の体型を云々するのは失礼ではあるが、どちらかと言えば「ふっくらが好き」という男性のほうが多いと思われる。にもかかわらず、女性のスリム願望は根強く、「激ヤセ」などという眉唾のサプリメントが売れている。しかし、体型の根っ子にあるのはご先祖から受け継いだＤＮＡであり、「ふっくら型」の人が無理してダイエットしても健康を損ねるだけ。

掲出の句、太っている人の象徴「二重あご」を「衝撃を受け止めるため」だと開き直っている。確かに、骨で直接受け止めるよりダメージは少ない。何事も前向きで楽天的なのもふっくら型の人に多く「肝っ玉かあさん」の頼もしさも男性陣から支持される要因の一つだろう。

知られたい個人情報だってある

太秦　三猿

個人情報保護法の施行は平成十五年。本来、情報を扱う企業や行政のモラル向上が目的だったが、次第に拡大解釈され些細なことまで「プライバシー」が叫ばれるようになった。

味噌醤油を融通し合い、子供の通信簿から台所事情までスケスケだったのは昭和の庶民の暮らし。今や、病室の名札は撤去され同窓生の消息を辿るのさえ至難。「個人情報保護」という旗印の下にご近所の繋がりが分断され、細やかな人情が通じなくなってゆくのは寂しい限り。

本句、右のような味気ない管理社会に対して「知ってほしいことだってある！」と述べて痛快。自慢したいことや慶事を、我がことのように喜んでくれる友人知人こそ財産である。

酒ついであなたはしかしどなたです

橋本　緑雨

賑わっている酒場のカウンター席で隣り合わせに座った二人。どちらからともなく声をかけて「まあ一杯！」。注いで注がれて話が弾み旧友の如くになるのは酔っ払いの常。フト気がついて（さて、この人は何処のだれ？）。飲兵衛なら誰しも似た経験はあるだろう。その後「あっ、先日はどうも…」となって、再び「まあ一杯！」と話が弾み、生涯の飲み友達となることもある。二度と会うこともなく幻のヒトコマになることもある。面白き哉人生！

大正十三年に麻生路郎が発刊した「川柳雑誌（のちの川柳塔）」の創刊当時からの同人であり、路郎が没する昭和四十年までその編集に力を尽くした。昭和四十五年死去。七十七歳。

電話ではわからなかった母の老い

岩堀　洋子

電話するたびに「げんきげんき、心配せんでええ！」という張りのある声。ほんとうに元気そうだったので少しも案じていなかった。しかし、久しぶりに帰省してみると、背中は丸くなり白髪も増してすっかりお婆さん。

日頃から朗らかな声で応じているのは、「子供に心配かけたくない」との親心。だが、それは決して無理をしているわけではなく「まだ子供の世話になるほどではない」という想いに嘘はない。また、外見の衰えほど心は老いておらず、食卓を囲んで笑い合えば、「ああ、まだまだ大丈夫」と娘もひと安心。しかし、その穏やかな晩秋の語らいも束の間のこと。電話に出ることも一苦労の厳しい冬はすぐそこに迫っている。

りんごは落ちたが蓑虫は残った

西　美和子

暴風の予報にあれこれ手当を施したのであるが、すべてをカバーするのは不可能で、落ちる林檎は落ちてしまった。だが、同じ枝の蓑虫は何事もなかったかのようにブラリ。

この句、林檎農家の嘆きと読む向きもある。しかし、それでは単なる報告にとどまり味が薄い。手厚く保護された林檎と、誰からの庇護もなく大自然の力に抗っている蓑虫の対比と見ることで興趣が湧く。川柳は人間を主人公として、その喜怒哀楽を述べることを伝統としてきた。しかし、取るに足らぬ小さな虫の営みを凝視することによって、大自然の摂理まで想像を膨らませることができる。小さな「見つけ」から大きな背景を引き出すのは短詩文芸の真骨頂。

逆立ちの出来る男に職がない

高橋　岳水

上五の「逆立ちの」を、何に置き換えても成立する。たとえば、「パソコンの」「運転の」「翻訳の」など、職業に直結する技術であればピッタリ。だが、あたりまえ過ぎて面白くも何ともない。逆立ちという思いがけない設定によってナンセンスな面白さが生まれた。

川柳の三要素は「穿ち」「軽み」「おかしみ」だが、文学性を喧伝されている現代川柳においては無視されつつある。それは、通夜のように静かな大会を見ても明らか。しかし、ユーモアこそ川柳の基本であり拠って立つ独自性であるのはいつの時代も変わらない。中でも論理性や意味性には拘らないナンセンス・ユーモアは、現代川柳の先鋭と言っても過言ではない。

吐く息も三尺ほどの北の冬

後藤　閑人

厳しい寒さの中、吐く息の白さが鮮やかに見える。一茶の句に《これがまあ終の栖か雪五尺》があるように、積雪量の「尺」は珍しくないが「吐く息」を表した例は稀。尺貫法は昭和三十三年に禁止されたが、文芸は憲法で保障された「表現の自由」が優先。我が国固有の一行詩にはやはり「尺」や「寸」に趣がある。

川柳にも郷土色が薄れつつある現代。掲出の句や同作者の《冬将軍出かせぎ部隊編成す》《男なきいろり民話もなく黙し》などを読み返すと、風土が持つ「味」は捨てがたいと思わせる。

仙台に生まれ育ち、昭和二十二年創刊の「川柳宮城野」に編集同人として参加。同四十二年主幹に就任。昭和五十五年死去。六十七歳。

やくざ死す故郷の空の青も見ず

西村　恕葉

大正十三年生まれの女流作家。十六歳で川柳の手ほどきを受け十七歳のとき出奔。以来、旅芸人の一座に加わり各地を巡る。女性が「ヤクザ」を詠うのは極めて稀だが、旅の一座とは切っても切れぬ縁。土地の親分に頼らなければ興行できなかった背景を思えば、恕葉にとってヤクザは異質な世界ではなく、共感できる仲間意識さえあったのではないか。

古川柳に《ふるさとへ廻る六部は気の弱り》があるが、誰しも元気なときは振り返りもせず、弱るにつれて思い出すのが故郷。親兄弟を捨てた（あるいは勘当された）ヤクザも人の子。病に臥せてからは、帰るに帰れない遥かな山河や幼馴染みのことを恕葉に語っていたのだろう。

網棚に花束忘れるのは男

高島　啓子

女性が花を好む熱意のほどは男性の想像を遥かに超えたものがある。某アンケートに拠ると、花をプレゼントされた女性の八割以上が「相手を好きになる」「相手を見直す」「うれしい」のいずれかにマルを入れたとのこと。

そのように、花を我が分身のように愛おしむ女性たち。いただいた花束を網棚に置くなどは考えられない。忘れたのは間違いなく男。そして、敢えて推定すれば、退職祝いを受けた酔っ払い。「男とはそのように、デリカシーのない杜撰なものだ」との歯痒い想いが言外から汲み取れる。《学校を覆う大きな病垂れ》にて第四回高田寄生木賞特選など、川柳塔社同人として活躍したが、平成二十八年八月急逝。七十八歳。

若い娘を見たくてフラリ街へ出る

片山かずお

毎日同じことの繰り返しで、変化も刺激もなければ心身ともに萎れるばかり。ご近所の奥さまを鑑賞するのも悪くはないが、これまた同じ顔ぶれでは如何ともし難い。たまには少しお洒落をして華やかな街を歩く。但し、キョロキョロと物欲しげな顔をせず、いかにも重大な用件に向かっているように胸を張って…。

身体の経年劣化は避けられないが精神は心掛け次第で対応できる。「もう歳だから」とか「いい歳をして」などと自らを年寄り扱いしていると老け込むばかり。《錆止めに恋だ愛だの句を作る》も同作者。恋だ愛だを実践するとあれこれ面倒。街へ出て若い娘たちを眺めるのも錆止め。想像力を駆使しての作句も錆止めである。

おにぎりだ水だとあたたかい他人

長谷川紫光

誰しも、自信に満ちて順調に進んでいるときには「誰の世話にもなっていない」「誰にも迷惑をかけていない」などと思いがちなものである。だが、地震や洪水など不慮の災害に遭遇したとき、自分ひとりでは一つのおにぎりさえ得ることが出来ない無力さを思い知る。

そのようなときに手を差し伸べてくれるのはご近所の皆さんやボランティアの皆さん。日頃は「プライバシー云々」で深いお付き合いはないが、困っている状況を見ると自然に善意のスクラムが出来て声をかけてくれる。特に阪神淡路大震災・東日本大震災を経た後は進んでボランティアに赴く人が多く、「やっぱり人間ってすごいなあ!」と胸を打たれることしばしば。

うしろ手に鋏を持っている笑顔

小野　克枝

状況をそのまま詠っていると受け止めても面白いが、「鋏」を悪意のメタファーと読むのが自然。すなわち、顔はにこやかだが腹では何を考えているのか分からないということ。

もちろん、どこにでもある個人対個人のことを詠っているのであろうが、最近の日本と中国のギクシャクした関係にピッタリとも思える。尖閣諸島を巡っての鞘当ては双方とも一歩も譲らない姿勢であり、これは「鋏」。一方、経済の結びつきは損なうことが出来ず、これは「笑顔」。その矛盾が当時の外務大臣のぎこちない握手と無理な笑顔に表れている。ただ、我が国は鋏を後ろ手にしているのにも関わらず、彼の国は露骨に見せているのは未熟と言わざるを得ない。

小出ししているので噴火せぬ夫婦

毛利　由美

熟年離婚のほとんどが妻からの申し入れ。女性が強くなり経済的にも自立できるようになったことが背景にあるが、そもそもの原因は夫への積もり積もった不満に違いない。きっかけの「別れたい…」から「別れよう！」と決心するまでにはかなりの葛藤があっただろう。その間にフラストレーションを「小出し」しておれば破局までには至らなかったかもしれない。疲労の蓄積は大病の元凶であり、不平不満の蓄積は噴火の元。日頃のちょっとした口喧嘩は「ガス抜きの安全弁」だと思えば看過できる。

地震も火山の噴火も、実害のない程度にエネルギーを「小出し」して、「大震災」とか「大噴火」にならないようにしてほしいものである。

タ・ス・ケ・テと蛍光管が消えかかる

上原　稔

形ある物は壊れ、命あるものは死ぬのが逃れられぬ定め。ただ、その壊れ方や死に方は一様ではない。長患いの末に臨終を迎える人もいれば、なかなか起きてこないので見に行くと息をしていなかったという突然死もある。

白熱灯はスイッチを入れて「あれ、点かないな？　昨日は点いたのに…」というケースが多いので言わば突然死。蛍光灯はチラッチラッと点滅することで不具合を報せるので、事故死でも突然死でもなく、長患いで終末を迎えるタイプ。そのチラチラを「タ・ス・ケ・テ」と見たのが手柄。ただ、人間ならば即入院で最新医療を施せばしばらくは生きながらえるが、点滅までに悪化した蛍光管は残念ながら救いがたい。

大根がおいしいだけで冬が好き

大木　俊秀

ウィンタースポーツが好きな人にとっては待ち兼ねた冬であろうが、大方の人にとっては四季の中でもいちばん苦手な季節。しかし、「寒いな～嫌だな～」と俯いてばかりでは人生の四分の一は不愉快な気分で過ごすことになる。ついでに言えば「夏も嫌い」などと言っていると、この世に滞在している期間の半分は顔を顰めて過ごしていることになる。

酷暑極寒であっても、一つや二つは良いところがある。作者は「大根がおいしい」という理由だけで冬が好きだと言っている。難しい理屈など不要。単純明快この上なし。飲兵衛にとっては「酒が旨いだけで…」であろう。おでんの大根プラス熱燗で「冬がベスト」になるか？

寒いねと朝言ったきり日が暮れる

佐道　正

外出するのも億劫な冬場の一日。一つ屋根の下に閉じこもっている寡黙な夫婦の姿が見える。もちろん、他にも何か言っているのだが、そこは川柳独特の「誇張法」の面白さ。

新婚時代ならともかく、長年連れ添った夫婦はどこことも似たようなものだろう。しかし、「言わなくても分かっている」「気持ちは通じ合っている」というのは、亭主の身勝手な思い込みで、奥さまは不満を募らせていること多々あり。話しかけるのが「今さら」とか「照れくさい」と思うなら、食事時に「うまいな…」と独り言でいい。奥方としてはその呟きだけでモヤモヤが吹っ飛ぶだろう。世の亭主族諸君、いずれ介護を受ける身であることを忘れてはいけない。

行き止まりいくつ作ったことだろう

北山まみどり

平坦な道ばかりでないのは仕事も趣味も同じ。仲間と語らいながら楽しく歩めるときもあれば、独りでトンネルを掘り進まなければならないときもある。「どれほどの困難でも、弛まず努力すれば道は拓ける」等ということは、子供の頃から何度も説かれて誰もが知っている。

だが、現実は理屈や教条通りには進まず、トンネルの途中でギブアップした経験は誰にでもあるだろう。そのことを「行き止まりを作った」と表現したのが「技あり」で大いに共感できる。

生涯かけて一筋の道だけを歩んだ人は稀。「資質と合わない」と見極めをつけて引き返すのも勇気。そのような試行錯誤の繰り返しが人生街道だろう。本句、敢えて分類すれば「哲学川柳」。

遠くから見ても我が子はすぐわかる

前田　楓花

たくさんの子供たちの中にいても、ちょっとした動きや仕草だけで我が子だとわかる。それは、自らが苦しみながら産み、慈しみ育ててきた母親なら誰しも当然のことだろう。

母が子を想う気持ちの強さは「母性本能」であり、ヒト科に限らず多くの生き物が持っているものだと思っていた。しかし、フェミニズム（女性解放思想）上の観点からは、母性本能なるものは存在せず、男女を問わず育児を重ねることによって愛しさが生まれてくるものだという。育児放棄や幼児虐待などの哀しいニュースに接するたびに「その説もアリか？」と悲観的になるが、そのようなことは稀な例であり、ほとんどの母親は掲出の句と同じだと思いたい。

浮き草は浮き草なりに花が咲き

中島生々庵《せいせいあん》

浮き草に喩えて人の世を述べているのは明らか。都はるみの代表曲の一つ「浮草ぐらし」では「♪明日のことさえ～わかりはしない」と歌われている。明日の運命が分からないのは誰しも同じだが、定収入も資産も無い不安定な暮らしの心細さは経験者にしかわからない。

大正十四年大阪医大卒。昭和六年医学博士。小児科医院を開設し大阪府内科小児科医師会会長を務めた。その背景から、掲出句は「浮き草」の実感ではなく、「人生を達観」した作品であろう。親孝行を偲ばせる句では《母と往く心斎橋の片日照り》がある。昭和四十年麻生路郎逝去後、不朽洞有志と共に「川柳塔」を創設。推されて主幹となる。昭和六十一年死去。八十九歳。

ロッキーのテーマで髭を剃っている

三浦　蒼鬼

気に入っている曲は題名とメロディーが直結して沁み込んでいる。「ロッキーのテーマ」と聞けば、たちどころに「パパ〜ンパ〜ン、パパ〜ンパ〜ン」という躍動感あふれるメロディーと、シルベスター・スタローンのファイティング・ポーズ、そして傷ついた顔が現れる。

作者はその勇壮な曲をバックに流しながら髭を剃っているという。いや、何度も聴いていると、曲が流れていなくても頭の中で蘇ってくるのだろう。そして、次第に「よ〜し、今日も頑張るぞ！」と気合が入ってくる。このように、自分を元気づけてくれる曲、口ずさむだけで楽しくなってくる歌などは、親しい仲間たちと同じように終生持ち続けたい貴重な財産である。

愛されるプーさん　射殺される熊

加藤　当白

悪人などは一人も出てこないメルヘンの世界と、厳しい現実との対比が鮮やか。

蜂蜜が大好物のプーさんは黄色い熊。熊が蜂蜜を好むのは事実だが、黄色というのは非現実的であり、「童話」であることを象徴的に示している。作られた世界ではあるが、ゆったり生きているプーさんを中心とした牧歌的な物語は、世界中の子供たちを情緒豊かに育ててきた。

一方、餌を求めて里へ下りてきた熊は射殺される。「熊がかわいそう」というツイッターには批判が殺到した。被害の実態や危険性を知らない傍観者の感傷的な意見ではあるが、野生の動物たちの棲息地を荒らしているのは人間である。共棲できる方法を考えるのは我々の責務。

ルンルンの鞄キップが出てこない

田中　恵

久し振りの旅行にルンルン！　までは良かったが、肝心のキップが出てこない。鞄のどこかに仕舞い込んだのは間違いないのだが、サイドポケットにも化粧ポーチにもない。鞄の底にもない。焦れば焦るほど出てこない。

旅慣れた人でも、ちょっとした油断で思わぬハプニングに遭遇してしまう。それは、旅そのものが非日常であり、行動パターンがいつもと違ってしまう所為もあるのだろう。海外旅行ではパスポートの管理に悩むのは誰しも同じ。有効な方法は小型のショルダーバッグを肩からたすき掛けで提げること。貴重品は此処と決めておけば、チェックも簡単で取り出しやすい。但し、物騒な場所では胸の前に回しておくこと。

一寸した血はなめて置く大工の手

清水　白柳

「よっ、男だね！」という仕草。職業選択の自由が保障されている現代においても、大工や板前など刃物を扱う職人、そして、鳶職のような危険作業は圧倒的に男が多い。それは「女には無理」という古い意識も多少あるが、良い方に解釈すれば「危ない目に遭わせたくない」という男たちの優しさの表れでもある。

「大工の手」と客観的に述べているが、宮大工であった作者自身のことなのは明らか。他に《職人に明治の戸棚眼に残り》など、自らの体験を通じて一般的な「大工気質」「職人気質」を表現していると解釈しても違和感はない。

麻生路郎没後「川柳雑誌」から移行した「川柳塔」の編集長。昭和四十五年死去、六十五歳。

便所まで命を曳いていくは淋し

金築　雨学

日常の暮らしの中で、他者には知られたくないことの最たるものは排泄行為。それは、排泄する無防備な姿そのものが「無様で絵になるものではない」という意識。そして、その意識の根底にあるものはプライド。だが、自分で「命を曳いて」行けるうちはまだしも、いずれ誰かの手を借りなければならないときが来る。そのような事態に至って「ヒト科もまた動物」であることを潔く認め、プライドを殺し境遇を甘受するのも人生の達人であり解脱である。

掲出句は、昭和五十三年川柳展望社より発刊の「展望叢書⑤金築雨学川柳集」に収録された四十四年前の作。トイレを表す雪隠はすでに通じ難いが、「便所」が死語になる日も遠くない。

そこらじゅう濡らし男の皿洗い

平井　義雄

奥さんは旅行中なのか、体調を崩して臥せっておられるのか、それとも、「たまには手伝ってよ」と言われてのことか。しぶしぶ慣れない作業に取り掛かったのはいいが、ふと気がつくと「そこらじゅう」びっちゃびちゃ。

この句も「男の」という客観的な描写であるが、他所の台所を覗いたわけではなく、作者自身の体験を述べたもの。一読して苦笑させられた御仁も多いことだろう。それは、作者の自画像でありながら、一般的な「不器用な男の姿」を表していると受け止めることができるため。

奥さまとしては、気になるところは目を瞑り、「ありがとう!」の言葉が大切。子どものように単純な男たちは進んで手伝うようになる。

花吹雪浴びて最後のクラス会

堂上　泰女

この世から一人去り二人去り、クラスメートの半分以上が天国へ召されてしまった。こちらに残っている友人たちも療養中とか足腰が痛くて外出困難とか、案内状を出しても「欠席させていただきます」という返事ばかり。これまでも顔を合わせるたびに、「もうこれでおしまいにしましょう」と言っていたが、世話役の頑張りでどうにか続いてきた。だが、その世話役も出席できなくなり、とうとうこの花見の宴が「最後のクラス会」になってしまった。

互いに手を取り、助け合いながらゆっくり歩む老婦人たちを労わるように見事な花吹雪。振り仰げば遥かな蒼天から「こちらの花も綺麗ですよ、早くおいでなさい」と聞こえたような…。

一匹の蜉蝣落盤で死んだ

外山あきら

川柳に取り組んでいる人の職業は様々であり、それぞれの体験から摑みだした句には机上作が持ち得ない力強さがある。また、その職場環境や就業状況などを克明に表したものは他者には真似のできない独自性があり、移り行く産業史の記録としても貴重なものである。

作者は二十歳で炭鉱労働者となり三十歳で川柳に目覚め、三十四歳で番傘本社同人。厳しい労働に明け暮れる中で生き甲斐となったのは家族の笑顔と川柳だった。六十九歳（平成五年）には番傘九州総局長に就任。掲出の句は平成十年上梓の「燃える石」に収録。大胆な隠喩「蜉蝣」と九音八音でぶち切ったリズムが武骨な男の哀しみを表している。平成十七年死去。八十一歳。

ふるさとに残る私の滑走路

加藤ゆみ子

《ふるさとの山に向ひて言ふことなし　ふるさとの山はありがたきかな》と詠ったのは石川啄木。人は誰しも、大切に守っている原風景がある。それは山河に限らず、懐かしい学び舎や通学路や遊び回った公園等々。そして、幼馴染みや同級生や先生、ご近所の皆さんや駄菓子屋のおばちゃん等々。幼い自分を取り巻いている総てのものと関わり慈しみ育てられた。

無事に翔び立たせてくれたそれ等すべてを称した「私の滑走路」はまことに適切な比喩であり手柄。また、この句が力強いのは、センチメンタルな感慨に陥らず「滑走路はまだ残っている」と詠ったこと。遥かに離れてはいるが今も健在であり、静かに見守ってくれているのだ。

公園に日曜画家を褒めに行く

加島　由一

人を喜ばせるのが好き、みんなが楽しんでいるのを見るのが好き、というのは善人の証であり、多くの人がそのように思っている。だが、「お世辞」とか「無理をしている」と悟られずに人を褒めるのはなかなか難しい。

屋外のほうが快適な季節になると、公園などにイーゼルを立てる「日曜画家」が目に付く。無視して通り過ぎる人、立ち止まって眺める人、それぞれだが、作者は「褒めてやる」のだという。喜ばせるのが好きな善意の為せるところだろう。だが、相手は屋外で堂々と描くほどのベテラン。「お上手ですね」等という芸のない言葉では白けさせるだけ。具体的に優れたポイントを褒めるには相応の知識とセンスが要る。

献体を決めて夕日の中にいる

宮本めぐみ

献体とは医学の研究や発展のために自らの遺体を提供すること。「私も…」と思っている人も多いだろうが、献体登録に至るまでには様々なハードルがある。その一つは、家族に一人でも反対者がいると実行されないこと。また一つは、「自分の身体が隅々まで解剖される」ことを理解し冷静に受け止められること。

逡巡の後に決心に至ったのは「社会への恩返し」という思い。誰の世話にもならずに生きている人など一人もいない。無事に生かされてきたのは多くの人のお陰である。自分に出来る恩返しは「献体がベスト」と判断した結果。鮮やかな光を放ちながら沈みゆく夕日は、充実した晩年を迎えている人の姿そのものではないか。

久かたに訪えば故郷の水濁る

野口　北羊

幼いころから慣れ親しんだ故郷の山河。大らかに慈しみ育ててくれた親と同じように、いつまでも変わらぬ姿でいて欲しいと願うのは、いささか身勝手ではあるが誰しも同じ。

だが、久しぶりに訪ねてみれば、駆け回った草原はソーラーパネルに埋め尽くされ、筍を掘り栗を拾った山には幾つもの風車。小鮒を追ったせせらぎの両岸はコンクリートで固められている。「水濁る」は、清流が生活排水に汚されていることを述べたと解釈できるが、変わり果てた状況すべてを象徴したものと受け止めたい。

生まれ故郷は福岡県（大正四年）。三十五歳にて岐阜県に移住。昭和二十九年「岐阜番傘川柳会」（後年、岐阜川柳社と改称）を創立。昭和五十四年死去。六十三歳。

夕方の人のかたちのたよりなさ

和泉　香

「行ってきま〜す」と出てゆくときはエネルギーに満ちているが、日暮れに家路を辿るときはいささか草臥れて足取りも重い。また、黄昏の語源が「誰そ彼」（たそかれ）であるように、夕暮れどきは人の姿が見分け難くなる。そのような、存在感が薄れてゆく人の姿を冷静に観察している作者もまた薄暮に身を置き、己が姿の頼りなさを感じている。「夕暮れは何となく寂しい」とは誰もが感じることではあるが、その心細さは「かたちのたよりなさ」と「内なるこころのたよりなさ」から生じてくる。

この「夕方」を人生の下り坂と読み、老境の心許なさを詠っていると解釈したい向きもあろうが、それでは理屈が勝ち過ぎ妙味が薄れる。

戦争の音も写っている写真

北原おさ虫

戦場カメラマンの使命は戦争の実態を正確に伝えること。ゲームや映画でしか戦争を知らない世代、平和ボケして危機感が麻痺している世代へ、戦争がいかに残虐で愚かしい行為であるかを伝えること。銃撃で斃れた兵士や爆撃に巻き込まれて泣き叫ぶ幼児など「戦争の音」が聞こえてくる臨場感のある写真は、自らが前線に乗り込まなければ撮ることはできない。そのように、カメラマンが身を挺してキャッチした写真から戦争の不条理を理解し、平和を守り抜く覚悟を新たにするのは私たちの使命。

本句は、課題「肉薄」で最高得点をゲット。課題を詠み込まずに表現した成功例。

キッチンで生きる力を生んでいる

倉益 一瑶

炊事・洗濯・掃除などは主婦の役目。などと決めつけると女性軍から大目玉を食らうだろうが、男女平等が当然の現代でも、家事を取り仕切っているのはほとんどが女性。

家事の中でも特に手がかかるのは食事の支度。一日三食、三六五日あれこれ悩みながらの繰り返し。時には「誰か代わって！」と言いたくなることもあるだろう。「生きる力を生んでいる」は、意欲が薄れたときに自らを元気づける呪文であると共に、女性に限らずキッチンに立つ人たちすべてに対するエールでもある。

手伝いもせず「私食べる人」を決め込んでいる諸兄も、作る人の苦労を推し量り、たまには「生きる力をありがとう！」と感謝するべし。

さまざまな鏡の中にゲリラの眼

高田寄生木

穏やかに見えているが激しいところもある。内に籠ることもあるが奔流することもある。人は多面体であり「さまざまな鏡」に写る姿は多様だが、すべて自分自身に違いはない。

その「さまざまな鏡」の中の一つに「ゲリラの眼」があるというのである。ゲリラとは、少人数による奇襲作戦。あるいはその戦闘員のこと。当然のことながら、主流派が擁する大部隊ではなく数では劣る反主流。だが、「敵は幾万ありとても」という気骨と正義感に満ちている。

自らの多面性を自覚し、ゲリラの眼をコントロールできる者こそ真の「つわもの」である。

掲出の句は、昭和六十年発行のかもしか文庫第七集「砂時計」に収録。

何色を着ても体重変わらない

北田のりこ

一般的に、膨張して見えるのは暖色系であり、収縮して見えるのは寒色系。このことは改めて説明するまでもなく、ファッションに敏感なご婦人方は周知のこと。痩せた人は暖色系を好むことが多く、ふくよかな人は寒色系を選ぶことが多い。同じような効果を狙って、横のストライプ柄と縦のストライプ柄を使っている例もある。だが、期待したように見えたとしても、それはあくまでも「目の錯覚」であり、着ている人の体重を変えるほどの力はない。

当たり前のことを詠っていながら「川柳」になっているのは、人間の行為そのものが面白いため。体重は変わらないのに「この色なら痩せて見えるかも」という儚い想いの面白さである。

老いふたり一番風呂と仕舞い風呂

佐々木　裕

何の変哲もなく、毎日同じことの繰り返しである老い二人だけの暮らし。食事は一緒だが風呂は別々。亭主が先で奥さまは後、というのが一般的。そのような決まりきった暮らしの一端を述べているだけだが、キッチリ七音五音で言い重ねた「一番風呂と仕舞い風呂」が面白い。二人だけだから当然のことだが、改めて言われてみると納得。いわば「言葉の見つけ」。

一番風呂は清潔で気分が良いものだが「身体には良くない」と言われている。その理由の一つは「冬場では湯船と浴室の温度差が大きい」ということ。急激な温度差によって心筋梗塞などのリスクが増す。どちらかが逝くと残された者は一番風呂ばかり。くれぐれもご注意を！

太ももにハートの痣がついている

坂本　加代

異性を惹きつけるフェロモンは、男女とも脇の下で分泌されるとのこと。だが、男性の視覚に訴えてくるのは胸元と腰回り。「秘すれば花なり、秘せずば花なるべからず」は、世阿弥が記した能楽の理論書の中の言葉だが、観る者に想像の翼を広げさせるのが肝要なのはいずれの「芸」も同じ。また、惹きつけるポイントを包み隠すことによって、より神秘的に魅力を感じさせるのは男女の間も同じ。

その、秘密のベールに包まれた魅惑的な場所に「ハートの痣」がついているのだという。色は鮮やかなピンクに違いない、とか、大きさは？　場所は？　などと想像させられるのは、この句が持つ率直且つ健康的なエロティシズムの力。

老いて父他人のような咳をする

佐藤　正敏

よわよわしい咳込み方もその声も、日頃から聴き慣れた父のものではない。驚くと同時に何やら良からぬ気配を感じたのだろう。身近な人の老化現象はなかなか気付かないものである。父母や兄弟などの体つきや動作、話しぶりや声音などは、特に意識していなくても「常に変わらぬもの」である。しかし、経年劣化はそれぞれの内部で密かに進んでいて、或る日「他人のような咳」に現れて愕然とさせる。

自らを省みた句では《まじまじと友も救えぬわが十指》がある。昭和二十二年に「川柳研究社」幹事。同四十四年、師と仰いだ川上三太郎が没したあと同社の幹事長に就任し、長く後進の指導に努めた。平成十一年死去。八十八歳。

どの町に置いてもそぐわない戦車

両川　無限

悪路を走破するためのキャタピラー、敵の戦車を破壊するための火砲、敵弾から身を守るためのいかつい装甲等々。戦うことだけを目的として造られた戦闘車輌が、違和感なく溶け込める町など世界中のどこにもない。

現在の我が国で一般人が走り回る戦車を見ることができるのは御殿場市の東富士演習場。その背景は広々とした原野であり、似合っているとは言えないまでも町の中より少しはマシ。

一方、シリアやイラクなど、内戦で破壊され廃墟になった都市には、砂塵に汚れた戦車が悪魔の化身のごとく蹲っている。殺戮兵器を進化させる知恵とエネルギーを、平和な世界を築く力に変換してこそ「万物の霊長」である。

ひまわりは笑顔の自動販売機

新川　弘子

太陽を図案化したような、「プチ太陽」とでもいうようなヒマワリ。真夏の強烈な日差しを浴びてすっくと立っている姿は「暑さに負けるな、背筋を伸ばして元気出してゆこう！」と、道行く人を励ましているようである。

百合のイメージが「高貴・清楚・甘美」だとすれば、ヒマワリは「元気・情熱・明朗」であろうか。最近は狭い庭や鉢植え用に小型のものが出回っているが、やはりヒマワリの真骨頂は青空に向かってすくすくと伸びた立ち姿。それを称して「笑顔の自動販売機」とはナイス・キャッチコピー。「オマケに『ゲンキ！』が付いています」と言いたくなる威勢の良さ。コインなど入れなくてもいい無料の自動販売機である。

釣銭を多くもらって黙り込む

石黒　石根

「あっ、多いですよ」と言いそびれてしまったのだ。出かかった言葉が声にならなかったのは（儲かった！）（気付いていない）という悪魔の囁きの所為。ズルいことや卑怯なことに慣れているヤツなら五歩も歩けば忘れてしまう些細な事。それを作品として表したということは、ずっと心の奥に引っ掛かっていたのだ。

このような一瞬の判断ミスは誰にでも起こり得ること。長い時間をかけて考え抜いた結果であれば「己の限界」だと諦め切れるが一瞬のミスは悔しい。再び魔が差さぬようにするにはどのように対処すべきか。心の真ん中に「正義であれ」と大書して、ときどき省みる習慣をつける。「言うは易し行うは難し」ではあるが…。

うつむいて黙っているも義理のうち

近江　砂人

率直とか生真面目は好ましい性格であり美徳の一つではあるが、いつの場合もフランクやストレートが歓迎されるわけではない。

率直に意見を述べるべきか否か迷うことは誰にでもある。掲出句、逡巡した結果「黙っている」と決めた。「うつむいて」に不本意さが表われているが、それは相手の立場や心情を考えた上での我慢。正直は美徳であるが誰かを傷つけることは避けなければならない。他者への配慮が欠けた正直は馬鹿正直であり「蛮勇」である。

代表句として知られているのは《岐路いくたびわが生涯も風の中》。昭和四十年、岸本水府没後に番傘の主幹に就任。晩年は日本川柳協会の設立に貢献した。昭和五十四年死去。七十歳。

弱いから笑っています風の中

小池桔理子

一読して、微笑みながら風に吹かれている姿が浮かぶ。しかし、この「風」は自分に向かってくる「障害物」すべてのメタファー（隠喩）。直喩では「風のようなもの」となり、解りやすくはなるが味も深みも失せてしまう。

世間に揉まれて生きている限り、価値観や思想など生き方の違いから様々な「風」が生じるのは当然のこと。その障害物にどのように向き合うかは人それぞれ。気性の強い人は事ある毎にぶつかり、激しく意見を闘わすだろう。穏やかな人は反論せずに微笑んでいることが多い。だが、悠然と遣り過ごせるのは弱さではなく「したたかさ」ではないか。そもそも「弱いから」と開き直れる人は決して弱くはないのである。

きつね雨神さま熱の子がいます

井上由紀子

古来より、雷や竜巻や地震など人智を超えた怪異な現象は、荒ぶる鬼神の仕業と畏れられ、人は為す術もなく鎮まるのを祈念するだけであった。また、人命を奪うほどの荒業ではない「小さな不思議」は「狐や狸のいたずら」と伝承されてきた。掲出句の「きつね雨」がそれ。熱で臥せっている子に心を痛めていた作者は、ふと出会った不可思議な現象の背景に、人間の力を超えた存在を感じたのだろう。「熱の子がいます」と縋る想いを訴えたのは切ない母心。

人工知脳を手に入れ宇宙の謎を次々と解明している現代においても神仏の存在は不明。人の弱さと愛しさは、未知なるものへ畏敬の念を抱き続けてきた大昔から少しも変っていない。

人生はドシラソファミレ〜ドで終わる

児玉　規雄

人生を坂道に喩えた例はしばしばあるが、音階に当て嵌めたのは極めてユニーク。♪ドレミファソラシド〜が、元気よく坂道を駆け上がってゆく人生の前半とすれば、ドシラソファミレ〜は、なだらかな下り坂であり、おしまいの「ド」でゴールインだと作者は言う。

さて、読者諸兄は現在どの辺りで人生を謳歌しておられるのだろう？　ドシラソでは「まだ働き盛り」という意識かもしれないが、ファミレの「ミレ」辺りまで来ている高齢者諸兄は「ドが見えてきた」といささか心細いかもしれない。しかし、老化現象は個人差が大きく、我が国で百歳を超えた人は九万人以上いる。「私のドはまだまだ先！」と気を強くしてガンバロウ！

手のうちを晒し神さま仏さま

海地　大破

「神さま仏さま」と両者をまとめて漠然と言う場合は、特定の神仏を指すのではなく、「人智の及ばぬ大いなる力」に対してのこと。また、「手のうちを晒す」とは心をオープンにするということ。「邪念などあれば通じない」との想いであろう。この姿勢は神仏のみならず人と接する極意でもある。誰しも心を開いている相手には警戒を解き自らもまた手のうちを晒してくる。誰に向かうときでもそのように虚心坦懐でいるのが理想だが、荒波に揉まれ疑い深くなってしまったオトナたちには極めて難しい。

掲出の句は第五回Z賞受賞記念「かもしか文庫23」に収録。他に《旅人の前を歩いてゆく仏》《さびしくて茶碗をチンと鳴らすなり》等あり。

ハートにも取って上げたい休心日

松本とまと

不祥事をマスコミに叩かれた代議士や芸能人などが「駆け込み寺」にしているのは病院。多くの場合は仮病だが、彼等の立場から言えば「憔悴した心身を休めている」のであろう。しかし、少々の疲れでも入院などで逃げられないのが家庭を守る主婦や勤め人。となれば、飲み過ぎに「休肝日」が有効であるように、ときどき「休心日」を設けてやらなければならない。

子供のころ、聞きたくないことや聞こえない振りをするときに「耳、日曜！」とジョークを言っていたが、その流儀で言えば「こころ日曜！」。家族にも知ってもらうためにカレンダーに「休心日」と朱書きしておく。そして、誰にも煩わされぬよう、一人でのんびりと過ごす。

食べたけりゃ食べる眠たければ眠る

勝又　恭子

動物園のパンダか野生のライオンのような暮らし。だが、パンダは自由に外出できず、ライオンは狩猟が下手。余裕のある人間だけが得られる「悠々自適」という理想的な境遇。

悠々自適の「悠々」は、ゆったり落ち着いていることであり、「自適」は、自分の思うままに楽しむこと。誰しもそのようでありたいとは思うが現役中は不可能。退職して自由の身になっても、家族や友人との繋がり、義理や人情の付き合いが絡んで「眠たければ眠る」は難しい。

作者の現状ではなく「願望」であり、人として最高の境地でもあるが、束縛が無くなればボケる恐れあり。規則正しい暮らしは窮屈なところもあるが、頭を刺激しているのは間違いなし。

常連を大事にしない宝くじ

江島谷勝弘

年末ジャンボ宝くじの一等賞金は七億円。前後賞を合わせると十億円。サマージャンボの一等は五億。前後賞を合わせると七億円。

サラリーマンが定年まで働いて得る収入の総額が二億円前後であることを考えると、まさに「ドリーム」である。普段は買わないが「ジャンボだけは買う」という人も多いが、さて、その確率はどれほどか? 販売枚数から計算すると一等が当たる確率は二千万分の一とのこと。十枚買うと二百万分の一。三万円奮発して百枚ゲットすると二十万分の一。東京ドーム四つ満席の客にキューピッドの矢が一本。「ひょっとして」と思えばこそ夢を買うのだが、常連だけは確率を上げるとか、もっとサービスしてほしい。

潔癖な書棚へ秋の陽が届き

住田　乱耽《らんたん》

当然のことではあるが、書棚に収まっている書物を見れば、自ずと所有者の好みや性格や生き方の断片を窺い知ることができる。

さて、この「潔癖な書棚」とは如何なるものであろうか。娯楽雑誌や趣味の本など息抜きのものは一冊もなく、自らが進む方向の書籍だけということであろう。そのような俗を脱した極めて真面目な書棚に、清らかな秋の陽が射している。この「秋の陽が届く」を「人生の黄昏」と読みたい向きもあろうが、ここは素直に「こころ穏やかな晩秋のひととき」と解釈したほうが滋味あり。麻生路郎門下であったが、昭和十三年「川柳雑誌」を離れ「樽吟社」を興し柳誌「樽」を発行。同四十六年死去。六十一歳。

アクセルを踏み込む先に君がいる

日下部敦世

青春讃歌とでも言うべき躍動的な一句。だが、「向かう先に好きな人がいる」という心弾むひとときは年齢に関係なく誰にでもある。このアクセルはもちろん車のことであろうが、「こころのアクセル」として深読み出来るのも川柳のおもしろいところ。私たちの胸にはアクセルとブレーキが備わっている。踏み間違えると暴走して自他共に傷つけてしまうのも車と同じ。歳を重ねるにつれて操作が慎重になってくるのは、世間体とか常識などという垢のせい。せめて創作上だけでもアクセルを利かせたい。

本句は、「川柳作家叢書　日下部敦世」に収録。他に《父親は無力ただただ立ち尽くす》《ガス室へ続くがごとく健診着》等。

夕焼けの下にあるのはヨーロッパ

柊　無扇

忙しい人でも、ホッと一息ついて物思いに耽ることがあるのは黄昏どき。それは、夕映えの神秘的なムードが為せるところだが、茜雲の下に広がっている世界まで想像する人は稀だろう。いや、空想の翼を広げたとしても、せいぜい隣国か東南アジアまでではないか。アジア大陸を超えていきなり「ヨーロッパ」を展開させた意外性と思い切った断定が本句の魅力。

地球の裏側の事件も即座に報道されるインターネットやTVによって、世界は小さくなったように思えるが、現実の欧州は遥かに遠い。その憧れが「夕焼けの下」によって醸し出されている。理屈では納得し難い不合理な表現を無理なく受け止めさせるのは「ポエム」のパワー。

プルプルと秋をかき分けミニバイク

古久保和子

美しく色付いた街路樹と瀟洒な町並、その静かな佇まいを楽しむように、ゆっくり走るミニバイクが見える。かき分けているのは混雑ではなく、爽やかな空気と街路樹の影。

一読して穏やかな光景が浮かんでくるのは「プルプル」というオノマトペの力である。このような擬音語や擬態語は便利なものであるだけに、安易に頼ると表現上の「癖」のようになりかねない。また、ありふれたオノマトペを使用すると作品の独自性が損なわれてしまう。その点、この「プルプル」は個性的且つ的確であり、ミニバイクの可愛さと秋の穏やかさまで表していて秀逸。擬音語や擬態語は既製品ではなく作者が工夫した「自家製」が効果を発揮する。

貧しさの順に凍てつく冬の街

斎藤大雄

軽装で過ごせる穏やかな季節は「貧しい」ことも忘れがちであり「何とかなる」という前向きの姿勢で過ごすこともできる。だが、容赦ない北風が吹き荒ぶようになってくると、懐の寂しさも加わり寒さが骨身に沁みてくる。この「貧しさ」は、貧しい街・貧しい家・貧しい心など総てを含めてのこと。「貧しくとも心豊か」でありたいが自然の厳しさには抗い難い。

昭和四十二年、札幌川柳社主幹。平成三年、北海道川柳連盟会長就任。北海道のみならず精力的に各地に赴き川柳界の発展に尽くした。《干鱈の骨まで凍てて北の冬》《流氷がきしむ死人の声がする》など、厳しい北国を詠った作品数多あり。平成二十年胃癌にて死去。七十五歳。

ジングルベルにまぎれ悲鳴はきこえない

澁谷さくら

歳末大売出しに欠かせないのがジングルベル。作詞作曲はジェームズ・ロード・ピアポント。教会の感謝祭のために作られた曲だが、私たちの生活習慣にすっかり溶け込んで、軽快なメロディーを耳にすると、何やら気忙しく「もう今年も終わりなのか…」と思ってしまう。

だが、華やかに飾られたデパートやショッピングモール等から遠く離れた異国には、その日の食べ物にも困っている子どもたちがいる。国籍や宗教の違いから迫害されている人たちがいる。その悲鳴は痛切だが、ジングルベルに浮かれる耳には届かない。悲鳴は聞こえないが事実は存在する。その人たちのことを忘れず、できる範囲で援助するのが人としてあるべき姿。

こうやって歳をとるのか風邪を引く

田岡　九好

当然のことではあるが、私たちは毎日少しずつ歳をとっている。だが、日常の明け暮れの中で「いま歳をとっているのだ」などと感じることはない。また、顔や身体に現れる老化現象による変化は僅かなので気がつきにくい。

しかし、長患いをした人など、「えっ！」と驚くほど老けて見えることがある。その例から考えてみると、心身ともに元気であれば老化は停滞し、体調を崩したときにガクンと進むのかもしれない。作者は「風邪を引いたとき」と言っている。歳をとったから風邪を引きやすくなったのか、風邪を引いたから歳をとったのか？微妙ではあるが、できるだけ「風邪を引かないようにする」のもアンチエイジングなのだろう。

人の世や日なたの位置はずれていく

田沢　恒坊

暖かい陽射しを浴びてとろりとろりと日向ぼこ。その幸せなひとときも束の間。なにやら肌寒くなって目が覚めると、お日さまは何処へやら、我が身は黒い影に覆われている。

「人生は…」等と大上段に構えた作品は往々にして格言臭くなり、辟易させられることがあるが、「日なたの位置はずれていく」は秀逸で納得させられる。確かに、明るい日差しの中で笑ってばかりいられる人などいない。どのような名誉も地位もいずれ薄れて力を失い、肩書は外される。しかし、薄ら寒い影に覆われてからが本当の人生の道であり、培ってきた力が試されるところ。影には影の味があり、厳しい冬の中にも穏やかな光が降り注ぐ日々が待っている。

好きですよだって私の顔だもの

太下　和子

聖徳太子から連綿と受け継いでいる「和を以て貴しとなす」お国柄なのか、私たちは自己主張が苦手である。加えて、伝統的に「謙虚」を美徳としてきたために自分の長所までを押し隠し「私など」と卑下することもしばしば。我が国は国内総生産（ＧＤＰ）世界第三位を誇る経済大国でありながら、国際社会で相応の地位を得ているとは言い難い。それは、「謙虚」や「慎み」が国際的には通じず、「自信がない」と受け止められているのが原因の一つだろう。

掲出の句、「だって私の顔だもの！」という開き直りが小気味良い。そう、自らの良さを認めて「自信を持つこと」が人を内面から輝かせる。もっと自分を好きになるように努力しよう。

走れたら今出たバスに乗れたのに

市坪　武臣

走り去るバスを見て「走れたら…」などと悔しく思うのは、「お〜い、待ってくれ！」と駆けて楽々セーフだったことが強く頭に残っているということ。それが遠い昔のことではなく、「去年ぐらいまでは…」ということだろう。

歳を重ねるごとに足腰が弱り、簡単に出来ていたことも難儀になってくるのは誰しも同じである。自らを「体力のない老人」と認めるのはなかなか難しく且つ残念なことではあるが、事実は否定できない。「バスはまた来る」と受け流すこと。優先席を譲られても戸惑わず素直に座らせていただくこと。他人から「お爺ちゃん」と呼ばれても腹を立てないこと、等々すべて修行。好々爺になるための厳しい人生修行である。

東京をそっとめくれば　ゴキブリ

脇屋　川柳

きっちり上五中七、そして、一呼吸置いた空白を含めての下五と読みたい。華やかな大都会の裏側に隠れている暗さとカオスを思い描けば、形式などは無視して、あと二つ三つ「ゴキブリ　ゴキブリ」と続けたい衝動に駆られる。地方から東京を揶揄したものとも受け止められるが、脇屋川柳は「東京川柳会」を基盤にして活躍していた。いわば軽い自嘲であり「自分もまた街の片隅に蠢く一匹のゴキブリにすぎない」との想いは誰しも大いに共感するだろう。

一文字空けたスタイルでは《五百円握って立ち往生する　鏡》《憤懣を池へ投げ込めば　ポチャン》などあり。昭和五十四年より「十五代川柳」を嗣号。平成二十九年三月死去。九十歳。

倦怠期餅も夫もカビだらけ

宇野　幹子

ワクワクドキドキの恋愛期間は「非日常」であり、結婚を境に「日常」になってしまう。新婚の間には少し残っていたワクワク感も次第に薄れ会話も減り、顔を見るのさえ疎ましく感じるようになる。これが典型的な倦怠期。黴だらけの餅と一緒にされたご亭主も気の毒だが、奥様とすれば、恋愛中には男らしく思えた無精髭がだんだん黒黴に見えてきたのだろう。

さて、これからずっと「カビだらけ」と一緒にやってゆけるのだろうか？ 他人事ながら案じられるが、このようにユーモアを持って語ることが出来るということは心に余裕があるということ。一読して亭主をこき下ろしているように見えるが、形を変えた愛情表現に違いない。

ばあちゃんの湯タンポだった幼い日

渥美さと子

外はしんしんと雪。婆ちゃんの胸に抱かれて、頭からほっこり蒲団を被って…。「むかしむかし…」と話す婆ちゃんの声もだんだん小さくなって、どちらからともなくすやすやと寝息。核家族が多くなってきた昨今、童話のような情景も見られなくなってきた。祖父母と暮らしたことのない子どもたちも多いことだろう。孫から温もりを貰っていたのは婆ちゃんだが、抱いてもらっていた幼子は、何ものにも代えがたい「やさしさ」を全身で受け取っていたのだ。核家族化が家庭における教育力の低下や青少年非行の要因の一つと指摘されている昨今。しばしば「甘やかし過ぎ」などと非難されることの多い「祖父母の大きな愛」を見直すべきだろう。

りんごに生まれてメロンになりたがる　田久保亜蘭

人それぞれ、持って生まれた遺伝子が異なるが故に、目鼻立ちや体型が違っているのは当然のこと。若い頃には人を見る目も我が身を振り返る目も未熟であり、他者を過大評価し自らを卑下しがちである。そして、意識過剰によって自己嫌悪に陥ることもしばしば。

受け継いだ外見や性格など「丸ごとの自分」を認めて愛しむこと。リンゴにはリンゴの良さがあると悟ること。その心境に至るのは簡単ではなく幾多のハードルがあるが、粘り強く超えてこそオトナ。メロンに憧れてばかりではメロンの欠点も見えず、一つのハードルも超せない。

八音九音の十七音。定型厳守派からはイエローカードだろうが、この程度までは許容したい。

冬苺一つ大きく　神からか　鈴木　九葉

パックで買ったものか、菜園で見つけたのか、中に混じっていたひときわ大きな粒。普通は「ワー、大きい！」と驚くだけのことであるが、それを「神からか」と受け止めた作者。意外に思える現象のほとんどのことは、論理的且つ科学的に分析すれば正確な答えを得ることが出来る。だが、それでは想像する力も育たずポエムも生まれない。私たちを謙虚にさせるのは「人智の及ばぬ大いなるもの」の存在。

本名・豊太郎。明治四十年神戸市生まれ。昭和四年「ふあうすと」二号から参加。昭和四十一年・椙元紋太死去により同川柳社二代目主幹となる。他に《キリストが眠る粗末な木のベッド》など。昭和五十一年死去。六十九歳。

ひたすらに王者の剣が磨かれる

柿添　花子

王者たるもの、その地位に甘んずることなく切磋琢磨しているということ。「剣」に象徴されているものは、知力・体力・洞察力・判断力・統率力等々すべて。怠けるとたちまち錆びつくのは誰しも同じであるが、頂点に立つ者は常に後に続く者の鑑でなければならない。

このようなことは何処の分野でも同じであるが、スキルの差が明確に表れるのはスポーツ界。どの競技においても、厳しい練習に耐え抜いた者だけが頂上へ辿り着く。そして、満足することなく自らを磨き続ける者だけが第一人者としてのステータスを守ることができる。そのようにして得た「王者」という称賛も、いずれは後輩へ譲るときが来るのも何処の世界も同じ。

貰い泣き私に出来るボランティア

ふじのひろし

世界中から送られてくるニュースには、同じ地球上の出来事とも思えないほど悲惨な状況が含まれている。中でも衝撃的なのは、洋上に漂う難民や、飢えて痩せ細った幼児たちの姿。胸を突く映像に接する度に「何とかならないものか」と思うが、自らの無力を思い知り、哀しみを訴える子の涙に貰い泣きするのみ。

「愛の反対は憎しみではなく無関心です」と言ったのはマザー・テレサ。無関心ではいられないから心を痛めているのだが、残念ながら、彼等のためにボランティア（自発的に他人や社会に貢献する無償の行為）を行うほどの余裕もない。出来るのは小遣い銭を募金箱に投じて「あの子たちにパンの一つでも」と念じる程度。

傷ひとつなくて疑われる脚立

森山　文切

椅子に腰掛ける前に、椅子の足や背もたれなどを「大丈夫なのか？」と疑い深く確認する人はいないだろう。椅子が壊れて尻もちをつくことなど想定できず、万が一壊れたとしても、大事故に繋がるとはとても考えられない。

しかし、脚立からの転落事故では骨折のみならず死に至る場合もしばしば。よって、作業前点検では「支柱に曲がりや凹みがないか」「接合部にひび割れがないか」「ステップが油汚れしていないか」「開き止め金具はロックできるか」等々をチェックしなければならない。だが、事故のほとんどは脚立の不具合などではなく作業者のミスが原因。一つの傷もないのに疑われるとは、脚立としても甚だ不本意なことであろう。

手を振っているのにドアが閉まらない

犬塚こうすけ

発車間際まであれこれと話し込んでいたのだろう。そこへ発車ベルと「ドアが閉まります、お見送りの方は…」というアナウンス。「ではまた、お元気で！」と手を振って別れを告げたのであるが、なかなかドアが閉まらない。電車に限らずエレベーター等でも、誰もが一度は経験しているであろう微妙なタイミングのずれ。勿論、気に病むほどのことではなく、すぐに忘れてしまうが、その数秒間の「気詰まり」とも思える気分は、繊細な人ほど強く感じる。

このような、人と人の間に生じる微妙な感情を表現できるのは川柳を措いて他にない。ただ、その心の揺れは記憶に残るほどではなく、速やかに記録することによって貴重な一句となる。

お祝いに軽く呪いをかけておく

川本真理子

一読して「くたばっちまえ、アーメン」という歌詞を思い出した。昭和五十六年にリリースされた「ウエディング・ベル」（作詞・作曲、古田喜昭）という和製ポップス。恋人だった彼の結婚式に招待された女性の「腹立ち」をコミカルに皮肉を込めて表現したもの。三十七年も前のヒット曲だが、いまだに鮮やかに蘇るのは、大胆な歌詞と軽快なリズムに依る。

右の歌詞については「キリスト教を冒涜している」と苦情が寄せられたらしいが、この句も生真面目な人からは「不謹慎！」とお叱りを受けるかもしれない。だが、この「呪い」は祝福に振りかけた軽い胡椒。マイナス感情の「嫉妬」を正直且つユーモラスに表現していて見事。

ふるさとの駅だが知らぬ人ばかり

川田ようじ

久しぶりの帰郷なのだろう。駅周辺の佇まいはあまり変わっていないが、擦れ違う人の誰ひとりとして知っている顔がない。クラスメートの多くが県外に出て行き、残っている人たちとは音信不通のまま。こまめに連絡を取り合ってこなかった所為ではあるが…。まさに、「ふるさとは遠きにありて思ふもの　そして悲しくうたふもの　室生犀星」の心境である。

このような侘しい想いを経て、ずっと抱き続けてきた「墳墓の地」という意識も次第に薄れてゆく。そして、実家を継ぐ者も墓を守ってくれる人もいない場合は「墓仕舞い」となる。やがて、子や孫にとっては「お爺ちゃんは○○県の出身」という程度の縁になってしまうのだ。

雑巾の色ですけれどタオルです

坂井芙美子

何やら汚らしい色合いになって、「そろそろ雑巾にするか…」と思いながらも日々愛用しているタオル。新品よりも使い古したタオルのほうが使い心地が良いのは、繊維が適当に荒れていて吸水性が良く肌にやさしくフィットするため。もちろん、この「雑巾色のタオル」はお客さんの目に触れるところには置かない。

川柳にはさまざまな修辞法（レトリック）があるが、この句が面白いのは張喩（誇張法）と暗喩の効果。すなわち、古くなって色褪せたタオルを「雑巾の色」と誇張したこと。そして、「雑巾のような色」の「ような」を外したインパクト。他人に語りかけている形だが、「自嘲を込めた独り言」であり、その開き直りが愉快。

行く当てのない日の髭は雑に剃る

安永　理石

出掛ける予定も人に会う約束もない日は髭を剃る必要もないのだが、家人から「無精髭！」等と言われない程には整えておきたい。川柳にはさまざまな味があるが、その内の一つが「共感の心地良さ」。右の句がまさにそれであり、男性なら誰しも「ああ、俺も一緒」であろう。だが、このような日々が続くと「雑」にも慣れ切って横着になり、遂には二日も三日も剃らなくなってしまう。身だしなみを整えることによって気分が引き締められることを思えば、外出して人に交わることも大切なボケ予防。

掲出の句、平成十八年発行の句集「歳月のうた」に収録。他に《毎日の鏡きらいな顔がある》《芽吹くものみんな芽吹いて職がない》等あり。

恋やせん今薫風は無尽蔵

情野　千里

「三月の風に吹かれ四月の雨に打たれて五月に花が咲く」は、英語圏のことわざだが、厳しい季節の後にようやく訪れた明るく爽やかな季節を喜ぶのは何処の国も変わらない。

情野千里は時実新子の秘蔵っ子であったが、新子存命のときから舞踏による川柳パフォーマンスを創出し各地で公演している、いわば川柳界の異端児。掲出の句は、平成二十二年に上梓した句集「百大夫」(HAKUDAIFU)に収録。他に《人恋うは尿意に似たり踏みとどまれぬ》や《靴鳴らし骨を鳴らして逢いに行く》などあり。躍動する呼吸は長年の新子の薫陶を受けて自然に身体に沁み込んだものであろう。

お総菜コーナー腕を上げてくる

にじの真美

デパートやスーパーマーケットの総菜。かつては、忙しいときの「間に合わせ」的な扱いしか受けていなかったが、最近は「家で作るより美味しい」と評判のものが増えてきた。

どこの総菜コーナーでも売れ筋ベスト3は「鶏の唐揚げ」「コロッケ」「ポテトサラダ」。この人気商品がおいしくないと他の総菜も売れなくなるとのことで、コストと手間をかけて店内で調理している店が多い。また、近くに大型店がない地域や出かけにくい人たちを対象にした「惣菜の通販」も人気を得て着実に売り上げを伸ばしている。手作りの良さや「おふくろの味」は失くしたくないが、「出来合いのものなど…」と敬遠するのは時代遅れなのかもしれない。

筆順を気にせぬ孫はサウスポー

森松まつお

筆順について「小学校指導要綱解説・国語編」では、「筆順は、書き進む場合の合理的な順序が習慣化したもののことである。学校教育で指導する筆順は『上から下へ』、『左から右へ』、『横から縦へ』といった、原則として一般に通用している常識的なものである」とだけ。教師の指導も代表的なものであり絶対ではない。また、右の「書き進む場合の合理的な順序」も「右利き」での「合理的順序」であり左利きには不合理とも言える。そもそも表現の自由は憲法で保障されており、「筆順を気にせぬ」のも一つの生き方。孫自慢の句はいただけないが、このように子供たちを冷静に見詰めることによって、意外な発見があり面白い句が生まれる。

酒そっと出して飲みますひとり旅

菅生《すがお》　沼畔《しょうはん》

移り変わる車窓の風景を眺めながらチビチビ。酒飲みには最高のひととき。しかし、酒というものは本来密かに嗜むべきもの。（昼間から人前で…）という遠慮が「そっと」に表われていて好ましい。団体旅行も愉快だが、このような「ひとり旅」も楽しい。旅行というほどでなくても、所用や川柳大会へ出かけるときなど、日常から解き放たれたひとときは「旅」である。

戦後、広島の酒造会社社長となり「酒の川柳」を募集し「昭和柳樽」を発行。昭和四十七年に「新生かも」と「ひろしま」を合併し、「ひろしま」の主幹となる。酒の句では他に《ご先祖はよくぞ残したうまい酒》《酒好きの蠅はお酒に溺れ死に》等あり。昭和六十年死去。七十五歳。

おしゃべりをせぬよう結ぶゴミ袋

近藤ゆかり

ゴミがこぼれ出たり臭いが漏れないようにゴミ袋の口はキッチリ結ばれている。だが、「ゴミから昨夜の食事内容や暮らしぶりなどを探られないように…」という想いもある。

そのような目でゴミ置き場に並べられているゴミ袋を見ると、いずれも固く口を結んで「喋ったら叱られます」「何も喋りません」と言っているようで愉快。活喩には物体を人間のように表現する擬人法と、人間を他のものに置き換える擬物法があるが、これは擬人法のおもしろさ。

本句、「川柳作家ベストコレクション」(平成三十年一月発刊)に収録。他に《つかの間の我が子とならん雪だるま》《聞いているお顔をなさる野の仏》など、ユーモア句多数。

終活はやめた恋人募集する

細川　花門

就職活動を略した「就活」から発した「〇活」という造語。「妊活」や「離活」などもあるが、違和感なく使われているのは「婚活」と「終活」。これは少子高齢化が進む社会を背景にしてのこと。すなわち、少子化対策としての婚活。そして、最期に向けての準備である終活。

終活の内容も人によって多少異なる。財産がたっぷりある人は遺産相続が最大の懸案事項であろう。また、延命措置をどうするこうする、葬儀や戒名をどうするこうする等々、考えればキリがない。「そのような抹香臭く辛気臭いことなど真っ平御免だ！　恋人を募集して余生を楽しく暮らすんだ！」という作者。まあ、それぐらいの元気があれば、当分は大丈夫だろう。

おばちゃんは爪楊枝でも戦える

長谷川久美子

おばちゃんには竹刀も木刀も要らない。もちろん、刃物も飛び道具も要らない。そこらあたりでふらふらしているヘナチョコ野郎が相手なら、爪楊枝一本あれば充分である。

物おじせぬ行動力としゃべくりの元気さで「いじられる」ことの多いおばちゃんたち。そのユニークな存在を取り上げた句もいろいろあるが、遂にここまできたかという感のある一句。

本当は爪楊枝なども不要で、「口ひとつで誰にでも太刀打ちできる」ことを言いたいのだが、それをそのまま表現しても芸がない。張喩には「白髪三千丈」のように、大げさに表現する過大誇張と、「蚊の鳴くような声」のような過小誇張があるが、この句は過小誇張のおもしろさ。

百万の味方コップの中にいる

神田仙之助

推定するに、コップの中の味方を半ば腹に収めて、ホロリ微酔での即興作ではないか。飲兵衛なら誰しも「同感!」であろう。

酒を讃える言葉は「百薬の長」をはじめとして、「天の美禄」「憂いをはらう玉帚」等々いろいろあるが、ここに「百万の味方」が加わった。しかし、それは自らの適量を知りコントロール出来てのこと。連日の午前様に加えて二日酔い、果ては「朝から迎え酒」となってしまうと「百害の長」「百万の敵」になること間違いなし。

代表句として《風邪薬少し残して春が来る》《やった気の金だが足が遠ざかり》などあり。

平成三年、四代目「川柳きやり吟社」主幹、後進の指導に努める。平成十六年死去。八十九歳。

君はまだこの世にいるか霧けぶる

興津　幸代

中学校の卒業式を待たずして転校した友人。好きだとは言えないままに離れ離れになってしまった人。いつの間にか音信不通になり、今はただ霧の向こうの思い出の中だけに棲む人。日頃は忘れているが、独り居の夜などにフト思い出す懐かしい人は誰の胸にも居る。

そのような、再び出会うことのない人は少しずつ美化されてゆくが、何事にも揺るがない宝。その人が「この世」にいなくなっているとしても、決して消え去ることのない人生の宝である。

本句、「川柳作家ベストコレクション」（平成三十年二月発刊）に収録。他に《逢える日のために開花を遅らせる》《雨の日はいつも逢いたい人がいる》など、人恋うる句多数。

海の日は韓国からのゴミ拾い

岩倉　鈴野

国民の祝日になっている「海の日」は、いわゆる「ハッピー・マンデー」制度によって毎年七月の第三月曜日に定められている。その趣旨は「海の恩恵に感謝するとともに、海洋国日本の繁栄を願う」という立派なものだが、記念行事としては、せいぜい近隣住民のボランティアによる「海岸のゴミ拾い」程のこと。

冬場に吹き荒れる北西の季節風と対馬海流に乗っておびただしい量のゴミが日本海側の各地に漂着する。特に問題になっているのがハングル表記のポリタンク。中には劇薬の塩酸が検出されたこともあり、うっかり「ゴミ拾い」もできない。環境省は韓国に実体調査と原因究明を要請しているが、未だ改善にはいたっていない。

トロトロリ昭和十年製の脳

竹村紀の治

昭和十年製となれば、今年で八十七年経過していることになる。電化製品や自家用車ならとっくに廃棄処分になっているところ。物忘れはしばしば、感度も鈍くはなっているが狂いもせずに動いているのは御同慶の至り。

我が国の百歳以上は九万人を超えたが、そのうち男性は一万人余り。男性が女性よりも短命な原因は多々あるが、その内の一つが「社交下手」ということ。高齢になると閉じ籠りがちになり、他人との会話が減ることが生命力を弱めているとのこと。たとえ「トロトロリ」でも「敵は幾万ありとても！」の心意気で外出したい。その点、作句で頭を使い句会や大会へ出かけるのは最高の対策。有り難し有り難し！

子供たちごらんよあれが真珠湾

内藤　憲彦

真珠湾（Pearl Harbor）とは美しい名前であるが、テーマパークではない。アメリカが太平洋に持っていた最も強力な軍事基地。

我が国の連合艦隊が攻撃を加えたのは昭和十六年十二月八日。その華々しい戦果は国民を狂喜させ軍部を舞い上がらせた。だが、昭和十七年六月五日のミッドウェー海戦の大敗を境として戦局は一変。同二十年の悲惨な沖縄戦、八月六日の広島への原爆投下に続いて九日の長崎への原爆投下を受け、同十四日にポツダム宣言を受諾。十五日に日本の降伏が国民に公表された。子供たちよ、ハワイを訪れたときは真珠湾に立ち寄ってほしい。そして、戦争の愚かさと恐ろしさをしっかり胸に刻み込んでほしい。

墓参り帰りの道で少し泣く

西谷美智代

お墓の周りの草を抜いて、花立を洗って水を入れ替えて、花を切り揃えてお供えを並べてと、甲斐甲斐しく動いているときは、懐かしい人が傍にいるようで何ともなかったのだ。

「また来ますから、これからも見守ってくださいね…」と手を合わせたとき、フッと哀しくなったのだろう。そして、帰りの道で少し泣いてしまった。ただそれだけのことだが、読む者の胸に切なく迫ってくるのはなぜだろう？ それは、頭の中で捏ね上げた嘘ごとなどではなく、作者が本当に「帰りの道で少し泣いた」から、その事実によって「なぜ泣いたのか」が余韻として読者に伝わってくる。事実が持つ力を発揮させるのは修飾語を省いた素直な言葉のみ。

葬式もなくてカエルの白い腹

森脇　陽州

田圃の畔や道端で白い腹を空に向けて息絶えている蛙。ほとんどの人が何程の感慨もなく見過ごしてしまうことに拘るのは川柳作家としての習いであり、立ち止まることによって、「葬式もなくて…」という想いが生まれた。

私たちヒト科は、この地球の支配者であり、森羅万象の頂点に立つという考えから「万物の霊長」などという言葉が生まれた。「虫けら」や「雑草」などという言葉も同じ流れ。だが、一つのイノチは多くのイノチの援けを受けて生きている。それは人間も獣も虫も植物も同じこと。「葬式もなくて…」という想いの背景には、「生きとし生けるものすべて平等」そして、「蛙も人間もイノチの重さは同じ」という意識がある。

暇なのに赤信号がもどかしい

田巻　勝代

一読して「私も同じ」と苦笑させられる。読者の多くも同じだろう。信号の向こうに待っている人がいるわけではない。急いで片付けなければならない仕事があるわけでもない。トイレに駆け込みたいという緊急事態でもないのだが、「赤信号がもどかしい」のである。

赤信号の時間はすべて同じではない。メイン道路や脇道、そして交通量などによって多少異なるが、概ね一分前後のこと。その僅か一分を待つことすら「もどかしい」というのは、時計を中心として暮らしている現代人の習性なのだろう。一人の作者が「ふと感じたこと」ではあるが、現代に生きる人たち共通の弱点を突いているというのは、考えてみれば凄いことである。

辞令手に漫画の線で歩き出す

奥室　數市《かずいち》

力道山と同期に角界入りしたという異色の川柳作家。廃業後は外資系の銀行等の勤め人になる。掲出の句はその頃の作であろう。辞令を受け取れば「意気揚々!」であるべきだが…。芯が定まらない自らの姿と、覚束ない行き先を自嘲した「漫画の線で」は正直で愉快。

中村冨二を慕い『人』(昭和四十八年創刊)の同人となり、冨二亡きあと同人代表となる。冨二の作風に影響されたこともあろうが、伝統的な形式に対して《文語定型の　かの白手袋は大嫌い》と大胆な作品あり。五七五に捉われない《眼鏡はずすと突然貧乏が匂い》《胃の中で暮しの蝙蝠傘押しひろがり》などあり。大正十二年兵庫県生まれ。昭和六十一年死去。六十歳。

遠花火聞いて夜勤の靴を履く

野村　賢悟

ポンポポ～ンと、玄関先まで届く音を聞いて「そうか、今夜は花火大会だった…」と思いながら靴を履いている。その情景が目に浮かぶと同時に、作者の心情まで伝わってくる。それは特に残念でもなく寂しいというものでもない。ただ、ほんの少し「今年も一緒に観に行けなかった…」と、家族のことを想うぐらいのこと。十歩ほど行けばすっかり忘れてしまうほどの些細な心の動き。このような、家族サービスより仕事を優先してきた男たちが、資源のない島国を経済大国にのし上げた原動力であり、その姿勢は現役を退いても変わらない。

掲出の句は、「川柳作家ベストコレクション」（平成三十年七月発刊）に収録。

みんな居て嬉しいような嵐の夜

丸山　芳夫

いつもは遅いお父さんも早めの帰宅。兄弟たちもみんな揃ってガヤガヤ。ラジオの台風情報を聞きながらお母さんは夕餉の支度。

お祭りのような「非日常」は心を弾ませるものだが、歓迎できない「嵐」であっても高揚するのは、退屈を嫌い変化に期待する好奇心の為せるところ。しかし、この「嬉しいような…」と思える和やかな光景は、「昭和時代の台風」までではないか。地球温暖化の影響といわれる平成三十年夏の凄まじい集中豪雨は、中国地方を中心に二百名を超す犠牲者を出した。もはや、家族が肩を寄せ合っているだけでは凌げないほどの破壊力に対しては、少々不便であっても避難所に身を寄せてイノチを守らなければならない。

空っぽのびんにも蓋をして眠る

大久保和子

なぜ「びん」と平仮名にしたか、作者の意図は不明だが、この評文では「瓶」とする。

「空っぽの瓶」は具象であるが、深読みする人は「何かの比喩」「作者自身のこと」等と解釈するかもしれない。それはそれで構わないが、まずは素直に受け止めるのが正攻法。すなわち、眠る前にふと目についた空瓶と蓋。そのままにしておいても何の差支えもないが、「蓋をして眠った」というのである。ただそれだけのことでありながら、こころに残るのは何故か。それは「瓶にも」という表現から、瓶を無機質な物体と扱わず「おやすみなさい」と言っているような優しさを感じるからだろう。優れた作品は作者の細やかな心理まで伝える力を持っている。

旅人の風情で立っている案山子

柏原　夕胡

最近の鳥脅しは進化して、鷹の模型を田畑の上空に旋回させるとか、首振りフクロウとか、鳥の体内磁石を狂わす強力磁石とか、目玉風船をロープで揺らすとか、様々な工夫を凝らしている。ただ単に雀などを追い払うだけなら案山子などより効果があるかもしれない。

だが、実用第一ばかりで遊び心を失くしてはつまらない。昔ながらの麦わら帽子を被った素朴な案山子は時代遅れなのかもしれないが、そのような人形を作るのも暮らしの余裕であり、その案山子を「旅人の風情」と感じるのも余裕である。機能性ばかりを追求した結果がビル街の角張った冷たい姿。せめて片田舎の田園風景だけでも郷愁を感じさせるものであってほしい。

コンバイン案山子は土手に寝かされる

鈴木千代見

黄金色に染まった稲穂の収穫風景。農業用のコンバインは「刈り脱穀機」と訳されているように、刈り取りと同時に脱穀が出来る。便利な機械ではあるが案山子は走行の邪魔。しかし、これまでお世話になったことを思うと邪険に扱ってはならず、刈り取り作業が終わるまでは土手や畔に寝ていただくことになる。

地方によっては「案山子揚げ」と言って、半年間お世話になった案山子を庭に運び入れて餅やお酒を供える風習が残っている。そのように丁重に扱うのは、「案山子には田の神が宿っている」という言い伝えもあるが、「無事に収穫ができたのは、天地神明・森羅万象のおかげさま」という、素朴で謙虚な気持からであろう。

一学期の百点をまだほめている

高野　不二

オトナでも褒められると自信がついてきて積極的で朗らかになる。当然のことながら、子ども達も叱るより褒めたほうが効果的。ただ、その褒め方にもコツがある。子どもを素直に伸ばすには「一緒に喜んであげること。そして「できるだけ具体的に褒めてあげる」こと。この二つがポイントとのこと。子どもにとって「父さんや母さんが喜んでくれた！」というのは大きな励みであろう。また、「あの算数の百点はホームランだったな！」と具体的に言ってやればより明確に伝わってこころに残る。

しかし、いくら百点でも、長くは効かないだろう。せいぜい二学期の終わりくらいまでが有効期限ではないか。それも一度か二度に限って…。

正常に戻らないから持病です

小倉慶司郎

しばしば気軽に言われている「持病」の論理的考察。病院や医院や研究機関は患者を治そうとして日夜努力を重ねている。様々な薬や治療を試みてもなお「正常に戻らない」のは、医療サイドの責任ではなく「持病」である。

もちろん一過性の風邪や重症で治療中の病気などは持病とは言わない。では、現代医学を以ってしても治らない持病とはどのようなものか。日本人で多いのは「腰痛」「高血圧」「高脂血症」「胃腸病」などとのこと。他には「アトピー性皮膚炎」「頭痛」「神経痛」「リウマチ」等々。誰しも高齢になると右の一つぐらいは思い当たるだろう。直ちにイノチにかかわることでもなければ、騙し騙し気長に付き合っていこう。

軍服で愛の讃歌は歌えない

藤本ゆたか

「愛の讃歌」は、マルグリット・モノー作曲、エディット・ピアフ作詞・歌唱で世界的にヒットしたシャンソンを代表する名曲。我が国でも多くの歌手がカバーしているが、中でも越路吹雪の持ち歌として広く知られている。ただ掲出句の場合は「愛を讃える歌すべて」と解釈するべきだろう。すなわち、何よりも規律や自己犠牲を重んじ、軟弱を嫌う軍隊の制服は、情愛を歌うにはそぐわないということ。

機能美を追求した凛々しい軍服も、自国の正当性を主張し戦意を高めるセレモニーだけのもの。その軍服に憧れて入隊した若者が凄惨な前線に送られ、自らの命が危うくなったとき、初めて戦争がいかに非情で残酷なものかを悟る。

反論を言えば帰りが遅くなる

忽那《こつな》ミツ子

町内会の集いなのか勤務先の会議であろうか、意見伯仲の議論で熱を帯びつつあるのだが…。「帰りにはマーケットに寄って惣菜を買って、家族が帰宅するまでに夕餉の支度をしなければならない」などと頭をよぎる。だが、言いたいことはまだ残っている。このまま言い負かされて帰ってしまうのは悔しいが、ここで反論をすれば相手も言い返してくるのは必定。そうなると引き下がるタイミングを逸して遅くなってしまう。

立場や体面を守るか、日常の暮らしを守るか。状況の違いはあっても、誰しも似たような経験はある。だからこそ、一読して作者の心情を理解しその微妙な状況を推察できる。体験や実感から生まれた句には小手先の技術は要らない。

鬱という文字をほどくと棘になる

菱木　誠

常用漢字の中でいちばん画数が多いのは鬱で、二十九画もある。誰もが「ややこしい字!」「鬱陶しい字!」と思っているのだろう、この文字を対象とした作品をときたま見かける。

右の句は「川柳マガジン」に掲載された「印象吟」の入選句。出題の絵は、直線ばかりで描かれた抽象画（あるいは、針金を組み立てたオブジェとも見える）で周囲にいくつものトンガリがあるもの。印象吟では、絵や写真を外すと何を言っているのか分からなくなる作品がしばしば見受けられる。すなわち「課題に凭れていて、課題を外すと意味不明になる」ことが多い。その点、掲出句は「鬱は棘の集まり」という見解がユニークで面白く、絵を見なくてもよく解る。

七回も脱皮したのにまだ毛虫

森　ふみか

もちろん「七回」「脱皮」「毛虫」は比喩。短い詩型の中に比喩を多用すると焦点がぼやけて分かりにくい句になるが、この場合は脱皮と毛虫に関連があるので意味は明白。すなわち、人知れぬ努力を重ねているつもりであるが、「精神的にはまだまだ子供である」という自嘲。

さて、私たちの「脱皮」とはどのようなことを指すのだろうか。たとえば、受験に失敗して落ち込んだ日々を送ったあと、ようやく立ち上がったとき。また、失恋の深い傷が癒えて瘡蓋が取れたとき。あるいは、仕事上の失策で上司から厳しく叱責され、そのあと名誉挽回したとき等々。挫折や試練を乗り越えて立ち直ったときに「ひと皮剝けた」と言えるのかもしれない。

影を出て影に隠れる油虫

大治　重信

人間の暮らしに密着し、同じ屋根の下で生きているにもかかわらず、一向に親しみが湧かず、ほとんどの人から毛嫌いされているのが、油虫ともゴキブリとも呼ばれている昆虫。もう少し体の大きい哺乳類であれば、ある程度は親しく感じてくれるかもしれないが、ゴキブリ等の「虫」から見れば、人間は途方もなく巨大で恐怖でしかないのだろう。かくして、暗い場所を選び人目を避けてひっそり生きている。

このように人間たちから嫌われ続けて、存在意義などなさそうなゴキブリであるが、ネズミや鳥の餌になり、食物連鎖の一部として役立っている。人間の立場ではなく大自然から見ると、ヒト科より存在意義があるのかもしれない。

完璧でブレがないから訝しい

原熊知津子

完璧な人間などいない。誰でも何がしかの欠点があるのは当然のこと。その至らぬところを補おうと努力しているのがオトナであり、自らの欠点に気づかないのは子供である。

個人で動くには支障ないが、組織の一員として事を進めるには譲り合いが不可欠。他者の意見に耳を傾け、互いの主張を擦り合わせ、退くべきところは退くのが「話し合い」の原点である。ところが稀に「絶対に正しい」と突っ張り通す人がいる。どれほどの自信があっても、異なる立場から眺めると多かれ少なかれ難点がある。ブレない姿勢を訝しく感じるのは、その弱点を省みようともしない頑迷さの所為だろう。ヒトラーなど独裁者はすべてこのタイプ。

老人科あれば梯子をせずに済む

笹倉　良一

壮年期にはバリバリ元気だった人も、古稀を過ぎたあたりからあちこち不具合が生じてくる。例えば関節疾患、骨粗鬆症、白内障、リウマチ、糖尿病、高血圧、動悸、排尿不良等々。これらの不調は、いわば「経年劣化」であり手術などで劇的に快復するというものではない。

定期的に受診して薬を処方して貰って、これ以上悪化せぬよう、少しでも症状が良くなるように努めるだけのこと。斯くして、今日は内科と泌尿器科、明日は眼科と整骨院などと病院の梯子。「すべて老人病なので老人科で纏めて診て欲しい」と作者は言う。確かにその通り。本句、川柳マガジン「笑いのある川柳」の特選。誰もが納得できる見解から生まれた上質のユーモア。

良い川柳は読みやすくリズミカルに仕上がっています。内容が良くても表記やリズムに無頓着であれば読み難くなってしまいます。本書にはひらがなばかりや漢字ばかりの句もありますが、それぞれ作者がその効果を意識しての表記であり、ほとんどはひらがなと漢字の配分に無理がなく読みやすくなっています。

また、川柳の基本は五七五の定型がいちばん読みやすく印象に残るものです。使用した名詞などによって字余りになる場合は、上を余らせ中七、下五を守るようにするとリズムに破綻なく纏めることができます。

III

喪中ハガキ輪ゴムでとめて酌んでいる

たむらあきこ

年賀状の発売時期になると、ぽつぽつ「喪中につき…」という年賀欠礼の挨拶状が届くようになる。ほとんどは承知のことだが、「えっ、亡くなられたのか!」と驚かされることも稀にある。喪中見舞いをお送りするか、年が明けてから寒中見舞いをお送りするか、それとも何もせずこのままそっとしておくか。いずれにしても慌てることはない。これまで届いたのと一緒に輪ゴムでとめて…、というところだろう。

死者たちの時間はストップしたままであるが、生きている者は何事もなく日常が継続し、夕暮れ時にはいつものように晩酌を傾けている。彼岸の死者と此岸の生者の営み、そして、儀礼と現実を対比させ大胆に描いて見せた一句。

福壽草松にしたがいそろかしこ

麻生　葭乃《よしの》

正月の玄関や床の間を飾る主役は松であり、脇に控えているのが福寿草。そのように夫に従っていますということ。馴染みのない「そろかしこ」は、「そうろう」と「かしこ」を繋げたもので、手紙の締め括りの形を取っている。その夫とは大正十三年に川柳雑誌(後の川柳塔)を創刊した麻生路郎。昭和十一年には「職業川柳人」を宣言した夫の活動を支えながら四男五女を育て、自らも作句にいそしんだ賢婦人。

掲出の句から表題を得た句集「福壽草」(昭和三十年発刊)には、酒豪の路郎を詠った《三ヶ日燗番をしただけのこと》《返信でくだ巻きかえす飲仲間》《飲んでほし　やめても欲しい酒をつぎ》などあり。昭和五十六年没。八十八歳。

妻の漬けた梅干しも尽き雪が降る

日野　愿《すなお》

奥さまが遺してくれた梅干し。生前のことをあれこれ思い出しながら一粒ずつ大切に味わっていたが、遂に無くなってしまった。折しも外は今年初めての雪。「寒くなりましたね…」と語りかけてくれる人もいない冬である。

連れ合いを亡くした哀しさや寂しさは男性も女性も同じであろうが、そのダメージから立ち上がる力は女性の方が強いように思える。夫の一周忌を迎えるまでに元気を取り戻し、これまで以上に溌剌と活躍しているご婦人は珍しくない。一方、掲出の句のように、奥さまに先立たれた男性は、いつまでもその哀しみを引き摺って何かにつけて思い出に浸っている。さて、この違いはどこから来ているのであろうか？

叶うなら猫のとなりで雨やどり

前中　知栄

「少しゆっくりしなさいよ」と語りかけるように肩を叩くにわか雨。気が急いているときは濡れるのも構わず駆け出してしまうが、ひと休みする余裕ぐらいは欲しいものである。

軒下の先客が見知らぬ人なら気を遣うが、相手は行儀よくお座りしている猫ちゃん。チラッとこちらを見た後は静かに前を見詰めている。「この人は大丈夫」と信頼してくれているのだろう。叶うならば、そのような、終生こころに刻まれる素晴らしい雨やどりのひとときを…。

掲出の句は「川柳作家ベストコレクション」の表題作として収録。他に《とっとっと雨にどうでもよい話》《お先にとペダルの軋む音がする》《コオロギの寝床は残す草むしり》等あり。

大根と牛蒡が語り合う足湯

木天《きてん》　麦青《ばくせい》

十七音の韻文である川柳では「言葉の省略」は不可欠だが、省略し過ぎると難解になる。「大根足」は常識として「女性の白い足」と認識されているが、「足」を省いた「大根」だけでは解り難くなる。しかし、本句はシメに「足湯」を持ってきたことにより「大根」は女性の足であり「牛蒡」は男性の足と理解させている。

衣服を脱がず気軽に楽しめるので観光客から好評を得ている足湯。近ごろは温泉街だけでなく道の駅や鉄道の駅で設置している所も増えてきた。「第二の心臓」とも呼ばれているふくらはぎを温めると血行が良くなり心も身体もポカポカ。行きずりの見知らぬ人であっても、「大根と牛蒡」になって楽しく語り合いたいものである。

あけがたの街灯の灯は昨日の火

桒原　道夫

しらじらと明けてきた街角にぼんやり点っている街灯。もうすぐ消え去るその灯りを「昨日の火」と見たのは過ぎ去った時間と燃えていた想いを振り返ってのことだろう。その「想い」には触れず、センチメンタルになりがちな内容を論理的に分析している。それは作者の性格でもあり長い間の修練で身についた表現方法でもあろうが、極めて的確であり納得できる。

掲出の句は「川柳作家ベストコレクション」に収録されている。他には《風神も雷神もやいとけなし》《象の鼻虚空をつかみ損ねたり》《空き瓶の方が空き缶よりあわれ》などあり。いずれの作品も対象を凝視して論理的な考察を加えている。敢えて分類すれば哲学川柳。

褒められた日から迷ってばかりいる

鮎川　弘子

尊敬する人からお褒めの言葉を頂いたのだろうか、それとも、思いがけなく大きな賞をゲットしたのかもしれない。その日から調子が狂って落ち着かなくなってしまったのだ。

何ごとからも影響を受けず平常心を保っているのがベストであり、多くの修行はその境地を目指しているのだが、それがなかなか難しい。災難や厄介ごとに煩わされるのは当然であるが、このように褒められただけでも動揺するのは「純情」でもあるのだろう。すなわち、誉め言葉や受賞に「値する人間にならねば…」という意識がプレッシャーになっているのだ。しかし、それは良質の刺激であり、ハードルを超すたびに大きく豊かになってゆくに違いない。

寝て待っているがなんにも届かない

中居　善信《ぜんしん》

誰もが知っている慣用句や常套語をそのまま作品の中に取り入れると、作者の想いや独自性が薄れて、ただ「既成の言葉に補足説明を加えて強調しているだけ」になってしまう。

一方、掲出の作品は「果報は寝て待て」あるいは「待てば海路の日和あり」という慣用句に反論する形をとっているところがユニーク。

先人の知恵を重ねて出来上がった諺の多くは、分かりやすい比喩を活用している。「果報は寝て待て」の「寝て待て」は「慌てるな、焦るな」の比喩的表現である。が、作者はそのことを承知の上で、敢えてまともに受けて「寝て待っているが」と、とぼけて見せたのがお手柄。高齢者に届くのは果報ではなく訃報ばかりである。

幸せになれとふくらむ春の海

東野　大八

もちろん、春の海は作者にだけ語りかけているのではない。この世に生を受けたものすべて平穏であれ幸せであれと願っている。

作者のことを知らなくても秀句はこころに響く。だが、作品の背景を知ることによって、より深く味わえる場合も多々ある。東野大八は中国戦線で負傷。ようやく一命はとりとめたが左腕を失った。「隻手老残十三句」と題した作品からその想いが汲み取れる。《空っぽの袖へ秋風ばかり吹く》《大陸に眠る片手も寂しかろ》《アカシアよわが片腕の塚に咲け》等々、心身共に受けた傷は生涯消え去ることはなかった。掲出の「幸せになれと…」は、過酷な経験を経た作者の心からの祈り。平成十三年死去。八十七歳。

転居するように笑顔で逝った母

二宮　茂男

ちょっと隣町まで、というような軽い微笑みを残して逝ったというのである。まさに、「そのようでありたい」と思う理想的な最期。

健康体であると「死」を考え続けることはできない。しかし、高齢になるにつれて「自らの臨終の姿」をあれこれ想定することはある。病院のベッドか、住み慣れた家か、はたまた旅の途中か。いずれにしても、「転居するように笑顔で」逝けたら本望だろう。そのためには、心残りのないように、普段から少しずつでも「終活」に努めなければならない。延命処置は不要と記し、財産分与を明記し、蔵書を処分し、葬儀の形を希望する。すべて為し終え、一点の憂いも無くなったとき理想の笑顔になれる。かな？

編み棒が動きはじめた恋かしら

岩崎　玲子

この「編み棒が動きはじめた」は、「休んでいた毛糸編みをまた始めた」とも推察できるが、やはり「軽やかな動きになってきた」と受け取る方が自然だろう。いずれにしても、編み棒を動かしながら、「恋してしまったか…」と自らの胸に問いかけている。もう少し深読みすれば、編んでいるのは「プレゼントにしようか？」と迷っているマフラーなのかもしれない。

恋をすると美しくなる、とはしばしば言われているが、それは科学的にも証明されている。たとえ片想いであっても、「ときめき」は前頭葉の働きを活発にして女性ホルモンの分泌を促し、肌の艶を増し表情を輝かせる。恋は心身ともに若返らせる「最高のサプリメント」ではないか。

がんばってきたから影はワイン色

目賀　和子

現代川柳では「今の自分を詠う」ことが大きなテーマの一つになっている。その「自分」の中でも、「至らない自分」「恥ずかしい自分」を正直に述べたものは、多くの読者から「私も一緒！」と共感を持って迎えられている。一方、「自慢」が敬遠されるのは世間話の中だけではなく川柳も同じで、特に「孫自慢の句は真っ平ごめん」はしばしば言われていること。だが、たまには「がんばっている自分」を褒めてやってもいいのではないか。それが慰めと自信になって前進する力になるのではないか。

掲出の句、くじけずにきたおかげで「影がワイン色になった」と嫌味なく述べて味わい深い。自分だけに見える熟成したワイン色である。

詐欺師にはなれぬ消しゴム丸くなる

佐藤　美文

振り込め詐欺などの特殊詐欺による被害額は令和三年度だけで二八二億円とのこと。判断力が鈍くなった高齢者のみならず、「私は大丈夫！」と自信を持っている人まで騙されるのは、詐欺師の手口が巧妙になってきたのだろう。そのような報道に接しながら、「自分は詐欺師にはなれない…」と自省？する作者。まるで詐欺師に憧れているような表現だが、自らの考えを何度も糺すような律儀な性格では人を騙すことなど出来るわけがない。その正直な人柄は丸く擦り減った消しゴムに遺憾なく現れている。

本句は「川柳作家ベストコレクション」より抄出。他に《野の花は放任主義の目鼻立ち》《回り道だったがここに立っている》。

スリッパの裏側までが守備範囲

岡谷　樹《いつき》

「守備範囲」の意図するところは明確だが、「スリッパの裏側まで」は「はて？」と考えさせる。だが、これを論理的に分析するとせっかくのユーモアが吹っ飛んで興醒め。読者それぞれが感覚的に受け止めるべきだが、敢えて理屈っぽく推論すれば、「自分が守るべきテリトリーは、世界や世間や近所周りではなく、自宅内で自分が履いているスリッパの裏側まで」ということだろう。そして、それは当然のことながら、頭のてっぺんから足の裏までということ。

すなわち、自分が守るべきものは「自分の身体だけ」という意味ではないのか。肩の力を抜いて、「私はこの程度なのです」と言うような、少し自嘲気味に開き直った表現がおもしろい。

恩は恩　好き嫌いとは別のこと

奥田みつ子

ただ単に教科書の内容を教えてくれただけではなく、教師という立場を超えて親身に叱咤激励してくれた人は「恩師」である。窮乏のどん底で金を融通してくれた友も、失敗を庇って得意先に謝ってくれた上司も「恩人」である。

来し方を思い起こせば、あの人もこの人もと恩人は数え切れぬほど。しかし、厄介なことに、人には相性というものがあり、お世話になった人でありながら、一緒にいると寛げないとか気まずくなる人が稀にいる。だが、どれほど気の合わない人であっても「恩は恩」である。一度でも受けた恩は生涯薄れることはなく、たとえ恩人が亡くなられても消え去ることはない。忘れてはいけないことの第一は「恩」である。

戦争に行くより楽な会社員

宮埜　成仁

業種を大雑把に分けると、水産業・農林業・鉱業・建設業・運輸業・郵便業・出版業・電気ガス業・ガラス土石業・鉄鋼業・非鉄金属業・金融保険業・不動産業・サービス業等々。いずれの職場でも、相応の収入を得るには人知れぬ苦労があるのは当然のこと。鼻歌混じりでスチャラカと処理できる仕事などはない。だが、厳しい仕事や性に合わない仕事でも「戦争に行くより楽」と作者は言う。確かに、人と人が殺し合う戦場は現世の地獄であり、健康な精神も狂わせてしまう。得意先から邪険に扱われても、鬼のような上司に叱咤されても「いつ死ぬか分からない状況」よりマシだろう。本句、勤め人への応援歌であり反戦歌でもある。

旅先まで無理をしなやと母の声

初代　正彦

母親に「何かあったら掛けて」と持たせているケータイ電話。幸いなことに、これまでのところは緊急事態などないが、たまに「晩ご飯食べにおいでよ…」などと言ってくる。

今日も今日とて、「どうしてる元気?」と旅先にかかってきた。二泊三日で出かけると言ったのを覚えていたのだろう。何か急ぎの用事でもあるのかと思えば、「飲み過ぎたらアカンで、無理しなや」と言いたいだけのことらしい。「もう子供ではないのだから…」と思うが、母にすれば、幾つになっても我が子は「こども」であり気がかりなのだろう。しかし、考えてみれば、世界広しといえどこれほど自分のことを心配してくれる人はいない。有り難いことではないか。

母親に会ったら脆くなるのです

早泉　早人

故郷を離れてから幾星霜。世間の荒波に揉まれて潰れそうになったこともあるが、「いつでも帰ってきたらええから…」という母の笑顔を思い出しては耐えてきた。おかげでだんだん逞しくなって、我ながら少々のことではビクともしない企業戦士になったつもりである。

だが、久しぶりに帰郷して母の顔を見るとたちまち「甘ったれの子ども」のようになってしまう。まだ涙もろくはなっていない筈だが、すっかり丸くなってしまった母の背中を見ているだけで胸が詰まる。厳しい企業間競争に立ち向かっているときの戦士はどこへやら。鎧兜を脱ぎ去って母とポツポツ語り合っている「脆くなった自分」こそ本当の自分の姿かもしれない。

食べて寝て母を一人にして帰る

今井　奎子

久しぶりに懐かしい「母の味」をいっぱい食べて、大いに喋って笑って、そしてグッスリ眠って…。楽しいひとときはアッという間に過ぎ去り今日はサヨナラしなければならない。「お母さん、ありがとう、元気でね！」と見送る母に声をかけるが、母の傍には誰もいない。別れはいつも寂しいものであるが、今日はヤケに寂しくて辛い。「老いた母を一人にして、親不孝者ではないのか」等と自分を責めてみたり…。だが、子どもが案ずるほど親は弱くはない。特に母親は「みんなが幸せであれば、自分は何も要らない」と思っている。また「自分のことで心配をかけたくない」とも思っている。元気な声で「バイバイ！」するのも親孝行である。

在りし日の母が歌っている土鍋

真理　猫子

母が愛用していた土鍋。母が亡くなってからも、大切に手入れをして使っている。

今夜も大根・ジャガイモ・竹輪・厚揚げ・ゆで卵・タコ・蒟蒻などをたっぷり入れたオデン。下ごしらえをしているとき、「大根はこうして面取りをして、ダシが沁み込むように切れ目をいれて…」と教えられたことを思い出した。学校から帰って、宿題を済ませた後で母の手伝いをするのが好きだった。庭の草取りをしたり、お買い物について行ったり、オカズの支度をしたり。そんなとき、母はいつも何か歌っていた。古い流行り歌や学校唱歌など、朗らかな声が耳に残っている。土鍋の温かい湯気、ぐつぐつ煮える柔らかな音、笑顔の母が優しく歌っている。

こんなもん要らんと父はいつも言う

前田　はな

少年少女時代に第二次世界大戦を経験した人たちは、総じて質素な暮らしを強いられている。戦時中は「ほしがりません勝つまでは」とか「贅沢は敵だ」など、お上からのスローガンに押さえつけられ、戦後は食料も衣料も欠乏して否応なく質素倹約にならざるを得なかった。説明するまでもなく、この「こんなもん要らん」は、家族に対してではなく「自分には要らない」ということ。コンビニもスーパーマーケットもない時代に育ち、質実な暮らしが身に付いている世代には「消費が美徳」等とはとても思えない。吝嗇ではない臍曲がりでもない、ましてや負け惜しみでもない。足ることを知った心から出た素朴な「こんなもん要らん」である。

父さんが兵士だったと思えない

松田　龍彦

最前線で命を賭けて戦ってきた人ほど戦争のことを語ろうとはしない。その凄惨な体験を思い出したくないのかもしれない。或いは「どれほど語っても理解して貰えない」という虚しさ、そして「自慢気に話すようなことではない」という謙虚さが口を噤ませているのだろう。

入隊記念に撮った軍服姿もセピア色になり、凛々しい青年もすっかり好々爺。その丸くなった背中や穏やかな笑顔からは、大日本帝国軍人を偲ばせるものは何もない。このような幸せな老後を過ごすことが出来るのは、無事に戦場から帰還できた兵士のみ。我が父の幸運を想うと共に、見知らぬ土地で「水漬く屍、草生す屍」になった多くの若者たちの無念さを想いたい。

半分は父が広げてくれた空

大嶋都嗣子

誰の助けも借りずに生きてきた人などいない。特に、幼少年期から青年期までには多くの人たちの手を煩わし温情を受けている。来し方を振り返り、「あの人も、この人も」とお世話になった方々を思い出すことはあるが、その中に父や母が含まれていることは稀。父母から受けた恩愛は「あたりまえのこと」であり、特にありがたいとも「恩人」だとも感じていない。

また、母から受けた慈しみを思い出すことはあっても父のことは忘れがち。それは、母と過ごす時間が多かった半面、父と接することが少なかった所為もある。せめて父の日ぐらいは「父が広げてくれた空」を仰いで、黙々と働いていた姿、その不器用だった愛を思い出したい。

無口な父トイレすませて逝きました

大石　洋子

臨終を迎えようとしている人が起き上がってトイレへ行ったとは思えない。介護してくれている人に助けてもらって排泄したのだろう。そしてスッキリした顔をして逝ったのだ。

人それぞれ最期の迎え方は異なる。しばしば言われている「ピンピンコロリ（略してPPK）」とは「元気に長生きして、寝付かずにコロリと死にたい」ということ。しかし、連れ合いや子供たちからすれば「少しぐらい介護をしたかった」とか「親孝行の真似事ぐらいしたかった」という想いもあるだろう。できれば、三日ほど寝込んで、「トイレをすませて」綺麗な紙オシメをつけて、お世話になった方々に「ありがとう」のひと言ぐらいは遺して旅立ちたいと思う。

菜の花を基地いっぱいに咲かせたい

たむらとしのぶ

日本国内にある米軍基地面積の70％が沖縄県に集中している。そして、それは沖縄本島面積の15％を占めている。数字の上だけでは実感が湧いてこないが、国道五十八号線を那覇から北上して嘉手納町に入ると道路の両サイドに延々と続くのが米軍基地のフェンス。それを眺めているだけで、基地の広大さと沖縄県民の口惜しさがおぼろげながら摑むことができる。

本句、声高に「基地反対」を叫んでいるわけではない。ただ、その広々とした土地に「菜の花をいっぱいに咲かせたい」と言っているだけである。その控え目な表現を一層穏やかに感じさせているのが「菜の花」。軍用機の轟音からいちばん遠い位置で微笑んでいる花である。

物欲が極彩色になっている

鈴木　かこ

私たちには様々な欲望がある。仏教用語で「五欲」と呼ばれているものでは、「食欲」「財欲」「色欲」「名誉欲」「睡眠欲」など。掲出した句の「物欲」は、もちろん「財欲」のこと。

友人が持っている物を欲しくなるのは誰にでもあり勝ちなことでまだ軽症である。新しい物や、珍奇な物、高価な物、煌びやかな物、とエスカレートしていくと重症。その「あれも欲しい、これも欲しい」という節度のない物欲と、その結果を「極彩色」としたのが本句の手柄。

教会や寺院における虚仮威し的な飾りは、神仏の尊さを演出しているのであろうが、いみじくも「人智の限界」と物欲の一端を示している。神仏も恥ずかしく思っているのではないか。

友釣りは罪の匂いのする仕掛け

富田　房成

鮎は、餌になる良い苔がついた岩の周辺を縄張りとして侵入者を追い払おうとする。その習性を利用したのが「鮎の友釣り」。方法は、オトリの鮎に掛け鉤を付けて、侵入者に体当たりしてきた鮎を引っかけるというもの。そのような本能を利用した漁は、「いささか卑怯であり罪の匂いがする」と作者は言う。友釣りに限らずヒト科が工夫を凝らした「他の生物を捕獲する仕掛け」は、そのほとんどが生物の習性を学び弱点を突いたもの。それが食料調達のための「やむを得ぬ行為」であればまだしも、ただのレジャーであれば「罪の匂い」は拭えない。すべての生物と共存共栄するのは不可能であろうが、徐々にでも「大豆ミート」の方向へ舵を切るべきであろう。

なかなかに死ねないものね朧月

下谷　憲子

人のイノチの失せ方は様々。不慮の事故で逝く若者もいれば、百歳を超して穏やかな死を迎える人もいる。死にたくないと願っていても脆く消え去るイノチがあり、死にたいと思っていてもなかなか死ねないイノチがある。この「なかなかに死ねないものね」は、死にたいと苦しんでいる闇の中からの言葉ではなく、その闇から脱出して一息ついたときの想いであろう。心身ともに健全なときは問題ないが、心が病んだときは「死にたい」という危うい考えに囚われることがある。だが、肉体は「どこまでも生き延びよう」とする。「死ねないものね」には「斯くなる上は生きていこう」という前向きのニュアンスがあり、朧月に想いを述べる余裕も感じられる。

骨見える傷に赤チン塗るばかり

森脇幽香里

骨が見えるほどであれば極めて重症に違いない。にもかかわらず「赤チン塗るばかり」とは、はてどのような状況なのであろうか。川柳は一句一姿として、但し書きも説明も加えず理解されるべきもの。解説をしなければ句の背景さえ解らないのは「名句」とは言い難い。

掲出の句、「原爆の記」副題(私の上に落とされた原子爆弾)に収められた一句。他には《逃げまどう両手に焼けた皮膚が垂れ》《水槽に首突っ込んで死んでおり》《街の火は今夜も死体焼いている》《人を焼くにおいの中で寝る闇夜》などあり。このような圧倒的な現実の前では、「連作であっても一句として独立すべし」等という理屈の入る余地なし。平成十五年死去。九十五歳。

眉も目も口もハの字に老いてゆく

島　文庫

歳を重ねるごとに体力が落ち、姿かたちが変化してゆくのは自然の成り行き。少しでも現状を保ちたいとストレッチやウォーキングに励み、顔面マッサージをしているのだが…。

もちろん、そのような努力は無駄ではなく、少しは老化を遅らせてくれるかもしれない。だが、多少の個人差があるとしても、七十歳あたりから「体力」「気力」そして「体型」「容貌」など、すべて老人の様相を呈してくる。その顔つきの特徴は、掲出の句が述べている通り、先ず、眉毛の先と目じりが「ハの字」に垂れてくる。そして、鼻の両脇から唇の両端にかけて豊齢線とやらが出来て、口もハの字になってくると、もう押しも押されもせぬ立派な老人である。

お経聞く姿勢で妻の小言聞く

北野　哲男

夫婦円満のコツの一つは「相手が腹を立てているときは逆らわない」ということ。これは夫にも妻にも共通の心得。怒るには理由があり、それが「身に覚えのないこと」であれば明確に説明して誤解を解かねばならないのは当然のこと。だが、「見解の相違」や「思い当たるフシがある」などの場合は、余計な弁解や言い逃れをせず神妙に、あたかも「有り難いお経を聞いている姿勢で」拝聴しなければならない。

この「姿勢」は体のことだけではなく「想い」も含めてのこと。すなわち「よく解らないが、何やら有り難そうなのでおとなしく聴いておくべし」という心情。経文も小言も似たようなものではないのか、等と言えばバチが当たるか…。

相席がタイプでおちょぼ口になる

清水久美子

一般的に、「タイプ」とは「職人タイプ」とか「芸術家タイプ」など、共通の特徴を持つ人をまとめて括るときに使用されてきた。しかし、いつの頃からか若い女性の間で「私の好みのタイプ」という意味で使われるようになり、その的確さが受けて、今では「タイプ」だけで老若男女を問わず充分に通じるようになった。

女子会であれば大口を開けてガハハと笑い、遠慮なくバクバク食べるのであるが、すぐ近くに「好みの男性」がいると花も恥じらう乙女に戻って、「おちょぼ口」になってしまう。もちろん、それは男性も同じ。荒波に揉まれ海千山千の老獪な人間になったとしても、青年の初々しい心はいつまでも失いたくないものである。

銀行の敷地に猫が死んでいる

安川久留美

銀行の業務を端的に言えば「低金利で集めた金を高金利で貸し出す」ということ。市民一人一人のヘソクリは微々たるものだが、集めると莫大になり企業を支える資金になる。

業績を上げている企業や将来有望なベンチャービジネスに対しては貸し出しを惜しまないが、返済が滞りがちな零細企業への門は厳しく、取り立ても苛烈。それは銀行員個人の酷薄さではなく、「銀行」という形態のやむを得ぬところである。しかし、弱い立場から見れば極めて冷たい存在。死んでいる猫は無力な人たちを象徴するものであり、怨みを抱きながら最後の場所を選んだのだろう。格式張った建物と斃れた猫の対比が見事。昭和三十二年死去。六十五歳。

天罰と思えばさほど痛くない

久保　光範

机の角や柱にぶつかったり、段差に躓いて転んだり、あるいはドアに手を挟んだり。ありふれた暮らしの中で時たま遭遇する「イテテッ！」という状況。その原因のほとんどは「誰の所為でもなく自分の不注意」である。

ちょっとしたミスが原因である割に痛みは強く、時には治療が必要な場合もある。まったく腹立たしいことではあるが、自分の責任なので苦情をぶつける相手はいない。しかし、何事も考え方一つで楽になる。「これは天罰だ」と割り切れば、「この程度で済んで良かった」と思える。そう、これまで修羅場を斬り凌いできた数々の罪状を思えば、もっと厳しい罰を受けても仕方がないところ。打撲傷ぐらいは我慢である。

欲しいものばかり手ぶらで来たこの世

森園かな女

欲深い人間でなくても、自分が持っていないものを欲しくなるのは当然のこと。便利な物、美しい物、珍しい物等々、あれも欲しいこれも欲しいとなるのは、本能の一つ「物欲」の為せるところ。だが、作者は、「手ぶらでこの世に生まれてきた所為」だと言う。なるほど、ユニークな説ではあるが理屈は通っている。

しかし、欲しいものを首尾よくゲットしたところで、やがて行くべき「あの世」には持って行けない。誰しも、高齢になるにつれて、物欲が次第に薄れて「特に欲しいものはない」となってくる。それは、「手ぶらで来たのだから、手ぶらで出て行かねばならない」ことを、理屈ではなく自然に感じ取っているのかもしれない。

凡人と分かる無遅刻無欠勤

菊地　良雄

俗に言う「沈香も焚かず屁もひらず」とは、「特に良いこともしないが悪いこともしない。無害だが極めて平凡」という意味。付け加えるならば「毒にも薬にもならないが真面目だけが取り柄」ということ。その真面目であることを具体的な例で言えば「無遅刻無欠勤」。

特に秀でたものがない人間が怠けていては存在価値が失せてしまう。「遅れず休まずは凡人の勲章」という自嘲に共感する人も多いだろう。

掲出の句は、川柳集「男の脱衣籠」（平成二十九年発刊）に収録。他には《饅頭を頂いている休肝日》《忠告のとおり肝臓病になる》《夏に負け冬にも負けて縄暖簾》など、酒好きなら思わず「膝ポン！」の句多々あり。

機上食眼下にあるは飢餓の国

小松原爽介

民間の航空機では「機内食」と呼ばれているが、軍隊経験のある人や自衛隊では「機上食」。舌の肥えた旅客に向けて食材も味付けも吟味されている。ビールやワインを片手にゆったり寛ぐひとときは空の旅の醍醐味の一つ。だが、その眼下には飢えた人々がいる。一万メートル上空を時速八百キロで飛び去る人々と、荒れた大地にしがみつく人々の対比。宇宙の果てに探査機を打ち上げる知恵を持ちながら貧しい国々を救えないのは、先進国が「自分ファースト」「エゴイズム」に堕ちている何よりの証。

昭和五十五年より「時の川柳社」主幹に就任。奇しくも令和元年五月十七日に開催された「時の川柳交歓川柳大会」当日に死去。九十七歳。

胸少しふくらむ孫と露天風呂

山下　純子

個人差は大きいが、早い子では九歳頃から少しふくらんでくる。「おばあちゃん、おばあちゃん!」と縋りついてくる声も甘えぶりも幼児の頃と変わらないので、いつまでも子どもと思っていたが…。このような芽生えから五年ほどですっかり娘の体型へ脱皮してゆく。

身内を詠った句はどうしても甘くなる。特に孫を対象にしたものは自慢臭くなりがちで「孫は詠うべからず」などと極論する人もいる。だが、掲出の句のような、「孫の成長を前にした軽い戸惑い」を正直に詠った句は、女性のみならず男性にもその戸惑いが伝わってくる。健康的な明るさと、素直な作句姿勢が、身内を詠った狭さを超えて普遍的な味わいを醸している。

いい恋をしましょうと言う内視鏡

長谷川博子

内視鏡による胃の検査、或いは大腸検査か。次々とモニターに映し出される内臓は美しいピンク色。傷ひとつ無くポリープも無く健康そのもの。まるで「心配ご無用、内臓はまだまだ青春ですよ。これからも恋をして人生を楽しんでください！」と言っているようではないか。

擬人法は作句技術の一つで、動植物に人の言葉を語らせるのは常套手段であるが、無機質な医療器具である「内視鏡」に語らせているのは珍しい。もちろんその言葉は、作者自らの想いであり、「精密検査も無事にパスしたので安心して…」という前向きの元気良い姿勢が心地良い。

このような嬉しい心境を得るためにも、一年に一度ぐらいの精密検査は受けたいものである。

ポイントが貯まり熟年離婚する

安藤　敏彦

どこで何を買っても「ポイントカードお持ちですか？」と訊かれる昨今。初めの頃は（一ポイント一円？そんなケチ臭いこと男が廃る）とカードの取得を拒否。「持っていません！」と答えていた。が、度重なるとその返答も面倒になりカードを取得。とうとう一小市民になり下がってしまった、という御仁も多いことだろう。

また、「ポイントが欲しくて無駄遣いをする」というバカバカしい逆転現象も出現している。本句、そのような「人間の欲に乗じたケチ臭い商魂」を皮肉たっぷりに突いて小気味よい。

また、「ポイントが貯まり」が「ヘソクリ」を連想させて「熟年離婚」が効いている。その内に貯まったポイントで葬儀も執り行えるだろう。

やや背伸びして天才の語を拾う

竹本瓢太郎

人は多面体であり一面だけを見てその人物の評価は下せない。すべての面で自分より劣っている人などいないのと同じように、すべての面で自分より優れている人などいない。常人の及ばぬ閃きを発揮して「天才」と称される人も、その専門分野での賞賛である。だが、「天才は一％の閃きと九十九％の努力である」というエジソンの言葉のように、輝かしい功績の陰には人知れぬ努力の積み重ねがあることは認めなければならない。そのような地味な努力によって生み出された言葉を拾い、片鱗に触れるようとする謙虚さこそ「学び」の基本である。

平成八年「川柳きやり吟社」の主幹に就任。平成三十年十一月五日死去。八十四歳。

ガラス戸に映る私と夕御飯

壇　信子

一人の食事を楽しんでいるのか侘しく思っているのかはその環境への「慣れ」が大きく影響している。「孤食」などという言葉もあるが、これは孤独の孤であり甚だイメージが悪い。おそらく「ひとりめし」の状況に慣れずに侘しく思っている人が生みだした言葉であろう。

一方、掲出の句は一人で食事をする自分を冷静に眺めてほのかなユーモアさえ感じさせる。自らを客観的に見ることが出来るのは「こころの余裕」であり優れた作品を生む条件でもある。

だが、誰しもずっと心に余裕があるわけではない。たまには「食事相手の自分」を疎ましく思うこともあろう。そのようなときにはカーテンを閉めて「内なる私」との語らいが一番である。

非正規の象は片足立ちもする

西山　竹里

非正規雇用を略した「非正規」とは、契約社員や派遣社員、そしてパートタイマーやアルバイトなどの雇用形態のこと。自らの希望による場合以外は「不本意非正規」と呼ばれている。掲出の「片足立ちもする象」はおそらく不本意非正規であろう。正規雇用を目指して危ない仕事も頑張ってこなしているのである。

その健気な象の姿を「苦労している非正規の比喩」と読むのが妥当かもしれない。しかし、常識に沿った読み方のみでは面白さも画一的である。本句の場合は敢えてそのまま、象は象そのものとして受け止めると何やら物悲しい情景が浮かび上がってくる。そして野暮なメッセージなどは無いナンセンスな面白味も感じられる。

飛び魚に翼　私に手術痕

島田　明美

胸ビレを煌かせ海面すれすれを、ときには百メートル以上も滑空するトビウオ。マグロやシイラなどから逃げるためと言われているが、鮮やかに躍動する姿は、まるで「見てくれ！」と言っているように誇らしげでもある。その見事な翼（胸ビレ）と対等に並べたのは「手術痕」という他者には見えない地味な存在。だが、それは逆境に耐え抜いた証。厳しい体験を乗り越えて心身に刻み込まれた勲章であり、その傷痕を見るたびに「あのときの辛さを思えば何事も…」と密かな自信が湧いてくるのだ。

翼と手術痕という意表を突いた「取り合わせの妙」ではあるが、難解な比喩を使わず解りやすい具象のみで深い想いを表明していて見事。

軽いラブまだできそうな骨密度

小畑　定弘

いつ頃からか、しばしば目にするようになった「骨密度」という言葉。高齢者の仲間入りをしてからは、「知らぬ間にアバラ骨が折れていた」とか「躓いただけで骨折した」、などという話を聞くと他人事ではなくなり、「もっと小魚を食べなければ…」という気になってくる。

掲出の句、そのような弱気を吹っ飛ばす前向きの姿勢が頼もしいが、さて、どの程度の骨密度なら「まだ」なのか？　また「軽いラブ」の「軽い」とはどの程度までを想定しているのだろうか、それが問題である。また理性では「軽いラブ」のつもりでも、火のついた欲望をコントロールするのは至難。肝心なときに「イテテッ！」とならぬようくれぐれもご用心！

万華鏡たった一人のルミナリエ

広島　巴子

例年十二月に開催される神戸ルミナリエは、平成七年一月十七日に発生した阪神淡路大震災の犠牲者の鎮魂と追悼、そして街の復興を祈念して始められたことはご承知の通り。

その鮮やかな電飾は人気を呼び、十日間の期間中に三百万人以上が訪れているとのこと。それぞれ友人や家族連れ、そしてカップルや職場の仲間と一緒。それは「お花見」や「花火大会」そして「海水浴」などでも同じ。広い空間でワイワイ楽しむのは気の合う仲間がピッタリであり、一人だけでは侘しさが募るばかり。そこで登場したのが万華鏡。覗けばまさに「煌びやかな花の回廊」が続いている。誰に遠慮することもなく楽しめる「一人のルミナリエ」である。

百円の卵で三日食い繋ぐ

澤田　正司

物価の優等生は鶏卵とバナナ。いずれも昭和二十年代には高価でお見舞いやお土産に使われることが多かった。自宅でもお正月やお祭りなど特定の日しか食べられなかった。その鶏卵が安く提供されている要因は、ほとんどを輸入に頼っている「飼料」が比較的安く手に入るためと養鶏場の企業努力の賜物。

普段だと十個入りパックが二百円前後だが、特売になると一五〇円程。実に一個十五円！　我々庶民はこのようにして食い繋いできたのであるが、その苦労のほとんどは台所を預かっている主婦が背負ってきたのである。卵オンリーの食材で三日間、いかに飽きないように工夫するか。それも生き抜くための逞しい知恵である。

日向ボコこの世に深く腰据えて

小室ひろし

風のない日の縁側や公園のベンチ等で、お日さまの柔らかな光と温かさを感じながらのんびり憩うひととき。慌ただしく過ごしている日常の中でホッコリするこのようなワンシーンこそ人生の醍醐味とも言えるのではないか。

そのひとときを「この世に深く腰据えて」と表現できる人は、充実した日々を過ごしているに違いない。すなわち、家族や友人たちとの繋がり、勤務先や地域との繋がりなどを疎かにせず誠実に生きていること。それも負担に感じることなく「自然体」であることが「深く」という想いになっている。利己的で不誠実な人は「この世に浅く」しか関わることが出来ず、日向ボコもただ寂しく虚しいひとときにすぎない。

冬将軍ショートステイに願います

吉田ゆうこ

ウィンタースポーツを楽しむ人にはベストシーズンである冬。だが、どの統計を見ても好まれている季節は快適に過ごせる春と秋で、冬を好む人は5％にも満たない。そのような背景を持ち出すまでもなく、歳を重ねるごとに寒さがこたえる身には冬将軍など真っ平御免、長居などせず早々に退散願いたいものである。

この句の手柄は「ショートステイ」。我が国ではもっぱら、在宅介護を受けている人が短期的に施設に入所し支援を受けることを指す。が、欧米では貸別荘やコンドミニアム（キッチンや洗濯機などのある宿泊施設）などで一週間ほど滞在することを言う。もちろん本句では後者の意味。冬を苦手とする全員が「賛成！」の一句。

賛成のときは大きな声を出す

小林　茂子

人それぞれ考え方や主義主張が異なる。一人で行動するときは自分の思い通りに進めば良いが、団体となるとそうはいかない。話し合いで「満場一致！」となればメデタシメデタシだが、意見が分かれたときの合意形成には「多数決」というのが民主主義の基本的なルール。

その採決方法の主なものは「匿名投票」と「挙手」。参加者が多いときは投票、少ないときや事案が些細な場合は挙手が一般的。掲出句の「大きな声を出す」は、挙手や意見表明に際してのことだろう。勿論、大方の方向は提案に賛成というムードを読んだ上でのこと。少数派として反対を表明するのはいささか勇気が要るが、流れに乗って賛成に加担するのはラクチン！

「ぬ」に濁点鬱な一日だったなあ

雨森 茂喜

五味太郎の絵本「ぬぬぬぬぬ」は、おばけが「ぬ」と現れたり、びっくりした人が「ぬぬぬ」等、絵の他は「ぬ」という文字しか出てこないユニークなもの。だが「ぬに濁点」の文字は出てこない。視覚に訴える「絵本」なので面白いと思うのだが、やはり子供向けの絵本に実在しない文字を使うのは不適切だろう。

ともあれ、「ぬに濁点」という日本語表記にはない文字を創作した本句は大胆且つユニーク。しかも、一読して納得できる明解さがある。それは、「ぬ」という文字の発音が陰気であり、濁点がつくことによって暗いイメージが強調されているため。確かに、言葉では表し難い鬱々とした気分を一文字で表せば「ぬに濁点」である。

生きてきた幾度も服を脱ぎ換えて

森井 克子

「服を脱ぎ換える」とは「脱皮する」或いは、「方向をチェンジする」などの比喩と読むのが当然かもしれない。また、作者もそのような想いで作句したのであろう。誰しも、長い人生航路には幾度も岐路があり、その度に悩み逡巡して方向を決めてきた。そのような背景を思えば無理のない「読み」であり納得できる。

しかし、「創作」の原点は何ものにも縛られない自由な精神であるべきなのと同じように、「読み」も自由であって然るべきである。掲出句、敢えて「衣服そのもの」と受け取ればナンセンスな面白味がある。すなわち、パジャマから普段着に着替えるだけで一年に三六五回。八十三歳で三万回を超える。人間はおもしろい。

都会には無かった俺の水飲み場

片野　晃一

都会の良いところは、「有名大学や大企業が多い」「映画館やゲームセンターなどの娯楽施設が多い」「美術館や博物館など、文化施設が充実している」「大型店が多い」「病院が多い」「近所付き合いを気にしなくてもよい」等々。良くない点は「家賃や駐車料が高い」「通勤ラッシュなど、人が多くて混雑している」「騒音や大気汚染」「森林や田園などの自然が少ない」等。

このような混然とした環境に馴染むことができた人は定着し、合わなかった人は故郷へUターンする。いや、都会に生まれ育っていながら、地方へIターンする人も増えつつある。「水が合う」という言葉があるが、落ち着いた暮らしの基本は「自分の水飲み場」に出会うことだろう。

虹消える石段のぼり切ったのに

上嶋　幸雀

鮮やかな虹は吉兆のようで、誰もが歓迎すると思っていたが、雨を待ち望んでいるサバンナなどの乾燥地帯では嫌われることが多いとのこと。すなわち、虹は雨が止む兆しであり「吉兆ではなく凶兆」と考えられているらしい。世界は広くて受け止め方も様々であるが、我が国では概ね喜ばれている。さしずめ「インスタ映え」する被写体で、虹に向かってスマホをかざしている人もしばしば。作者も「もっとハッキリ見えるところへ…」と息せき切って石段を登ったのであろうが…。残念ながら、である。

虹を「希望」、石段を積み重ねてきた「苦労」の比喩と読み解く向きもあろうが、やはり素直に「作者の体験」と受け止める方がおもしろい。

箸落ちて竹輪も落ちて目がさめる

金田《かなた》　統恵《もとえ》

幼児が食事中に「こっくりこっくり」しているのは微笑ましいが、高齢者となると「ボケてきたのでは?」といささか心配である。だが、疲れているときなど、満腹になるにつれてついウトウトすることは誰しもあり得る。「落ちるのは箸よりも竹輪が先だろう」と突っ込みたくなるが、状況を考えれば一緒に落ちたと見るのが自然。いや、そのような理屈を超えて、本句のポイントは竹輪という庶民的な食べ物。他には置き換えられないペーソスがある。

現代川柳のテーマの一つが「自分の今の姿、今の想いを詠う」こと。中でも自らの失敗を率直に述べたものは共感を呼ぶ。「共感の心地良さ」は「意表を突いた刺激」と並んで表現技術の要。

布切れも国旗になると勇ましい

高杉　力

白い布切れの真ん中に赤い丸を書き入れるだけで日章旗になる。同じように、いずれの国の国旗も元は「布切れ」にすぎないのだが、規定の模様に彩色されるとたちまち国家の象徴となる。それが議事堂や庁舎等に掲げられるだけならまだしも、軍艦や戦闘機に付けられると国家の威信を担って勇ましくなってしまう。

現在、地球上に存在する国は一九七もあり、それぞれが独自の旗を掲げている。その大小さまざまな国が一つに纏まって「世界連邦政府」等が創設されるのが理想であるが、現実は遥かに遠くまだまだ夢物語。であるならば、せめて、万国旗のように総ての国と仲良く手を繋いで、平和と繁栄を共にしてゆきたいものである。

付箋貼るゆるい所と狭いとこ

熊谷　冬鼓

メモを一時的に貼り付けたり、書籍などのシオリ代りにする付箋。今ではすっかり普及して、レモンやバナナの形をしたものや可愛い絵のついたものまで、さまざまなものが出ていて小学生でも持っている。作者は、その付箋を自分の「ゆるいところ」や「狭いところ」に貼り付けるのだという。もちろん「忘れないために」「反省するために」、しっかりハートに…。

人それぞれ、多少は自分の欠点を意識しているが、「直さなければ」とまでは突き詰めて考えていない。そのことを思えば、「付箋を貼る」という意識はアッパレ！　そのように謙虚に自省している人に付箋は不要。まったく頓着していない人にこそ貼ってほしいのであるが…。

啓蟄におばさんが出て立ち話

山口　不動

二十四節季（にじゅうしせっき）とは、一年を春夏秋冬の四つに分け、さらにそれぞれを六つに分けたもの。春を区分したものは、立春・雨水・啓蟄・春分・清明・穀雨となる。

啓蟄の「啓」は「開く」であり、「蟄」は「虫が地中に閉じ籠る」ことを意味する。すなわち啓蟄とは「地中にいた虫が出てくる」ことを言う。令和五年の啓蟄、日付としては「三月六日」であり、期間としては「三月六日から二十日まで」となっている。虫が這い出してくる陽気になると人間が出てくるのも当然のこと。虫の様子は見えなくても、おばさんたちが出てきただけで春の到来が分かる。「春に蠢きだした虫」と「元気なおばさんたち」を同格に詠っていて愉快。

春先のぼんやりが好き猫抱いて

森　廣子

作品の内容とよく似た経験があり、同じような想いを持ったことがあれば、「ああ、私も一緒！」と大いに共感する。一方、そのような経験はしていなくても「そうだね～」とその心情に心を寄せることができる作品もある。それは、作者が素直に想いを述べている手柄。

本句、同じ体験をしていなくても「春先のぼんやりが好き」という想いは大いに理解できる。猫が好きな人は「抱かれているネコちゃんも幸せ」と、猫にまで想いを添わせるかもしれない。

この「ぼんやり」が、頭のぼんやりなのか、それとも春霞のことなのかは不明だが、ポエムを理屈っぽく分析するとぶち壊し。自分も猫も野原も、総てを包んでの「ぼんやり」であろう。

人間が主役でしょうか　空は青

川守田秋男

人類は万物の霊長を自認し、「この星の主役は人間であり、食物連鎖の頂点にいるのも人間である」と信じてきた。だが、果たしてそうであろうか？　とこの句は疑問を投げかける。

現在、地球上で生存を確認されている動物は一三七万種余り。植物は二十八万種余りだが、その内の一種として人類が産み出したものはない。にも関わらず、何を根拠として自らをこの星の主役と自認しているのか？　森林を拓き田畑を作り、火を扱うことを覚え、道具を発明し武器を作り、他の動物を制圧してきただけのことではないのか。生きとし生けるもの総て平等である。我々の活動が弱者の絶滅速度を上げていることを認めて、共生に努めなければならない。

遠い過去の縁で玉ネギが届く　　出口セツ子

袖振り合うも多生の縁、とは「知らない人と道で袖が触れ合うようなことも、前世からの因縁である」ということ。「前世」とか「因縁」などと言われると抹香臭くなるが、現在この地球に生存している人間は約八十億人。その内の幾人と出会うことができるのかを考えると、「同じ国に生まれ、同じ時代を生きている」だけでも深い縁だと思える。ましてや、出会って言葉を交わすことが出来るのは得難いことである。

本句、「玉ネギ」というありふれたものによって臨場感を醸し出している。また、送り主が丹精込めて育てたであろう背景まで思い浮かぶのは具象の力である。「縁」を「エニシ」と読めば十八音だが「エン」と読めば九音八音の十七音。

万が一ヤセたら美魔女コンテスト　　上田ひとみ

「万が一」とは「万の中に一つでもあれば」ということ。すなわち「可能性はほとんどないとは思うが、ひょっとして痩せることがあれば美魔女コンテストに出る」というのだ。そして、並みいる美魔女たちを制してグランプリを獲得してやるのだが…、というのであろう。

このように、女性のスリム願望は根強いものがあるが、大方の男性は「ふっくらが好き」である。「痩せたい」と言っている女性には「今のままが魅力的」と進言したいが、容貌や体型は女性に限らず微妙な問題であり触れないほうが無難。斯くなる上は主催者も「ふっくら美魔女コンテスト」にするか、或いはボクシングのように体重によってランク分けするべきだろう。

かみさまはないている子をわらわせる

山田ゆうと

一読して懐かしい昭和の光景が蘇った。子どもたちが元気に駆け回っていた路地裏。先ほどまでベソをかいていた子がケラケラ笑っているのを「♪泣いたカラスがもうわろた〜」と、悪童やおばさんが節をつけて囃していた。子どもの気分が変わりやすく見えるのは、感情を抑制する力が弱いため。オトナも揺れているのだが外面を繕っているだけのこと。感情を司っているのは脳内の扁桃核だが、人智を超えた不可思議な力を受けているのかもしれない。

鳥取市鹿野町では、平成十四年に鹿野町で開催された「国民文化祭・川柳部門」を契機に「鹿野町ジュニア川柳大賞」を創設。掲出の句は第十七回の大賞受賞作で、作者は小学一年生。

母という見本があった老い支度

鳴子　百合

曖昧な言葉の一つに「余生」なるものがある。誰しも「余った生」などは無いが、悲観的に言えば人生の盛りを過ぎてからの残された日々。肯定的に考えると、悠々自適、何ものにも縛られずのんびり出来る幸せな時期である。

そのような歳月を迎えるにあたっての「支度」とはどのようなものであろうか。これも漠然として掴み難いが、簡単に言えば広げ過ぎていた暮らしを整理することだろう。すなわち預貯金を纏める。趣味や交際範囲を絞る。不要な物を整理する、等々面倒なことではあるが、すぐ身近に母という良い見本があった。しっかり者の母がしていたようにすればいいのだ。親たる者、子どもからこのように言われたいものである。

初キスはきっと生まれたとき母と

もりともみち

人それぞれ、初めてのキスの状況は様々。それが幸せな人生の幕開けであったか、苦難の始まりであったか、それとも一瞬の出来事にすぎなかったか、それもまた人それぞれ。

だが、作者は「生まれたときお母さんがしてくれたのが初めてのキスだ」と言う。もちろん、そのときのことは覚えていないが、光景は容易に想像がつく。ベッドの母の顔の横へ、看護師さんが大切に抱きかかえて添い寝をさせてくれたとき。ほっぺかおでこにしてくれたのが、「初キス」である。それは、「生まれてくれてありがとう」というお礼と祝福のキス。そして、「元気で育ってください」という祈りのキス。そのような輝かしい幸せな一瞬が誰にもあったのだ。

留守電に達者ですかと母の咳

渡辺　富子

僅か十七音の短詩文芸では、たった一言が極めて重要な意味を持つことがある。掲出句で言えば「咳」。これが「声」であれば、取るに足りない報告だけの句になってしまうが「咳」によって、作者の想いが明確に伝わってくる。

何かの用件で掛けてきたのだろう。だが、留守電になっていたので「元気ですか、たまには電話を…」などと言っている合間に軽く咳込んだのだろう。電話を掛けてくるぐらいだから寝込んでいるわけでもないだろうが、その軽い「咳」から老いた母の姿が浮かんできて「大丈夫なのかな…」と少し心配になってしまったのだ。

同作者の《鉤裂きのこころへ沁みる母の文》からも娘を気遣う母の想いが伝わってくる。

母が逝く　川の流れはそのままに

勢藤　潤

私たちは山や川や海などの大自然に囲まれて、その恩恵を受けて暮らしている。しかし、それは私たちの片想いのようなもので、山川草木すべて、個人の人生には何の興味もなく、ただあるがままの姿を見せているだけのこと。母の死という、自分にとっては最大の悲しみに暮れているときでも、川は何事もなかったかのように淡々と流れている。それは至極当然のことではあるが、悲しみの只中にいる身には、何やらよそよそしく薄情に思えるのである。

掲出の句は、「川柳作家ベストコレクション　勢藤潤」（平成三十年刊）より。他に母を詠った句では、《雪の色古里の色　母の色》《遠花火かすかに母の音がする》があり。

派手を着よとて娘から父の日に

石原　伯峯

親元を離れている娘から「じじむさいのばかりじゃダメですよ。少しは派手目のを着て若々しく」などという手紙を添えて、セーターかスポーツシャツが送られてきたのだろう。そのように細やかな気配りが出来るのが女性の女性たるところで、父親に対しても母性本能が働くのだろう。男性も親に対する想いは一緒なのだが、素直に表現できないだけのこと。

掲出の句は、弘兼秀子監修の「石原伯峯の川柳と柳縁」に収められている。他には《酒と清興さすが柳都の前夜祭》《酒たのし出合い触れ合い巡り合い》《お別れは言わず今宵は酔うとする》等々、酒を愛した作者の片鱗が窺える。ちなみに愛娘は川柳作家の弘津秋の子氏。

父の名も刻まれている開拓碑

中島　道夫

この地上の如何なる場所も初めから人が住むに適した状況ではなかった。巨木を切り倒し深い根を掘り起こし、雑草を刈り取り固い土を耕す等々。過酷な開墾の末にようやく収穫を得るようになった土地ばかり。いや、収穫の喜びまで辿り着いて定住できたのは幸運であり、重労働に耐えきれず斃れた人は数知れない。そのような、遥か昔の国造りの時と同じような苦労をしたのが、戦後、満州などから引き揚げてきた人たち。各地の未開地に入植して開墾に血の汗を流した。その苦難の歴史を記録しているのが開拓碑だが、毎年開催されている拓魂祭に出席する人も徐々に減ってきた。いずれは刻まれた父の名前も忘れ去られるのであろうか。

新聞が話し相手となった父

つつみあけみ

生真面目で人付き合いが苦手で生来の無口。現役で勤めていたときは顔を合わす時間も短かったので余り意識もしていなかったが、定年退職して閉じ籠りがちになると、その寡黙な姿が際立ってきた。目障りというわけではないが「寂しくないのか？」と少し気になる。

一方、母はご近所の奥さま方とのランチや趣味の会などでしばしば出かける。が、そのようなことを気にする様子もなく、「これで良し」と現状を肯定している様子。父としては寂しさも孤独感もなく、ごく自然体で日々を受け止めているだけのことだろう。煩わしい生身の人間より新聞や本を相手にしている方が楽しいという人も多い。それもまた充実した生き方である。

道具箱父の元気な声がする

渡辺　遊石

大工仕事が好きな父だった。庭の片隅にある物置も父の手作り。そこを拠点として、休日の度に何やらトンカントンカンやっていた。また、自転車のパンク修理などもお手のもの。盥に張った水に空気をパンパンに入れたチューブを突っ込んで「ほら、泡が出とるやろ、穴が開いとるんや」と得意気な声で言っていた。

遺品の道具箱には、鋸や鉋、金槌や釘抜き、そしてドライバー、ペンチ等々、父の手に馴染んだ道具がいっぱい。そう言えば電動工具などは持っていなかった。角材も丸太も汗を拭きながらゴシゴシ切っていた。そのような事をあれこれ思い出させてくれる道具箱。受け継いで父のように使いこなすのも親孝行の一つだろう。

材木の端くれだった指のとげ

小西　幹斉

誰しもトゲが刺さったときは「イタッ！」と感じる程度のことで、少し舐めておればすぐに忘れてしまう。いや、考えを巡らしたとしても「何かの罰か？」ほどではないか。

その取るに足りない小さなトゲを見て「材木の端くれだった」と思うのは日頃から鍛えた観察眼の為せるところであろう。川柳の素材は無限にあり、また作句方法も様々あるが、物事の細部を凝視し、誰もが見過ごしてきたものを取り上げることは伝統的手法であり基本でもある。

掲出は平成十四年の句集「にんげん」に収録。他に酪農家として《うたたねの牛が微笑む田植え唄》《方舟に乗せてやりたい牛ばかり》など牛の句多数あり。平成二十四年死去。九十三歳。

橅の樹も私も同じ水の音

船水　葉

樹木の中でも多量の水を貯えている橅の森は、「東北の森の原風景」あるいは「緑のダム」とも呼ばれている。また、ヒト科の祖先は魚類との学説もあるが、その胎児では体重の九割が水であり成人でも六割ほどは水。などと、理屈で分析すると詩情も失せてしまうが…。

掲出の句、原生林に堂々と聳える橅の大木と自分を並べて述べているが、爽やかな印象を醸しているのは、大自然に対する畏敬の想いが感じられるため。

「人類は万物の霊長」などいう思い上がりを持つことなく、大空に向かって悠然と伸びている大木と、水を介しての共感という感性の豊かさが詩情を生んでいるのだろう。

店長になってやりだす拭き掃除

木田比呂朗

これまではヤル気も見えずチンタラしていたのだが…。肩書きの重さに負担を感じて萎縮する人も稀にはいるが、多くの人は相応の責任感を持って仕事をこなしてゆく。勿論、課長から部長と昇進するにつれて「この辺りが限度」と弱音を吐く人も出てくるが、生き生きとパワーアップして頂上に向かう人もいる。

現代社会の便利で快適な暮らしを支えているのは、このような人間の向上心によるところが大きい。「命令されるのも命令するのも嫌い」とか「誰にも束縛されず自由に生きたい」等というプータローの想いも分からないわけではないが、多くの人がそのようになれば、サービスシステムは破綻して不愉快な社会に陥ってしまう。

ゴキブリも挨拶できぬ訳がある

武本　碧

深読みする癖のある読者は、このゴキブリを「嫌われ者の比喩」と受け止めるかもしれない。だが、他人をゴキブリ呼ばわりするのは極めて上から目線であり失礼。素直に「ゴキブリそのもの」と受け止めたほうが川柳味あり。ペットとして愛されているのは猫や犬、そしてウサギやハムスター、オウムやインコなど。観賞用としては金魚や熱帯魚などの魚類、昆虫ではカブトムシやクワガタが人気だが、ゴキブリを飼っているという話はあまり聞かない。

人間の気配を感じると慌てて逃げてしまうのは生まれつき恥ずかしがりなのか、あるいは親から「人間は狂暴だから近づいてはダメ！」と注意されているのか、深い訳があるのだろう。

応召を中に軍歌のいい調子

鈴木　可香

応召とは、「召しに応じること。特に在郷軍人が招集に応じて指定の地に参集すること」。また、在郷軍人とは「平時は民間にあって正業につき、戦時・事変に際しては、必要に応じて召集され国防に任ずべき予備役・後備役・帰休兵・退役などの軍人」（広辞苑より）。

直立不動の応召兵を囲み友人達が軍歌で激励している図であるが、当人の心情は如何なものか…。否応なく戦地に送り込みそれを「名誉」とした軍の横暴と欺瞞は二度とゴメンである。

掲出の作品は、松代天鬼監修の「鈴木可香の川柳と機関銃」（新葉館出版）に収録。戦争にまつわる句では他に《出征の留守を淋しい子の寝顔》などあり。平成九年死去。九十四歳。

にっぽんの祈りのかたちにぎりめし

若林　柳一

おにぎりの良さが若者達に見直されている。食器も要らず手も汚れずスマホを操作しながらでも食べられる、ということらしい。そのような横着な理由は別として、素朴で地味ではあるが伝統的な和食文化の中心として愛され続けてきた。冷めてもおいしい携行食として遠足や山登りには定番のもの。また、緊急事態や葬儀など、ご近所がひとつになっての炊き出しには奥様方が手を真っ赤にして握っている。そのひとつひとつに握った人の祈りが、稲作を守り育んできた人たちの祈りが込められている。

ひらがなによって優しさを醸している本句、川柳マガジン創刊二十周年記念「懸賞川柳二〇二〇」、課題「日本」で天位を獲得した。

レクイエム奏で続ける住所録

葉　閑女

レクイエムはラテン語。和訳の歴史を紐解くと、古くは「死者の為に読む経文」などがあるが、現在では宗教的な背景を超えて、「鎮魂歌（曲）」と一般的には理解されている。

高齢になると友人や知人の訃報がしばしば届くようになる。先輩ばかりでなく同輩や後輩まで。長患いの末もあれば突然死もある。几帳面な人はその度に住所録を開いて命日などを記録しているが、横着者でも賀状を書く季節になると「ああ、この人も…」としばし感慨に耽る。「友人は金銭で得られない財産」とすれば、この住所録こそ財産目録であり友人たちとの絆。持ち主が他界した後は遺族が開いて交流のあった方々にお報せする。最後のレクイエムだ。

レンジには昨日チンしたままの菜

中村　恵

便利な台所用品の中でもピカイチで、保有していない家庭の方が珍しいほど普及しているのが電子レンジ。さまざまな冷凍食品が出現するにつれて益々重宝され活躍している。

掲出の句、一読して苦笑された奥様方も多いことだろう。食事中に「何だか少ないな…」と思って気がつくのはまだマシな方で、翌日の朝ご飯の段取りのときに気がついて「ギョッ!」。誰の所為でもない大失敗! 一年に一度ぐらいなら良いが、しばしばとなると要注意である。

しかし、考えてみれば、このような失敗談を笑えるのは食べ物に苦労していない恵まれた国の恵まれた人々のみ。最貧国の飢えに苦しんでいる人たちには想像もできないことだろう。

炎天下台湾全土焼芋化

杜　青春

そう言われて改めて地図を眺めてみると、確かに台湾島はサツマイモに似ている。

台湾の北は亜熱帯、南は熱帯地域になり、夏場の観光には水を携行するなどの熱中症対策が肝要。また、エアコンを効かせ過ぎの所が多いので、薄手の長袖シャツを持参したほうがよい。

作者は台湾川柳会会長。日本の川柳界とも交流が深くその功績によって、二〇一九年の浜松大会にて全日本川柳協会より特別表彰を受賞。掲出の句は「川柳作家ベストコレクション」に収録。他には《黒猫も黒狗も来る川柳会》など、台湾語が入っている句が珍しい。あとがきによれば「黒猫」はオシャレでキレイな女性。黒狗は気障でダンディーな男性とのこと。

口下手が目で真実を追っている

内田とみ子

他人のことを「口下手」などと言うのはいささか失礼な気もするが、掲出の句に揶揄などは無く、むしろ好意的な視線を感じる。

自分の気持を言葉にして伝えるのが苦手な人は、口ごもったり回りくどくなったりするのでつい無口になりがち。その結果、「不愉快なのか?」と誤解されることもあるが、仲間といるのが嫌なのではなく「話すより聞き役のほうが楽」ということもあるのだろう。仲間といるのが嫌いではない証拠に、目を逸らさずしっかりみんなの話を聞いている。そして、相手の口調や態度などから「何が真実か」を追っている。

口下手で無口な人は噂話等せず悪口も言わない。饒舌だが軽薄な人より信頼できて頼もしい。

訳ありの品に大した「訳」はない

清水一笑

安くなっている理由が明確であり、それが自分にとっては何の支障もないことであれば安い方が得である。そのような消費者心理を摑んで、最初に「訳ありにつき三割引き!」等というキャッチフレーズを考えた人は知恵者。

近頃はあちこちで見かける「訳あり」商品。その代表格は「ワレセン」と言われているもので、壊れたのが混じっている煎餅やオカキなどの菓子類。そして不揃いの果物や野菜など。お土産でご近所に配るには不向きだが、自分で食べるには何の支障もない。そのような「訳あり」の方がよく売れるので、「ワレセン」が売り切れると、ワザと壊している場合もあるとか。安くするための偽装? もしたたかな商魂である。

ゴミ出しの日だけになった予定表

中山　春代

新型コロナウイルスへの感染予防策として、「マスクの着用と手洗いの励行」「不要不急の外出は控える」「県外への移動は控える」、そして「会合や宴会などの自粛」等々、耳にタコができるほど聞かされてから三年ほど経過。川柳の月例句会も大会も中止。前売り券を購入していたコンサートも演劇も中止。グラウンド・ゴルフも仲間とのランチも中止等々、カレンダーに記入している予定が総て×印。辛うじて残っているのは「ゴミ出し」だけとはなさけない。

本句、発表された時期から「ステイホーム」の状況を詠ったと見るのが妥当だが、そのような時事的な背景を外して、「付き合いが減ってきた高齢者の日常」と読んでも味わい深い。

永らえてこの世の何を見極める

三浦たくじ

作者は自らの胸に問いかけているのであるが、読者は自分が問われている思いがする。「この世の何を見極める」とは、簡単には答えの出ない哲学的な難題だが、「何をするために生まれてきたのか」そして、「それをやり遂げたのか」と置き換えてもそれほど遠くないだろう。

かつて「人間五十年」と詠われた時代もあったが今や八十年九十年は当然。矍鑠たる百歳も珍しくない。しかし、いくら長生きをしても無為に過ごしていては五十年も百年も同じこと。勿論「この世」の総てを見極めることは不可能。それぞれが自分の守備範囲で、何か一つでも遺すことが出来れば「その道で見極めた」ことになるのではないか。平成三十年死去。九十七歳。

在宅の髭ルサンチマンになってゆく

河内谷　恵

ルサンチマンとは、キェルケゴールが想定した哲学上の概念で「弱者が強者に対して非難や怒り、憎悪や怨恨という感情を抱くこと」。端的に言えば「反権力的な感情」を言う。

そして、大胆に省略した「在宅の髭」とは、無精髭であり鬱々としたマイナス感情の象徴。また、「在宅」にも様々な状況があるが、この場合は社会に背を向けた「引き籠もり」ではなく在宅勤務でもない。働く意思はあるが解雇されたとか、希望通りに就職できないとか、甚だ不本意な状況に置かれているケースであろう。

本句、新型コロナウイルス禍を背景にした時事吟としても成り立つが、いつの時代にも存在する「権力と反権力」の構図を描いていて鋭い。

近づいてみると普通の人だった

赤木　克己

肩書きを見ただけで一歩退いてしまうとか、遠くから見ているだけオーラが放たれているようだとか、近づき難い人が稀にいる。

子どもの頃は校長先生がそうだった。会社勤めの頃は社長とか会長がそうだった。だが、そのような畏れ多いと思える人たちも、家に帰れば穏やかな父であり好々爺でもある。外では肩書きに合わせて外面を装っているだけのこと。言葉を交わし親しくなるにつれて、その鎧が少しずつ剥がれオーラが消えて、ありのままの「普通の人」の姿が見えてくる。だが、本句とは逆に、肩書もなく「普通の人」に見えていながら端倪すべからざる所がある人が稀にいる。だからこそ油断がならず、人生はおもしろい。

小包のこの結び目は母のもの

仲川たけし

故郷の母から送られてきた小包。きっちり結ばれている麻紐の結び目を見て「ああ、おふくろの…」と懐かしく思い出したのだ。父母に対する思い出は人それぞれ。叱られたときの母の声そして涙。キャッチボールをしたときの父の仕草や笑顔等々、日頃は忘れていてもフトしたことで蘇ってくる。作者は若かった母に寄り添い、母の一部始終を見詰め、器用に動く指先とその結び目を見ていたのだろう。

愛媛県選出の参議院議員として活躍。全日本川柳協会の設立（昭和四十九年）に尽力し、川柳の普及発展に寄与した。掲出の句は、塩見草映監修の「仲川たけしの川柳と愛言」に収録。平成二十年死去。九十二歳。

カルテにはしぶとい奴と書いてある

望月　弘

カルテ（ドイツ語・Karte）は診療記録。記入するのは患者の症状や投薬を含めた処置の方法そして経過などで、五年間の保存が義務付けられている。かつてはドイツ語で書かれていたが最近は日本語や英語も多いとのこと。

医師は患者に対して「先入観を持たず、公平に接しなければならない」のは当然のこと。だが医師とて人の子、一対一で向き合っているときは様々な想いを抱いているに違いない。だが、その胸の底は口には出せず、カルテの片隅に誰にも解らぬよう、ドイツ語でメモをしているのかもしれない。もちろん、作者はそれを確認したわけではなく、自嘲を込めたジョークだが、「さもありなん」と思わせるユーモアが楽しい。

悩み事大中小と区分けする

小野　雅美

この世に生きている限り、誰でも悩み事の一つや二つは持っている。常に頭の半分を占領しているような大きな悩み事もあれば、取るに足りないほどの小さなこともある。

そのような悩み事をただ漠然と「あれもこれも…」と考えていては憂鬱になるだけ。大きさ別に整理すると対処し易いのではないか。ただ、目に見えるゴミであれば簡単だが「鬱陶しい想い」は難しい。方法としては、先ず悩んでいることをカードに記入する。そして、大きいと思う順に並べ替える。このように「見える形で整理する」ことによって、こころも整って力強く立ち向かうことが出来る。「悩み事相談」の総てに対応できるユニークで効果的な方法である。

ふっくらと魔女の豚まん蒸し上がる

田畑　宏

豚まんと肉まんは同じものだが、地方によって呼び方が違う。調べてみると「豚まん」と呼んでいるのは、奈良県・和歌山県・大阪府・兵庫県等の関西圏だけであり、他はすべて「肉まん」とのこと。「豚まん」の方が少数派ではあるが、ここでは作品通り「豚まん」と記す。

呼び方はともあれ、寒くなってくるとあのふっくら温かい味が恋しくなってくる。昔は中華料理店に出かけなければ買えなかったが、最近はどこのコンビニでもホカホカが売っている。また通販のサイトでは目移りするぐらい多くのメーカーのものが掲載されている。血糖値が高くて食事制限中とかダイエットにいそしんでいる人にとってはまさに「魔女の誘惑」であろう。

新婚も心中もいる熱海の灯

吉田　機司《きじ》

我が国に新婚旅行が定着してきたのは大正の初め。戦前戦後の一時期はそれどころではなかったが、昭和二十五年頃から復活。湯の街「熱海」は新婚さんのメッカとなった。幸せと不幸せが同席するのは珍しくないが、楽しかるべき温泉街での「新婚」と「心中」という大胆な取り合わせは川柳ならではのこと。

掲出の句は、田中八洲志監修の「吉田機司の川柳と随想」に収録。他には《社会科の実習すぎて妊娠し》や《古稀じゃまだ目の離されぬお爺さま》など、シニカルな味は多くの人を診てきた医者としての観察眼による。

千葉医科大卒の医学博士。昭和十二年、吉田機司病院開業。昭和三十九年死去。六十三歳。

電飾に誘われ冬がやってくる

岩田　康子

各地の駅前やメインストリートに煌びやかな電飾が灯されるようになると「もうクリスマスか、今年もあと少しだな…」と思う。中でも有名なのが、毎年十二月の第一週から第二週にかけて開催される「神戸ルミナリエ」。

これは阪神・淡路大震災（平成七年一月十七日）の犠牲者への慰霊と神戸の復興を願って始まったもの。しかし、ここ数年は新型コロナウイルスの影響で残念ながら中止となった。震災を乗り越えて見事に復興した神戸の街。不死鳥の如くコロナ禍を超えたルミナリエを期待したい。

季節の移ろいという自然現象に対して「電飾に誘われ」という擬人的な表現によって、厳しい冬までがほんわか温かい感じを醸している。

ペコちゃんが首を振らなくなって冬

北原　照子

頭を押すとゆらゆら首を振るペコちゃん人形。一九五〇年に不二家から売り出された「ミルキー」の商品キャラクターとして誕生した。人間で言えば古稀を超えたことになるが、「永遠の六歳」とのこと。最近では触れると話をするのも出ている。そのペコちゃんが、「首を振らなくなった」ということは、近寄って頭を押す人が少なくなってきたということだろう。寒くて手をポケットに入れている所為なのか。年末の気忙しさに追われて「遊びごころ」を失くしているからだろうか。ペコちゃんもチョッと寂しそうである。

冬の訪れは様々なところで垣間見えるが、店に置かれた人形の様子から感じ取ったのは極めて稀で、小さなことを見逃さない川柳眼の賜物。

こつこつと鍛えておこう耐えること

吉岡　修

個人差はあるが、若い頃に簡単だった事でも古稀を過ぎる頃から手古摺るようになる。難なく跨いでいたのがハードルとなり、ジョークを聞き流す余裕を失くして引っ掛かる。

それ等は体力と精神力の衰えから来るものであり、その度に焦ったり腹を立てたりしていては益々自己嫌悪に陥ってしまう。また、怒りっぽい老人は敬遠される。我慢強くなるためには先ず「忍耐力をつける」と決意すること。そして、何かある度にその決意を思い出すこと。その積み重ねで徐々に耐える力が養われてゆく。

格言に似た表現になっているが、格言と根本的に異なるのは、自らの弱さを自覚していることから生まれた自嘲とペーソスのほろ苦い味。

こっそりと蹴った小石で我慢する

石川　和巳

子どもなら感情の起伏は直ぐに声や態度に出てしまうが体面を重んじるオトナは抑制する。しかし、「コンチクショウ！」という腹立ちは抑えがたく、道端の石ころを蹴って我慢。

この鬱憤晴らしの「小石を蹴る」は「枕を投げつける」とか「ダンボールをちぎる」など、ガス抜きができるものなら何でも構わない。だが、人に見られぬよう「こっそり」とやるべし。

掲出の句、第十八回川柳マガジン文学賞にて「大賞」を受賞した作品十句の中の一句。他には《ちっぽけなことがうれしい雨上がり》や《うたた寝のページをそっとめくる風》など、難しい言葉を使わず技巧に頼らぬ表現によって微妙な心情を表現している。

寂しくて電気毛布を強にする

岡村水無月

寂しいという想いはオールシーズンいつでもフッと感じることではあるが、特に寒さが身に沁みる季節になってくると、元気者でも何やらしんみりすることが多くなってくる。

これは気のせいではなく、医学的には「日差しが弱くなり日照時間も短くなってくると、精神を安定させる神経伝達物質セロトニンが減少して、虚しさを感じたり気持が不安定になる」とのこと。その対処法としては、「冬に寂しくなるのは当然で誰でも同じ」と、寂しさを否定せず受け入れること。そして、軽い運動やマッサージをして固くなっている身体をほぐしたり、ゆったりお風呂に入って温もるのが効果的。加えて、電気毛布が強い味方になってくれる。

負けないよ歌を忘れていないから

藤田めぐみ

くじけそうになったとき、或いは落ち込んでしまったときなど、「自分を励ます言葉」によって立ち直る力が湧いてくる。掲出の「歌を忘れていないから」も、自らを激励する言葉。そして、より一層元気にしてくれるのが歌の力。好きな曲を歌ったり聴いたりすることによってストレスホルモン（コルチゾール）が減少する。また歌うことによって心拍数があがり発汗を促すなど、軽い運動と同じ効果がある。「心に太陽を、くちびるに歌を」は詩のフレーズだが、この太陽こそ「自らを激励する言葉」であり、歌は力付けてくれる愛唱歌である。

本句、誌上大会となった全日本川柳二〇二〇年秋田大会の課題「歌う」にて大会賞を受賞。

金の流れ悪くしている家族葬

福田　好文《こうぶん》

身内や親しい人だけでしめやかにお見送りする家族葬。都市圏を中心に広まっているのに加えて、この度の新型コロナウイルスの影響によって、地方でも珍しくはなくなった。

家族葬のメリットの一つは、一般の葬儀と比べると参列者が少ないので、ご会葬御礼の品や精進落としの料理も少なく費用が軽減できること。しかし、当然のことながら香典が少ないのはデメリットとも言える。そのような経済的な内情はあくまでも個人的なことであり、他者が云々することではないが、社会的に見れば一般の葬儀よりも「金の流れが悪い」のは否めない。

しきたりの変化が日本の経済にまで影響を及ぼすことを突いた「穿ちの川柳」の面目躍如！

真実をそっと洩らしている微笑

鈴木　泰舟

人の性格はさまざま。積極的に自分の意見を述べる人もいれば、いつも聞き役で物静かな人もいる。しかし、無口ではあっても「自らの想い」を持っていないわけではない。周囲の意見を聞きながら「どれが真っ当なのか？」を冷静に判断しているのだろう。そのような人の中には「皮肉屋」も稀にいるが、多くの人は少しの驕りもなく微笑みながら控えている。

掲出の句は、今田久帆・鈴木千代見監修の「鈴木泰舟の川柳と影絵」に収録。他には《人間に追い詰められていく野原》や《人間の情緒まで消すデジタル化》など、川柳のメインテーマである「人間を詠う」ことに徹した句多数あり。平成十九年死去。六十歳。

敵兵の胸にも十字架が揺れる

相原あやめ

一読して、映画「西部戦線異状なし」のラスト、「塹壕から蝶に手を伸ばした若い兵士が狙撃されて斃れる」シーンを思い出した。そして、「狙撃兵は照準を定めた若者の胸に十字架を見たのだろうか」などと想像させられた。

本句、川柳マガジン主催「懸賞川柳二〇二〇」神無月賞の課題「敵」によって天位を獲得した。もちろん、作者は兵士ではなく敵と戦ったこともない、いわば創作である。だが、有り得ない絵空事ではなく、同国人を敵視する内戦が各地で勃発しているのはご承知の通り。自らが体験したことは紛れもない事実であるが、ニュースなどから得た頭脳体験からもまた真実の想いが育まれ、読者の胸に迫る作品が生まれる。

ドモホルンリンクル呪文だったのね

まつもとともとこ

誰もが一度は耳にしている、いや、耳にタコが出来ている人もいるであろう「ドモホルンリンクル」は再春館製薬所の化粧品。何やら意味深長で有り難そうで呪文のような長めの名前を分析すると、「ドモ」はラテン語で「抑制」、「ホルン」はドイツ語で「角質」、「リンクル」は英語で「皺」とのこと。その作戦が成功したのか今や同社の主力商品になっている。

川柳によって特定の企業や商品を攻撃するのは避けるべきである。しかし、サプリや化粧品の宣伝には「効果には個人差があります」などと逃げを打っている場合がある。ならば、効かなかった立場から皮肉の効いたジョーク「私には呪文に過ぎなかった」くらいは許されるだろう。

カニカマと言われなければ解らない

森　茂俊

食感や味や色などを蟹に似せて作った蒲鉾が「カニカマボコ」略して「カニカマ」。主な原料はスケソウダラだが極めて精巧に作られていて、味覚に自信がある人でも言われなければ気がつかないほど。いや、冷凍で風味が薄れてしまった蟹よりもよほど旨いぐらいである。開発されたのは五十年前。今では欧米各国にも普及しサラダのトッピングや寿司ネタなどに使用されている。また、最近ではカニカマとは思えないほど本物に近い「蟹の足から引っ張り出したままの形状」の高級品も出ている。

深読みすれば「実力ではなく肩書きを有り難がっている浅薄な世情を突いている」となるが、やはり、軽い自嘲と受け止めた方が面白い。

如才なく生きてこのまま果てるのか

田辺　忠雄

「如才ない」とは「気が利いて抜かりがない」こと。海千山千の強者どもが跋扈する社会で身体を張って生き抜いてきたが、いつの間にかその「如才なさ」が身についてしまった。

それはそれで厳しい刃を避ける手段ではあるが、あの青年時代の溌剌とした一本気は何処へ失せたのか。「世知に長けた要領の良いオトナだけにはなりたくない」と思っていたが、今の自分はまさしくそのようなオトナではないのか。生ぬるい余生を良しとせぬ自省が頼もしい。

本句、川柳マガジン誌の「読者が選んだ誌上句会大賞」の一位を獲得。自らの想いを述べて多くの読者の心を捉えた。「共感の詩」とも言われる川柳の良さを発揮して間然する所無し。

まなざしの和らぐ日なり雛祭り

三村　悦子

女の子の健やかな成長を祈る雛祭り。その起源は明確ではなく、平安時代の貴族の子女が「遊びごと」としていた記録がある。全国に広まったのは江戸時代で、「人形遊び」と「節句の儀式」が結びついて現在の形になってきた。また、厄除けとして男女一対の紙の雛を桟俵に乗せて川（または海）に流す「流し雛」を地域の行事として受け継いでいる所も各地にあり。こちらは旧暦の三月三日に催されることが多い。

歴史的な背景はともあれ、三月ともなれば厳しい寒さも過ぎ去り、梅がほころび菜の花が咲き始めて俯き加減であった眼差しを和らげてくれる。人それぞれ季節の好みはあるが、明るい花々が春の到来を告げるこの時期は心が躍る。

見つめ合い話すとわかる遠い耳

塚原　羊雲

高齢になると身体のあちこちの機能が衰えてくるのは誰しも同じで、歯痒いことではあるが自然の成り行きであり止むを得ない。そのような老化現象の中でも特に多いのが「耳が遠くなる」こと。友人との会話やテレビ番組を楽しむために補聴器を愛用していても、少し離れると周囲の雑音を拾ってきて聴き難くなる。だが、多数が意見を述べ合う場ではなく、一人の相手と向き合って目や表情を見て話すと大概のことは解る。言葉で逃げても目は真実を語る。まさに「目は口ほどにものを言う」である。

たとえ気が合わない人であっても、先ず「向かい合う」こと、そして「見つめ合う」ことが当然のエチケットであり会話の基本である。

ご近所の悪口夫にしか言わぬ

秋貞　敏子

近所付き合いで大切なのは「悪口を言わない」こと、「噂話をしない」こと。だが、平穏で平和そのものと見える地域でも、稀に風変わりな言動が気になる人がいる。それを他の人に愚痴っぽく洩らせば「悪口」となり、逆に悪者扱いされてしまうこと無きにしもあらず。

しかし、言いたいことや不平不満を我慢していると身体に悪い。溜まったフラストレーションの捌け口はご近所のことをあまり知らない仕事一筋の亭主に限る。ご亭主としては晩酌の話題として適切ではないが、町内の情報を得る機会でもある。苦労をかけている奥さまの心情を察して、「ほ～、それは大変！」などと上手に相槌を打ってやるのが夫婦円満のコツである。

いい土に還ろううまいもの食って

今川　乱魚

人の「死」に対する言い換えでは、「永眠」「他界」「昇天」「往生」そして、「天に召される」「身罷る」「空しくなる」など様々あるが、これは「死」という言葉を忌避した結果と思われる。また、「土に還る」は、本来「有機物が完全に分解されて土壌の一部と化すこと」を言うが、「人が死んで朽ち果てる」意味で用いられることが多い。「うまいものを食う楽しみ」を肯定した開き直り且つ言い訳のような表現が楽しい。

掲出の句は、江畑哲男編集の「今川乱魚のユーモア川柳とまじめ語録」に収録。他には《天国に近い髪から抜けていく》や《先生は大先生に叱られる》など、ユーモアとペーソスが持ち味。平成二十二年死去。七十五歳。

結び目は緩くしてある翔びなさい

菊池　京

親にとって我が子は何歳になっても子どもであり、いつまでも傍にいてほしいが、それでは過保護で苦労知らずの甘えん坊になってしまう。「可愛い子には旅をさせよ」は古い諺ではあるが、「厳しい世間に揉まれてようやく骨のあるオトナになる」のはいつの時代も同じ。

そのようなことを充分に承知した上での「翔びなさい」である。結び目はガッチリだが、敢えて「緩くしてある」と言うのは、負担に思われたくないから、自由に飛び立ってほしいからに他ならない。親元を離れて如何なる試練に遭遇するかは予測できないが、それはその子の定めであり、自らの力で乗り超えていかなければならない。オトナはみんなそうしてきたのだ。

猫でさえ幸多かれと名を選ぶ

藤澤　照代

子どもが生まれたとき、真っ先に親が為すべきことは命名。祖父や祖母が名付け親になることも多いが、最近のキラキラネームは若い世代の発想としか思えない。いずれの名前も「健康で長生きを」の想いが込められている。

ペットの名前も我が子と同じように苦心して選ばれているが、猫の代表格はタマとミケ。最近人気のあるのは、ソラ・モモ・レオ・ココ等とのこと。また、ユニークなところでは、社長・うし・チクワ・チョビ・ネコ・ムギュー等々、呼びかけている光景を想像すると愉快。このように慈しみ育てられている猫は幸せ者だが、名も貰えず抱っこされたこともなく殺処分された猫は令和二年だけでも二万頭に達する。

ディスタンス徳利の口が届かない

大家　風太

この度の新型コロナウイルス禍では見慣れないカタカナ語に接することが多くなったが、その一つが「ソーシャル・ディスタンス」。直訳すると「社会的距離」。しかし、これでは「人と人の繋がりを断つ」と誤解される恐れもあり、WHOでは「フィジカル・ディスタンス（物理的距離）」へと言い換えを推奨している。

さて、掲出の句、ステイホーム続きでうんざりした飲み仲間が「ディスタンスを守ればチョイと一杯ぐらいは良かろう」と集まったのであろう。「やあ、久しぶり！」とお向かいさんに徳利を差し出したが届かない。相手もまた精いっぱい猪口を突き出してやっとこさ…。肩を組んで放歌高吟できるのはまだまだ先の話である。

さびしくて他人のお葬式へゆく

石部　明

この「他人」をどう捉えるか？　一般的には「身内ではない」であろうが、「さびしくて」から推定すると、「通りすがりの」「見知らぬ人の」ではないか。おそらくこれは現実のことではなく仮想であろうが、図書館や百貨店ではなくお葬式というところに奇妙な面白さがある。

本句は堺利彦監修「石部明の川柳と挑発」に収録。他に死を見据えた句では《向きおうて死者も生者もめしを食う》《よろめいてまた銀河より死者ひとり》等。同書に収められた明の言葉「創作とは虚構、あるいは幻視することによって導き出される真実を言う場合もある」の通り、理屈で分析することを嫌う詩性に挑戦し続けた。平成二十四年死去。七十三歳。

オトナ度を試されている老いの恋

萩原奈津子

「恋は盲目」とは言い古された言葉だが、恋に落ちてしまうと理性や常識を失くしてしまうのはいつの時代も同じ。だが、そのように自分の立ち位置や現実を見失うほど狂うのは修行の足りない若者であって、高齢者の恋は「オトナ度」を弁えていないとダメだと言う。

さて、その「オトナ度」とは如何なるものか。感情に左右されずいつも穏やかであること。許容度が大きく価値観の違いを認めること。自他ともに完璧を求めないこと等々。そのようなオトナ度を高めて築いた人脈はすべて「宝」だが、ときには自分を縛る柵にもなる。「老いの恋」はその柵を壊さずに育んでいかねばならないので若者の恋よりも面倒且つ味わい深いのである。

金ないが花はきれいに見えている

奥澤洋次郎

悩み事や些事に煩わされていると、季節の移ろいさえ感じ取ることができなくなってしまう。手元は不如意だが嘆いてはいない。こころも曇ってはいない。野に咲く花の美しさや悠々と流れる雲が見えるのも、小鳥のさえずりを嬉しく思えるのも、こころに余裕があるから。

繊細で傷つきやすい人たちを置き去りにしながら爆走しているような現代社会。この度の新型コロナウイルス禍は、「もう少しゆっくりせよ」「野辺の花や小鳥の声、恵まれない人たちの声に耳を傾けよ」という大いなるものからの警鐘ではないか。私たち個人の力は弱いものだが、せめて、「花がきれいに見える」「人の痛みが分かる」こころの余裕を失くさないでいたい。

春うららバスがコースを間違える

宮田　風露

観光バスではなく決められたコースを走っている循環バス（路線バスとも呼ばれている）。うらうらとした陽気に運転手もボンヤリ考え事でもしていたのだろう。間違えていることに気がついたのは乗客で「違っている！」と言ったのか。それとも運転手から「申し訳ございません。間違えましたので戻ります」と謝ったのか。そのようなことを想像するだけでも愉快。

掲出の句は作者がそのバスに乗っていた体験によって生まれたのだろう。作り事では「バスがコースを間違える」という珍しい設定は容易に浮かんでこない。実際にその場に居合わせた者にしか表現できない、いわゆる「体験の力」によって作為のない真実味が現れている。

のらくろも老いたり酒を飲み残す

吉岡　龍城

「のらくろ」は田河水泡の人気漫画。龍城が十二歳のとき（昭和十年）、アニメーションの「のらくろ二等兵」が劇場公開されている。「のらくろ」を楽しんでいた少年もいつしか高齢になり、「好きな酒も飲み残すようになってしまった」という軽い自嘲と感慨。飲めるつもりで定量を注ぐのも飲兵衛のいじましいところであり、身につまされる御仁も多いことだろう。

掲出の句は、吉岡茂緒編「吉岡龍城の川柳と気風」に収録。同書に収められた「芭蕉は晩年、軽味と滑稽を提唱したが、その不易流行の句風は、現代川柳にとっても基本である」との言葉通り、ブレることなく「川柳味」を追求し続けた。平成二十一年死去。八十六歳。

夫は農夫わたし周りを舞う蝶々

前田恵美子

頑張っている夫を尻目にヒラヒラ花を摘んで遊び回っているというのだ。もちろんそれは誇張であり、同じように田畑に出て手伝っているのだが、夫と比べると蝶々のようなものという軽い自嘲と朗らかな自讃が楽しい。

農家や商家のように、夫婦がずっと顔を合わせている状況では、ちょっとしたことで気まずくなることや口喧嘩が始まることがある。男女平等が常識になっている現代社会において、「夫唱婦随」はいささか古めかしいが、中心になって働いている夫を精神面で支えるのは妻としての役目。「私も負けていない」ではなく、「周りを舞う蝶々」という想いを生み出しているのは見守っている夫の度量でもあるのだろう。

一つでも良いことあれば今日は晴れ

荒井　幹雄

人それぞれの性格はさまざまで一言では括れないが、敢えて極端に分けると楽観的（ポジティブ）と悲観的（ネガティブ）であろう。

悲観的な人はちょっとした失敗を引き摺ってマイナス思考に陥ってしまう。自省心の強さは善人の証でもあるが、それが続くと疲れてしまう。逆に、楽観的な人は落ち込むことがあっても立ち直りが早い。その考え方の根底には掲出句の「一つでも良いことがあれば」と同じような前向きの思考が働くのだろう。誰しも、劇的なこともない平凡な日々の繰り返しであるが、その一日を「今日は晴れ」と思えるか「今日も雨」となってしまうかは、小さな「一つ」をしっかり受け止めることが出来るかどうかによる。

神様の前で小銭と口走る

大川　桃花

お賽銭を出そうとして財布を覗いたがあいにく小銭がない。連れの者に「ちょっと、小銭貸して！」と言ってしまったのだ。神様も苦笑されただろう。だが、神頼みしていながら神に対する意識が希薄な者が多い中で、「神様に失礼なことを言ってしまった」という想いを忘れずに十七音にまとめ上げたのはお手柄。

優れた作品の素材は天変地異や珍しい体験のみならず、市井の平凡な暮らしの中にひっそりと隠れている。その小さな事柄を見逃すことなく作品に仕上げることが出来るのは、自らの行動や心情を客観視する力と周囲の状況を見極める観察力。そして、その力は倦まず弛まず創作を続けることによって少しずつ培われてゆく。

芸妓はんになりたいいうて叱られて　田頭　良子

作者の生家は大阪の堀江、かつての花街の一角にあり少女時代は艶やかに着飾った芸妓に憧れていたとのこと。ずっと心に残っていた「なぜ叱られた？」という釈然とせぬ想いが、オトナになってようやく納得できたのだ。

掲出の句は、川柳句集「もなみ抄」（平成九年）に収録。他に大阪弁の句では、《初恋の人ええあきんどになりはった》《言いなれたことばでおおきにを言おう》等があり。このような作品からは女性らしい優しさを感じるが、男勝りの豪快さは自他ともに認めるところ。同書のエッセイにも寮歌祭（旧制高等学校寮歌を歌う祭典）に嵌まり込んで信州まで出かけたことを記している。令和元年死去。九十一歳。

逃げのびてラストシーンの中にいる　田辺与志魚

人生をゲームに喩えるのは不謹慎だが、古稀を超えて友人知人の訃報に接することが多くなると、何やら「生き残りゲーム」のようにも思えてくる。今ここで川柳に取り組んでいられるのも、ひとつ間違えば絡め捕られるような場面を何度も凌いで逃げのびたおかげ。

だが、いかに幸運続きであっても落日を止めることは出来ず迫り来る終章は避けられぬ。ならば、思い残すことがないように、日々充実した独自性のあるラストシーンを楽しみたい。

本句、「川柳作家ベストコレクション」に収録。他にラストシーンを見据えた作品では《晩学にまだたっぷりとある余白》や《触覚を伸ばして古希の風の中》などあり。

雑巾にされていきいきするタオル

くんじろう

顔や手を洗った後に使用するフェイスタオル。少し古くなった程度のものは肌に馴染んで心地良いが、程度を超すと雑巾にするのが定番で八割の家庭が再利用しているとのこと。

フェイスタオルだったときの役目は限られていたが、雑巾になった途端に、窓拭きや床掃除、風呂掃除やトイレ掃除などの室内から、物干し竿やベランダの手すりやエアコンの室外機、そして自転車やマイカーの手入れ等々八面六臂の活躍。くたびれ果てたものはレンジ周りや換気扇の油汚れに使ってようやくお役御免でゴミ箱行きとなる。そのような健気な働きぶりを見ていると、世の男性諸兄の姿と重なるが、本句はやはり「雑巾」そのものと見た方が面白い。

ワクチンを腕まくりして待っている

黒住　睦子

もちろん、新型コロナウイルス感染症に対するワクチン。政府は六十五歳以上の高齢者への接種を七月末までに終えるよう各市町村に通達。いずれの自治体も現在進行中であり、すでに二回の接種を終えた方も多いことだろう。この新型コロナウイルスの恐ろしいところは、変異するたびに感染力が強くなっていること。まるで「ワクチンに負けてたまるか」と人類に対して憎しみをぶつけているようにも思える。

「腕まくりして待っている」を文字通り受け取れば、接種会場で順番を待っている情景を詠っているだけに見えるが、本句が発表されたのは接種が始まる前の四月。「腕まくりして鉢巻をして、気合いを入れて…」待っているのだ。（註・本句発表は令和三年四月）

妻が病み子が病み海の荒れる音

波多野五楽庵

日頃から元気な妻と子が同時に臥せってしまった。まさに「青天の霹靂」であり、そして「八方塞がり」と頭を抱えたくなる状況。誰しも、このような予期せぬアクシデントに耐えて、再び穏やかな日和を迎えるのだが、その耐え抜いた困難の大きさに比例して「穏やかさ」をより一層有り難く感じる。それはくじけずに立ち上がった「ご褒美」でもあるのだろう。

掲出は句集「われも旅ゆく一人なり」(平成十九年)に収録。他に《冬籠り妻は小さな咳をする》《妻病んで桔梗も萩も雨ざらし》など愛妻家を偲ばせる句あり。歯科医師の傍ら川柳塔社副主幹、相談役。青森県川柳連盟理事長等で活躍。平成二十八年死去。八十八歳。

中国が黄色くなって降りかかる

飯田　活魚

一読して「黄砂」を連想する。かつては遥かな旅路のロマンを想って眺めていたが、ダイオキシン類やPM2・5など大気汚染物質を運ぶことが解ってからは厄介ものとなった。

もう一つ思い起こさせるのは、十九世紀末に欧米に現れた「黄禍論」。これは黄色人種が強大になり白色人種に危害を加えるという被害妄想的な極論。その発生は、日清戦争の勝利を機に日本が清国に進出し、両国の結びつきによる脅威を根拠としている。日本の野望は第二次世界大戦の惨敗によって失せたが、「現代の黄禍」とも言えるのが世界第二位の経済大国になった中華人民共和国の躍進。経済援助を餌にアジア・アフリカのみならず全世界に降りかかっている。

寝転んで敬語で電話掛けており

山田　睦子

電話をしている相手は勤め先の上司か、或いは地域の役員か趣味の会の先輩か。いずれにしても丁寧に接しなければならない目上に違いない。失礼のないように言葉を選んで話をしているのだが、姿勢は「寝転んで」いるのだという。その矛盾した姿を想像すると愉快。

ただ、その寝転んだ姿は面従腹背というほど大袈裟なものではなく、自宅で寛いでいるときの心身の緩みすなわち日常（ケ）が非日常（ハレ）に切り替わらなかっただけのこと。敢えて漫画的に描くと、三つ揃いのスーツで決めていながら足元は古ぼけた下駄という姿。そのような「矛盾した曖昧さ」を嫌うのではなく鷹揚に受け入れ作品に仕上げるのも「余裕」である。

猫と寝転んで在宅勤務中

松橋　帆波

自宅で仕事をする在宅勤務は以前からあったが、この度の新型コロナウイルス禍によって採用する会社が急増した。その形式も様々だがコロナ以後にも定着するのは間違いない

掲出の句、川柳マガジン誌の「駄洒落川柳」での入選句。このコーナー、「駄」の上に×が付けられているように、単なる語呂合わせの遊びではなく、日本語の多様性の一つでもある同音異義の面白さを取り上げている。本句も説明がなければ気がつかないほど「猫」と「寝転ぶ」に無理が無い。「猫」の語源は「寝る子」から「寝子」に転じたとの説が有力であり「寝転んで」が自然なのも納得。また、八音九音の形も「勤務中」の五音の座りが良いので違和感はない。

何処までの命久しく虹を見ず　赤井　花城

若い頃はまだ自らの寿命などを考えることはない。また高齢になっても、諸事に追われている中ではそのようなことに想いを巡らす余裕などはない。ただ、忙中閑あり、珈琲タイムなどのふとした合間に「そういえば、しばらく虹も見ていないな…」という想いからつぎつぎと広がった「何処までの命」であろう。敢えて推定をすれば、「この命果てるまでに幾たび虹を見ることができるのだろうか…」ではないか。

この「虹」は「希望」や「吉兆」などの比喩としてしばしば使われるが、本句では素直にレインボーと受け止めたほうが味わい深い。命を詠った句では他に《行き昏れていずこに果つるとも命》《有終の美に拘りはせぬ一期》等あり。

少年に還してくれる草いきれ　北川　拓治

ご近所のワンパクたちと連れ立って草むらや林道を駆け回っていたあの頃。まだ高層マンションも自動車専用道路もなく、自宅を少し離れると蛙の鳴き声がする田圃が広がり、雑木林に至る間道の草むらにはバッタやトンボや蝶々が飛び回っていた。その草むらの匂いは汗と共にシャツに沁み込んで、帰宅すると「くさいくさい！」と、おふくろさんから鼻つまみ。またまたワンパクたちと銭湯へ走って行った。

今では走り回る体力も失せてしまったが、夏の陽光に立ち上る「草いきれ」に包まれると、あの頃の光景が蘇ってくる。他に少年時代を偲ぶ追憶の句では、《けんけんぱ路地から続く遠い夏》《少年の広場で今も鬼のまま》等あり。

人生の終わりに見たい竹の花

杉野　羅天

一二〇年に一度しか咲かないと言われている竹の花。しかも、一斉に咲いたあとは竹林ごと枯れ死するとのこと。このように、他の樹木とは明らかに異なる変則的な咲き方から、「枯れるのは伝染病ではないか」とか「天変地異の予兆ではないか」等々、「竹の開花は凶兆」と言い伝えられ、各地で忌み嫌われている。

事実、記録によれば昭和三十五年のマダケの開花では、国内のマダケ林の三分の一ほどが枯れて竹製品の製造がピンチに陥ったとのこと。

この世に生まれ出たからには、出来るだけ多くのことを見聞したい。凶兆と言われる事象には一歩引くが、「人生の終わり」なら何が起こっても平気。冥途の土産話に丁度いいだろう。

死ぬことより死ぬプロセスが恐ろしい

西出　楓楽

科学技術の最先端をゆくＡＩ（人工知能）でさえ解明できないことは多々あるが、その内の一つが「死後の世界」のこと。宗教や物語では、「花が咲き乱れた楽園」などとまことしやかに語られているが確認した人はいない。そのような不確かなことは「此の世より良い所だろう」と楽観的に考えるだけで済むことだが、問題は彼の世へ行くまでのプロセス。理想的な「ピンピンコロリ」なら良いが、苦しんで苦しんでのたうち回って…は、ご勘弁願いたい。

掲出の句は全日本川柳協会の「川柳文学賞」を受賞した句集「天秤座」（平成十九年発刊）に収録。他に《許し合うべしと花屋に花がある》《飲み込んだ言葉いい味出してくる》等あり。

無記名の空です　だれの雲だろう

村山　浩吉

地球儀には国境が記されているが、地球にそのような野暮なものはない。およそ四十六億年前に地球が生まれ、五十万年前に原人が現れて次第に進化し、争いを避ける手段として隣人との間に縄を張った。以後、遥かな歴史を経て国が生まれ、「領土」や「領空」や「領海」等々の線引きが行われて現在に至っている。しかし、地球そのものには少しの変化もなく、鳥も魚も雲も境界などは気にせず悠々と往来している。

境界線は紛争を避けるための知恵でありやむを得ぬことだが、人それぞれの発想まで阻むことはできない。特に文芸に携わる者は何ものにも縛られない自由、「空は無記名、雲に所有権はない」という清新な想いを創作の基本としたい。

はらはらと枯れ葉いのちの万華鏡

矢沢　和女

誰しも日常の些事に追われて忙しくしているときには「いのちの移ろい」等という深遠なことに想いを馳せる余裕はない。だが、フト緊張が解けたひととき、雲の流れや夕映えを眺めて自らの来し方や行く末を考える。春には卒業式や花の散る様を見て感傷的になるが、秋の落葉はより一層時の移ろいを感じさせる。

万華鏡は華やかな欠片が舞い散る様を楽しむものだが、はらはらと舞い落ちる葉もまた「いのちの移ろいを表す万華鏡」である。草木は葉を落として休眠していても季節が巡れば何事もなかったかのように蘇る。そのような有様から受けた「だが私は…」という諦観や覚悟を経て、やがて恬淡とした心境に至るのだろう。

勲章で飾った服は遊園地

熱田熊四郎

権威主義の象徴とも言えるのが「勲章」であり、我が国でも春秋の叙勲では最高位の「大勲位菊花賞」から「桐花大綬賞」そして、「旭日章」や「瑞宝章」等々が授与されている。

もちろん、国家や国民のために尽くした人を讃えるのは当然でありその事に異議はない。そしてまた、そのような優れた人物は勲章を自慢気に見せびらかすこともない。しかし、時代錯誤のように勲章を飾っているのは軍服。それは軍隊こそ権威主義の最たることの証である。軍人にとっては勲章が何より名誉であり、その為に忠誠を誓い命を賭しているのである。だが、冷めた目から見れば、それは子供騙しのバッジやリボンであり賑やかな遊園地そのものである。

寝て起きるだけだが皺が増えている

吉原　信子

特に忙しく立ち働いたわけでもなく、精神的に疲れるような事態に陥ったわけでもない。ただ普通に「寝て起きる」だけの日常であるにもかかわらず皺が増えているのである。

女性にとって皺は一大事！　さて、これはどうしたことであろうかとあれこれ考えを巡らしても原因は摑めない。心当たりがあるとすればただ一つ「老化現象」。この加齢に伴って生じる身体の変調は人それぞれで一概には言えないが、女性に多いのは「疲れやすくなった」「トイレが近くなった」「顔や手足がほてる」「口が渇く」「歯が弱くなる」「物忘れ」等々。これ等の症状に比べると、特に暮らしには支障がない「皺が増えた」くらいは「みんな一緒」で我慢である。

順番で呼ばれる椅子がギーと鳴る

梅崎　流青

病院の待合室かそれとも銀行か。いずれにしても、待っている人それぞれの事情などには配慮せずあくまでも「順番」なのである。

もちろん、それがいちばん公平な方法であることは承知している。だが、コンベアーに乗せた部品を手際よく処理してゆくような機械的な扱いにはいささか自尊心が疼くのだ。そしてその苛立ちは身じろぎとなり、椅子に伝わって「ギー」と鳴ってしまったのだろう。まるで椅子が不満を表明してくれているかのように…。

掲出の句は「第六回日本現代詩歌文学館館長賞」を受賞した句集「飯茶碗」に収録。他に《晩年の地図に断崖ばかりある》《無名とは楽しきものよ山芋掘る》等、自らを凝視した作品多数。

便座から老後の空を見て暮らす

千島　鉄男

自宅でいちばん寛げるのは誰からも邪魔されずゆっくり出来るトイレかもしれない。その過ごし方もいろいろあるが、これまで目にしたのは「新聞や雑誌を読む」「作句する」「スマホで動画を見る」等々。だが、作者は「老後の空を見る」とのこと。しかも、ずっと便座で過ごしているかのように「見て暮らす」と言うのである。もちろん、これは「誇張法」だが、落ち着いた場所で老後の事を想うのは納得できる。

掲出の句は、東奥文芸叢書「月は多情」に収録。四句置いて続きのような《ポンチ絵のような老後が見えてきた》がある。ポンチ絵とは「こっけいな絵」「漫画」のこと。ユーモアと余裕のある理想的な老後ではないか。

サイレンは悲鳴に似せてつくられし

阪本きりり

救急車のサイレンは「ピ〜ポ〜ピ〜ポ〜」、消防車やパトカーなどは「ウ〜〜ウ〜〜〜」。いずれも注意喚起をするために大音量であり、耳にするたびに不安な気持ちにさせられる。そしてその音は、「悲鳴に似せて作られている」と作者は言う。たしかにピ〜ポ〜は、「急病人で〜〜す、通してくださ〜〜い、お願いしま〜〜す！」と必死に叫んでいるように聞こえる。

掲出の句は、阪本きりり川柳句集「ベビーピンク」（平成二十七年）に収録。他に《予言者がくくくと笑う震度3》《鎮痛剤噛んでワタシハゲンキデス》等の受け止めやすい句は少数。他の多くは生半可な鑑賞を拒否するかのように、新鮮味のある硬質な言葉で自在に語られている。

夜に降り朝止む雨は好ましい

足立千恵子

雨は山林や田畑を潤し私たちの飲料水となる。この地上に生きるもの総て雨のお世話になっていないものはない。そのような有り難い雨に注文を付けるなどもってのほかではあるが、敢えて言わせてもらえば「夜の間に降って、朝までに止んでいただければ、洗濯物も干せるし買い物も楽しい」ということであろう。ついでに付け加えるならば、崖崩れや橋を押し流すほどの豪雨ではなく、大地にじんわり沁み込みダム湖を満たす程度に抑えていただきたい。

同作者の、《雲の無い空見ていてもつまらない》も大自然を見詰めた作品。これもまた「青空ばかりでは退屈。浮雲の一つや二つは欲しい」などという身勝手な想いを述べていて愉快。

体温で溶かせるほどのわだかまり

外側としみ

平常心を乱す感情の中でも最大のマイナスエネルギーを発するのは怒りとか憎しみ。次いで哀しみや妬みであろうか。天候に喩えると吹雪や嵐、そして氷雨や時雨というところ。

一方、蟠《わだかま》りも同じような負の感情ではあるが、不平や不満、あるいは疑惑というような「どんよりとした想い」であり、激しく噴出することはない。また、原因となっている相手には蟠りがなく、こちらが一方的に拘っているだけの場合は極めて軽傷であり、「思い込み」とか「考え過ぎ」の場合が多々ある。

繊細な人はこの「蟠り」に捉われやすいが、その事を自覚して「考え過ぎでは?」と反省すると、ひと晩眠っただけで跡形もなく溶け去る。

ゴミ屋敷更地になって物足りぬ

永井　天晴

廃屋ではなく、人が住んでいながらゴミ集積所のようになっている「ゴミ屋敷」。役所ではそのようなあからさまな言い方はせず、「不適切な居住環境」などと表現しているが、一般にはそのものズバリの「ゴミ屋敷」が定着した。

いつも気になっていたゴミ屋敷。主が亡くなられたのか転居されたのか、いつの間にか更地になっている。ポカンと空いた空間には、かつてのゴチャゴチャした風景を偲ばせるものは何一つ無く、「はて、ここには何があった?」と思うほど過去との繋がりが切れている。通りがかるたびに目障りで不潔で「何とかならんのか」と思っていたが、スッカラカンに失せてしまうと何やら寂しいような物足りないような…。

絵手紙が届く施設に行ったのね

奈良岡時枝

しばらく音沙汰のなかった友だち。久しぶりの絵手紙には施設に入ったことが書かれている。そういえば「一人暮らしがしんどくなったらケアハウスに行く」と言っておられた。

何気ない一枚のハガキだが、書いた当人にとっては万感の想いを込めて書かれたのだろう。受け取った方としても、ズシリと感じたに違いない。最期をどのように迎えるかはそれぞれの問題である。家族と一緒の人でも、ケアハウスに入所する人でも、大切にしたいのはこれまで培ってきた人間関係。青春時代を共に過ごした友人や職場の仲間、そして、川柳の会等で互いに研鑽を積んだ人たちこそ人生の宝物。この世にいる限りは近況を伝え合いたいものである。

お前もかアハハと頻尿の話

鈴木いさお

個人差はあるが、だいたい七十歳前後から老化を自覚するようになる。記憶力が悪くなり捜し物ばかり。耳が遠くなり目が霞む。足腰が弱ってすぐに疲れる。心肺機能が衰えて息切れがする等々。そして本句で言う頻尿！ しかし、聴覚や視覚や足腰の衰えぐらいは同年代の者と気軽に笑い合えるが、頻尿等という尾籠な話になると、「俺お前」の間柄でないとなかなか話せない。いつも会う親しい友人であるからこそ気付かなかった老化。改めて知ったという軽い驚きも込められた「お前もか」である。

世代が違うと面白味が解らない作品があるが本句もその一つ。若い世代にはイマイチであろうが、トイレが近くなった者は苦笑させられる。

烏賊好きの男ひたすら烏賊を噛む

田鎖　晴天

川柳の作句方法を大きく二つに分けると、「自分を見詰めて自分自身を詠う」ことと、「他人を見詰めて他人の行動を述べる」こと。そして、他人を対象にするときに配慮したいのは、その人の心情にまで入り込まないこと。他人の想いを憶測するのははなはだ失礼であり、得てして不正確な推理になりがちなものである。

本句、かねてより「烏賊が大好き」と聞いていた男が「ひたすら烏賊を噛んでいる」状況を述べただけのこと。だが、その「ひたすら」だけで、その男性が烏賊に集中している情景が浮かんできてユーモアを醸し出している。技巧を凝らさずとも、その行動を述べるだけで面白くなるのは、そもそも「人間は面白い」という証である。

己見る時のピントは甘くなる

下村由美子

完璧な人間などはいない。長所もあれば短所もあるのが当たり前のこと。だが、他人は長所よりも短所が目につき勝ちなもの。特にライバル視している相手には点数が辛くなる。それは妬みとか僻みというマイナスの感情が必要以上にピントを厳しくしている所為だろう。

一方、自分を振り返ったとき、誰しも多少はピントが甘くなり、欠点や暮らしぶりがぼやけてしまってしっかり摑めなくなってしまう。だからこそ平然と生きてゆけるのではあるが…。

理想的なピントの合わせ方は「他人には甘く自分に厳しく」だが、他人に甘過ぎると詐欺に遭い、己に厳し過ぎると自信を失くしてしまう。「眼力ピント」の調整は写真撮影より難しい。

平和とはこんなことかと草むしり

佐藤　喜昭

「ああいいなあ、平和だなあ」と感じる状況は人それぞれ。ひと仕事終えて珈琲で寛いでいるとき、縁側でポカンと浮雲を眺めているとき、孫たちの元気な声を聞いているとき、テレビの前で晩酌をしているとき。そして、作者は草むしりをしているときに感じたという。

庭や道端の草むしりは面倒なものだが、思い切ってやり始めるといつの間にか雑事や雑念を忘れて没頭している。それは、誰にも気を遣うことがない「自分だけの時間の心地良さ」であろう。仲間と賑やかにやっているときも楽しいが「平和」という想いとは程遠い。コロナ禍によってステイホームを余儀なくされている昨今、草むしりは丁度よい気晴らしになるようだ。

ままごとも一人だったよ慣れている

大西　玉江

幼いころ、近所に遊び友だちがいなかったのか、それとも、人見知りか病弱で輪の中に入って行けなかったのか、ままごとも一人でやっていたと述懐している作者。そこまでは何気なく読み進めた後の「慣れている」という下五が予想外に大きな意味を持って迫ってくる。

その下五に続く想いは省略されているが、「だから寂しくはありません」ということ。そして、そのように言わせているのは、「ずっと一人でやってきたので寂しくはない」か、或いは「連れ合いに先立たれたが寂しくはない」ということか。改めて一句に仕上げて表明しているのは、やはり後者であろうか。「元の一人に戻っただけ…」という諦めに似た想いが切なく伝わってくる。

土佐湾の形は盃の形

田辺 進水

ペギー葉山のヒット曲「南国土佐を後にして」の歌詞に、「♪言うたちいかんちゃ　おらんくの池にゃ　潮吹く魚が　泳ぎよる～」とあるが、その「池」が我が国有数の鯨の生息域である土佐湾。地図で確認すると、ゆったり大きな弧を描いた両端は室戸岬と足摺岬。まさに太平洋を飲み込まんとしている巨大な盃である。

このような発想は酒飲みでないと浮かばない。土佐は酒豪国とも言われるほど男女共に大酒飲みが多いが、「おらんくの池」と潮吹く魚を眺めながら大きな盃で飲み交わしているのだろう。

平成三十年六月五日死去。七十四歳。掲出の句は、同年川柳マガジン六月号に掲載の「ベスト川柳」秀作。残念ながら遺作となってしまった。

コサージュの位置がなかなか決まらない

安黒登貴枝

結婚式に招かれたときとか子供の入学式や卒業式など、改まった服装の胸元を飾るコサージュ。付けるのは左の胸元に決まっているようなものだが、その上下左右の微妙な位置、数センチ、いや数ミリの違いに迷ってしまう。出かける前の忙しい時間帯であり、遅れてはいけない等と余計に焦っているのだろう。

宇宙の果てや海の底に思いを巡らすのも楽しいが、僅かな心の起伏や「重箱の隅」に照準を当てるのが川柳の真骨頂であり面白さ。コサージュの位置など当人にとっては人生を左右するほどのことではない。しかし、そのような「どうでもいいこと」を衒いなく詠い上げることによってナンセンスユーモアの味が醸し出される。

ポリープがカメラの前でVサイン

田村　富夫

胃や腸などの内視鏡検査ではカメラがキャッチした内壁等を克明にスクリーンに映し出す。検査を受けている当人もその状況を同時に確認できるのでなかなかスリリング。

美しいピンク色の肌が続くので安心していたら突然ポツンと盛り上がったポリープ！まるで「コンニチハ～ハジメマシテ」とVサインしているように見えた。検査技師は慣れたもので「サンプルを取って組織検査しましょう」と器具を操作して無事に終了。検査結果が出るまでは気が気ではないが、Vサインしていたポリープが綺麗なピンクであれば間違いなく良性。茶や黒で醜く険しい形相をしているのは悪性の恐れがあるが、早めの切除で大事には至らない。

さて今日はプロバンスへのテレビ旅

上野　景子

テレビ番組の好みは人それぞれだが、見知らぬ土地を旅している気分にさせてくれる番組は幅広い世代から支持されている。例えば、「岩合光昭の世界ネコ歩き」や「世界ふれあい街歩き」や「世界の車窓から」、そして、「世界の街道をゆく」とか「世界ふしぎ発見！」等々。

新型コロナウイルス蔓延防止のために国内旅行さえままならぬ昨今、自由に海外へ出かけることが出来るのはまだまだ先のことだろう。とすればそのフラストレーションを紛らわせてくれるのは「テレビ旅」。ワイングラスを片手にソファーにゆったり寛いで見知らぬ街や田園風景を眺めていると暫し王侯貴族の気分。今日は南欧、明日は「カサブランカ」の舞台モロッコだ。

週刊誌から眞子さまを守りたい

桂　ひろし

婚約を発表されてから四年余り、紆余曲折を経てようやく令和三年十月二十六日に御結婚。晴れて小室眞子になられた眞子内親王。若い二人がここまで辿り着かれるまでに、週刊誌やネット上で「小室圭氏は皇族の結婚相手としては不適格」など、封建時代に戻ったような悪意ある記事が氾濫。そのことが主因となって眞子さまは複雑性心的外傷後ストレス障害（ＰＴＳＤ）と診断される状態にまでなられた。

しかし、そのような匿名による誹謗中傷を行うものはごく一部の無責任な人だけであり、大多数の良識ある国民は温かい目で傷ついた眞子さまのご快復とお幸せを願っている。週刊誌もＳＮＳも今後は節度を持った対応を願いたい。

友が逝き少し早めの冬ごもり

石倉多美子

人の命に軽重はないが、すれ違いに会釈をする程度の顔見知りの訃報には「ああ、亡くなられたか…」というほどの想い。しかし、昔からずっと親しく付き合ってきた友人の死は、途方に暮れるほどの喪失感に打ちのめされる。

天候や気温によって気分を左右されるのは「修行が足りない」とも言えるが、晩秋から初冬にかけて、日が短くなり冷たい風が吹き抜ける頃には誰しも心細くなるものである。加えて、友人の訃報となれば、自分でも思いがけないほど落ち込んでしまうのは当然のこと。鬱々としているときには何をしても満足な結果は得られない。無理をせず、厳しい冬が去って桜が咲く頃まで、亡き友を偲びながら冬ごもりである。

遠足の顔で集まるクラス会

みつ木もも花

友だちの顔で思い出すのは、ほとんどが遊んでいたときの朗らかな笑顔。授業中はみんな真面目な顔で黒板の方を向いているのであまり印象に残っていない。また、先生に叱られて俯いた顔などは目を逸らして見ていない。久しぶりのクラス会に集まってきた誰もがニコニコ。休み時間に遊んでいたときの顔であるが、それ以上の飛び切りの笑顔と言えば、リュックサックを担いではしゃいでいたときの顔。

本来ならば「遠足のような顔」という直喩の方が明解だが、字余りになるので「ような」を外した暗喩（メタファー）としている。しかし、本句の場合は、そのことによって「遠足の顔」がより一層面白味を増して効果的になっている。

梅干しを褒めるとラッキョまでくれる

川端　一歩

頂戴したものに不満を述べたりケチをつけたりする人はいない。それが食べ物であれば、感謝とお礼の気持ちを込めて「おいしかったです！」と申し上げるのがエチケット。

作者としても、ご近所付き合いのエチケットにいささかのお世辞を加えた「おいしかったです」だったのだろう。しかし誰しも褒められたら嬉しいもので、思いがけず「少しですがラッキョもどうぞ！」となったのだ。事程左様に褒め言葉は人を元気づけるカンフル剤であり、人と人の繋がりを滑らかにする潤滑油でもある。

掲出の作品は句集「紙つぶて」に収録。他に《貰うたらお礼は三度言う秘訣》があるが、その三度目のお礼が効いたのかもしれない。

四海波おだやかにして金がない

池口　呑歩

正月に歌われる定番の謡曲は「四海波静かにて　国も治まる時津風…」の高砂。意味するところは「波風がおさまって天下泰平を祝う」というもの。そのように「世間は穏やかで平和そのものだが我が懐は素寒貧」という侘しい状況ながら軽く言ってのけた自嘲が愉快。金が無いときの過ごし方は人それぞれだが、いい機会だと開き直って、図書館でゆっくり好きな本に没頭するのがベストかもしれない。

掲出は佐藤朗々監修「池口呑歩の川柳と気迫」に収録。他に《自分史に飲んだ呑まれた酔虎伝》《自分史は酒酒酒の字で埋まり》《三次会トラとウワバミだけ残り》など酒豪を偲ばせる句あり。平成二十年死去。八十二歳。

もう誰も見ないアルバム二十冊

片岡智恵子

卒業アルバムや新婚旅行の写真などを眺めながら、「ああ、このようなこともあったな…」「この旅館は立派だったな…」等と懐かしく想うのは自分だけで、その写真とは無関係な他人にはそれほど興味が湧くものではない。孫が幼いころには「お婆ちゃんキレイだったね！」等と褒めて貰ったりしたが、オトナになった今では見ようともしない。子供たちも同じ。

このように嵩張るものを遺すと家族も困惑する。自分が元気なうちに遺影用と捨てきれないものだけを残して処分した方がいいだろう。ただ、写真のインクは除去不能でリサイクルは出来ず「燃えるゴミ」で出すことになる。思い出深いものが「ゴミ」とは残念ではあるが致し方なし。

呆け防止孫に寿限無を伝授する

三浦強一

ご存じ「寿限無」は、子供の名前に「めでたい言葉」を並べた前座噺。それは「寿限無、寿限無、五劫の擦り切れ、海砂利水魚の水行末・雲来末・風来末、食う寝る処に住む処、藪ら柑子の藪柑子、パイポ・パイポ・パイポのシューリンガン、シューリンガンのグーリンダイ、グーリンダイのポンポコピーのポンポコナの、長久命の長介」。この名前を孫に伝授するには自分が覚えていなければならず呆け防止には最適。

噺のサゲは、腕白に育った寿限無に殴られて瘤が出来た子が、親に言いつけにきて、名前を告げているうちに瘤が引っ込んだというもの。このような珍妙で大らかな噺を生み育てたのは、川柳の土壌と同じ成熟した我が国の文化である。

直感で生きて生傷たえまない

柳田かおる

石橋を何度も叩いて、逡巡を重ねた挙句に結局は渡らないという慎重派もいるが、作者はパッと見ただけで「だいじょうぶ!」と判断してポンポンと渡って行くタイプだろう。慎重派と直感派それぞれ、後天的なものもあるが、ほとんどは持って生まれた性格であり、長じてから矯正しようとしてもなかなか難しい。もちろん一長一短あり、どちらが良いというものでもないが、しばしば怪我をするのは直感派。

この「生傷」は、柱や壁にぶつかって出来た打ち身もあるが、多くは対人関係で受けた心の傷。対人関係の直感はストレートな発言に繋がり自他ともに傷つくこと多々あり。だが、ヤル気満々で気力が充実している間は止むを得ない。

明日は死ぬ金魚の水を替えてやる

福井　藤人

いきなりの「明日は死ぬ」が衝撃的。その対象が「金魚」だとしても、なぜそのように非情な断定ができるのかその根拠は何なのか？　金魚の老衰症状は、先ず動きが鈍くなりジッとしていることが多くなる。肌の艶が悪くなり目が白く濁ってくる等々。長年に渡って誰よりも可愛がって世話をしてきた作者としては、その様子を克明に観察していたのだろう。そして遂に、横になって浮き上がり弱々しく口をパクパクさせているだけ。もはやこれまで、「せめて綺麗な水に取り換えて…」という想いであろう。

「死」という文字は何処に使用しても目を引き身構えさせる。それが金魚という小さな命でも同じであることを改めて認識させられた。

金勘定ばかりしていた日記帳

穂口　正子

何気なく取り出して拾い読みした古い日記帳。あちこちに目につくのが家計のこと。特に子どもたちの学費が要る時代は赤字になる月もしばしば。そのような遣り繰りの苦労を思い返すと我ながらよく頑張ってきたなと思う。

このように日記帳には「自分が生きてきた喜び悲しみの日々」と、家族や友人知人の懐かしい姿が記録されていて、何物にも代えがたい貴重な財産とも思える。日記など書いたことがないという人も多いが、何事を始めるにしても「遅すぎる」ということはない。十年日記を購入して「この日記帳を書き終えるまでは生きてやる」等という目標を持つのも一興だろう。たとえそれが銭勘定ばかりの内容になったとしても…。

歳だけは桃井かおりと同じ妻

だんのやすし

桃井かおりは、昭和二十六年四月八日生まれ。令和四年の誕生日を迎えると七十一歳になる。素肌が綺麗なことを買われて化粧品のCMにも出演しているが、あの独特の気だるい喋り方に色気を感じる御仁も多い。そのような女優と同列に論じられると奥様としてもちょっと辛いだろうが…。もちろん、これは奥様を身内としてのご謙遜と軽い自嘲という川柳的ジョーク。

当然のことながら、女優や歌手などが表に出している容姿は何時間もかけてメイクアップを施し着飾った上でのこと。たとえ桃井かおりであっても、スッピンになればやはり古稀相応になっているのではないか。いや、百歳時代を迎えた今、七十歳はまだまだ若いのではあるが…。

はきはきとものと言う孫の歯が抜けた

佐々木トミヱ

乳歯から永久歯へ生え変わる時期にも個人差はあるが、六歳前後から十二歳ごろまで。「歯が抜けた」という軽い驚きの表現から推定すると、抜けはじめの六歳ぐらいなのだろう。

一読して「状況を報告しているだけ」のように思われがちだが、この句のポイントは「はきはきともの言う…」という導入にある。幼児の無邪気さから成長して、さまざまな知恵がつき理屈を述べるようになった孫。そのちょっと小生意気になった状況が「はきはきともの言う」で明確に表れている。そして、下五に持ってきた「歯が抜ける」が鮮やかなオチになっている。歯が抜けて愛嬌のある顔になった孫。祖母としてもからかう種が出来て愉快なことである。

受けた恩ぼちぼち返す募金箱

伊藤　良一

この世に生を受けてから今日まで、数えきれない方々からお世話になってきた。そのお一人ずつに御礼を申し上げたいところではあるが、今となっては叶わぬこと。であれば、頂戴した御恩の万分の一にもならないが、気持ちだけでも募金箱に入れさせていただきたい。

駅前や商店街など、人通りの多い所で呼びかけられる街頭募金。年末には「歳末たすけあい運動」が恒例だが、最近では海外の難民や災害に遭われた方々への支援も多い。しかし、上から目線の「施し」という意識は傲慢で鼻持ちならない。見知らぬ方々の苦難を思い遣ると共に、受けてきた御恩をぼちぼちお返しするという想いが自分に対しても自然で良いのではないか。

産んだ日も亡くなった日も腕の中

西　恵美子

生まれたばかりの我が子を両腕に受け止めることが出来るのは母として最大の喜びであり誇りである。だが、絶命したその子の身体を同じ腕で抱きかかえることになるとは…。

掲出の句は、「第十回東北川柳文学賞」の副賞として上梓された「分母は海」の第二章「星になった君へ」に収録。急逝した子を想う句では他に《どの星になったのですか私の子》《大根の千切り今日もそっと泣く》《瘡蓋をそっと剥がしてそっと泣く》等。我が子に先立たれた悲しみは終生消え去ることはない。だが、誰にも訴えることができない胸中を、このように記すことによって、悲しみが僅かでも薄れるのではないか。瘡蓋が少しずつ剥がれてゆくように…。

茶柱が少し斜めに立っている

伊達　郁夫

茶柱が立つと縁起が良いというのは誰でも知っている言い伝えである。その由来は江戸時代、茎が多くて売れ行きの悪い「二番茶の宣伝」に駿河の商人が広めたという説があるが、事実か否か定かではない。そこから派生して、「茶柱を人に知られないようにこっそり呑み込まないと幸運は来ない」とか「茶柱が立ったことを人に話すとその人に幸運が移る」等々あり。

ともあれ、めでたく茶柱が立ったのではあるが、よく見れば斜めになっている。見ようによっては今にも倒れそうな病人である。さて、斜めになっていても吉兆なのか、それとも凶兆なのであろうか。「その言い伝えを信じるのか？　信じないのか？」斜めの茶柱が問いかけている。

よのはてののっぺらぼうでございます

柴田　美都

ひらがなばかりの表記ではあるが読みにくいことはなく一読明快である。それは、「よのはての」というインパクトのある導入に続く「のっぺらぼう」という言葉の特異さにある。

「のっぺらぼう」は説明するまでもなく、目・鼻・口のない妖怪のこと。転じて凹凸のない平面を言うこともあるが、本句の場合は「特技も無く肩書も無く自慢することは何も無い、ないない尽くし」という意味であろう。まさに自嘲の極みであり、それを際立たせているのが導入の「よのはての」。すなわち「ひっそり暮らしている」との想い。意味するところは寂しいが、ゆったりした余裕はひらがな表記の効果であり、「ございます」という丁重な開き直りも面白い。

どこまでが無茶か果敢かアスリート

水野　黒兎

無茶の語源は仏法用語の「無作」とのこと。現在では概ね「常識を無視した乱暴な行為や程度を超えているさま」を言う。「果敢」は「決断力が強く大胆に物事を行うさま」を言う。

オリンピックに出場する選手やプロスポーツ選手などは、人並み以上に身体を鍛えているのは言うまでもない。その鍛え方は資格を持ったコーチによって科学的根拠（エビデンス）に基づいた無理のないトレーニング。だが、いざ本番になると気合が入り過ぎて自らの限界を超えることもしばしば。斯くして打撲、骨折、肉離れ等々の負傷を抱えて休養或いは入院を余儀なくされる。が、負傷を恐れていては果敢なプレーは出来ず、そこが一流アスリートの辛いところ。

坊さんとなら再婚をしてもいい

田中美禰子

さて、何故「坊さんとなら」いいのだろうか。その理由は不明だがいささか気になる。察するところ、前の結婚生活での経験からそのような考えが生まれたのであろう。失礼を承知の上で想像を逞しくすると、死別ではなく離婚ではないか。一般的に女性が離婚を決意する原因は、「性格の不一致」「浮気」「浪費」「暴力」「親族と同居」等々。この幾つかが重なって堪忍袋の緒が切れる。そのような「二度とイヤ」という苦い経験を踏まえて、「穏やかな坊さんとなら…」という想いに至ったのではないか。

しかし、僧侶とて人の子。修行を積んだ高潔な人もいれば稀には生臭坊主とか破戒僧などと呼ばれるヤンチャクレもいる。ご用心を！

足どりが大胆になるエアポート

ささきのりこ

気がかりな仕事を片付けて、ご近所に挨拶をして、いよいよ旅立ちの時。リムジンバスから降り立った空港の床はピカピカ。高い天井の下には発券カウンターやフライト案内等々。そして、スーツケースの傍らで談笑する人、粋な身なりで足早に進む人など、非日常の空間に身を置くだけで既に異邦人の気分。足どりも大胆になりワクワク胸が躍る。

長引くコロナ禍の所為で、このような高揚するひとときを久しく味わっていないのはまことに残念なことである。ただ、高齢になると狭い座席での海外旅行は疲れる。奮発してビジネスクラスにするか国内にするか。いずれにせよ、体と財布が許す限り人生を彩ってくれる旅は続けたいものである。

歌と酒あってこの世のバス旅行

三好 孝一

本格的な海外旅行も楽しいが、職場の同僚やサークル仲間、そしてご近所さん等と連れ立ってのバス旅行も捨てがたいものである。最近の若者はそのような仲間同士の旅行は敬遠しがちとのことだが、職場などではなかなか得られない「人の温かさ」や、気難しいと思っていた人の意外な一面に気づかされ、家族同然の付き合いが始まるのも小旅行の効用であろう。しかし、コロナ禍の所為で観光バスも開店休業の有様。一日も早く収まってほしいと切に願う。

一方、私たちが過ごしている日常そのものが「歌と酒のあるバス旅行」とも言える。もちろん、吹雪や雨の鬱陶しい日もあるが「仲間と一緒のバス旅行」と思えば気楽なものである。

美しい星に核など似合わない

岩佐ダン吉

かつてガガーリンが「地球は青かった」と言ったように、地球は青く輝く美しい星である。だが、その地上では人間がいがみ合い、大国間では一瞬にして何百万人もの尊い命を抹殺する核爆弾の開発にしのぎを削っている。

掲出の句は、平成十五年発刊の「熱い汗」の冒頭、「核はゼロ」の章に収録。この章は七十句だが、総てが反戦反核を訴える内容であり、他に《核ゼロをライフワークと決めている》《核のない世界を子らに遺したい》などあり。この熱い作品の根底には、作者が三歳のときに出征して戦死した父への想いがあるのだろう。妻や子を案じながら息絶えたであろう父の無念が「反戦反核」の決意の底にあるに違いない。

輪の外もいいものですよ春の風

小野川町子

もちろん、この「輪」は「ご近所の皆さん」や「趣味の仲間」そして、「職場の仲間」など、同じ目的で繋がっている人たちのこと。性格も年代も異なる人たちが集まって一つの仕事を為すためには「和」を保たなければならない。すなわち「輪」は「和」であり、和を保つための暗黙のルールの一つが、他者の過失に対しては寛大であり、常に協調を旨とすること。

このように周囲に気を遣い自分を抑えていると時には息が詰まりそうになる。たまには「一人を楽しむ時間」を持つこと。人と離れて新鮮な風を受けると、また仲間の良さが蘇ってくる。

掲出の句、川柳マガジン「懸賞川柳二〇二二」弥生賞にて、応募三九九二句から「大賞」に選ばれた。

ベッドから落ちるぐらいにまだ元気

藤井　則彦

当たり前のことではあるが、寝返りも打てないほど衰弱しているとベッドから落ちることもない。そのような意味で、「ベッドから落ちるのはまだまだ元気である証拠」と言えるだろう。また、褒められたことではないが、酔っぱらって落ちるのも「元気」のうちである。だが、若い頃ならともかく、骨が脆くなった高齢者では骨折すること多々あり。骨折箇所によっては寝たきりになる恐れもある。衝撃を緩和するマットを敷くとか、低床ベッドにするなどの対策をしておけば心置きなく転落できる。

また認知症になるとベッドから落ちることが多くなるとのこと。「ベッドから落ちるぐらいに認知症」にならないようくれぐれもご注意を！

ギンナンのへんてこりんな味が好き

春日　綾乃

ギンナン（銀杏）は公孫樹の実の種。固い皮のまま炒って皮を剥ぐと綺麗なエメラルドグリーンの種の実が出てくる。この実はビタミンＢ６の働きを阻害する物質を含んでいて、食べ過ぎると食中毒を起こす恐れがある。

しかし、その味はなかなか奥深く、茶碗蒸しには定番の食材でギンナンの入っていない茶碗蒸しなど考えられないほど。甘みも少しあるが果実の甘さではなく「香ばしい木の実の甘さ」であり、加えて舌に残る「ほろ苦さ」は単純な言葉では表現できず、敢えて言えば「へんてこりんな味」がいちばん言い得て妙である。この「へんてこりん」は、「奇妙なさま」を表す便利な言葉だが、人間に対しては用いない方が無難。

ヒトゲノムに好戦的と書いてある

永井　松柏

ヒトゲノムとは、ヒト（ホモサピエンス）を作るために必要な遺伝子の情報のこと。人それぞれの端末情報は異なるが、根っ子の共通項には「くじけるな」「負けるな」「闘え！」が刷り込まれているらしい。そのおかげで天変地異にも滅びることなく生き延びてきたのだ。

多くの人が野球やサッカーやバレーボール等のスポーツ競技に熱中するのもこの「好戦的」な遺伝子の為せるところだろう。ただ、スポーツだけで収まっていれば良いが、有史以来「戦争」が絶えないのもまた、このヒトゲノムの所為となれば、人類が滅びるまで戦いは続くことになる。未来を担うＡＩ（人工知能）には「厭戦」の情報をしっかり刻み込んでいただきたい。

停戦を願う読経が長くなる

松尾柳右子

ロシア軍によるウクライナ侵略は、武器を持たない非戦闘員の子どもや婦人や高齢者までを殺傷してとどまるところを知らない。この理不尽で一方的な戦争を「話し合い」で終結するのが理想だが実現は極めて困難。とすれば、あとは神仏に縋るのみ。読経をしているのはお寺さんかそれとも作者自身か、停戦を願う切実な気持ちが「読経の長さ」に表れている。

この「読経」をメタファー（暗喩）と広く受け止めると、人が救いを求めるときに発する「神さま仏さま！」であり、「こころの奥底の願い」になる。宗教や宗派を超えて、すべての人が願っている「停戦」の声を一つにして、粘り強く訴えることによって必ず実現するに違いない。

私の一部見送る流れ星

吉道あかね

古来より、人々は稀に現れる流れ星に様々な想いを重ねてきた。身近な人が天に召される凶兆と見る人、逆に、新しい命が誕生する吉兆と見る人。そして、広く流布されているのが「消えないうちに願い事を三回唱えると叶う」等という極めて難しい条件付きの言い伝え。

そのような多くの伝承は別として、作者は「流れ星は私の一部」と言っている。さて、それは、メンタル（精神）の一部か、フィジカル（身体）の一部なのであろうか。いや、それとも、自分の一部のように思っている「かけがえのないもの」であろうか。本句を心に留めた読者は、これまでの言い伝えに「私の一部が流れ去ってゆく」というユニークな想いが加わるのではないか。

台風が来るからご飯炊いておく

勝部　宏子

例年七月から十月にかけて、日本列島を狙ったように北上してくる台風だが、これまで大きな被害をもたらしたワースト六すべて九月に襲来している。一位の「伊勢湾台風」は二十六日。二位「枕崎台風」は十七日。三位「室戸台風」二十一日。四位「カスリーン台風」十五日。五位「洞爺丸台風」二十六日。六位「狩野川台風」も二十六日等々。

この台風、ニュースによって発達状況や北上するルートなど詳しく報道されるが、さて、どのような対策を為すべきか？　先ずは断水や停電に備えて水の汲み置きや懐中電灯などの非常用持ち出しバッグの点検。そして、取り敢えずは「ご飯を炊いておく」こと。心強い味方である「ご飯」さえあれば何とか乗り切れるだろう。

屈葬のかたちで掛ける終電車

進藤 一車

暮らしの一端を正直に晒している終電車の状況は、川柳として恰好の素材でありしばしば詠われている。長時間残業或いは三交代など勤務の都合で遅くなった人もいるが、多くは二次会三次会と飲んで騒いできた人たち。

その姿態もいろいろで、ガラ空きの車内で寝そべっている人、のけぞっている人、そして、まるで屈葬のように股ぐらに頭を突っ込んで身体を折り曲げている人等々。だが、本句は他者を揶揄したものではなく「掛ける」という表現でも解るように、己が姿を省みた軽い自嘲。しばらくは屈葬のかたちで仮死状態ではあるが、駅に降り立って、自宅に着く頃にはまた背筋を伸ばして現実に戻るのだ。平成二十七年死去。八十六歳。

容疑者の家族の方も気にかかる

岸田 武

凶悪な事件の容疑者として逮捕された若者が我が子であればどれほどショックであろうか。ニュース映像で流される名前や顔写真、そして押しかける報道陣を目にして、これまでの平穏な暮らしがたちまち瓦解し、現在地から失踪してしまいたいほど落ち込むに違いない。

そのように他者の悲しみや苦悩を思い遣るのは、容疑者と同年輩の子や孫を持っていることもあるだろう。いや、子や孫がいなくても他者の心を思い遣る人すべて同じように気にかけている。犯人は相応の罰を受けるべきである。だが、一片の罪もない家族を非難してはならない。家族に連帯責任は無い。被害者の家族は当然のことながら、加害者の家族もまた被害者である。

あとがき

本書は川柳マガジン誌の平成二十三年八月号から連載している「名句を味わう理論と鑑賞」をまとめたものです。この連載は現在も継続していますが、一冊の分量に達しましたので一応の区切りとして発刊した次第です。

作者の実感が込められた優れた作品は、ユーモアのある軽い内容であっても決して薄っぺらではなく、読む者に様々な想いを抱かせてくれます。私の鑑賞はその奥深い味わいの一部を述べているにすぎません。読者諸兄それぞれの感性で自由に楽しんでいただければ作品もより一層精彩を放つに違いありません。

それぞれの作品につきましては、作者がご健在の場合はあらかじめご了解を得てから鑑賞するように努めましたが、取り紛れて掲載後に事後承諾いただいたことも多々あります。また、鑑賞文を確認していただいてから他界された方も幾人かおられます。謹んでご冥福をお祈り申し上げます。

末筆になりましたが、連載の機会をいただきました新葉館出版と、連載から発刊に至るまで多大のご尽力をいただきました竹田麻衣子氏に衷心より御礼申し上げます。

令和四年十二月吉日

新家完司

作者索引

あ

い

う

【著者略歴】
新家完司（しんけ・かんじ）
川柳塔社理事長。（一社）全日本川柳協会常任幹事。毎日新聞鳥取柳壇選者。著書に新家完司川柳集「平成元年」「平成五年」「平成十年」「平成十五年」「平成二十年」「平成二十五年」「令和元年」「川柳作家全集 新家完司」「川柳の理論と実践」「川柳作家ベストコレクション 新家完司」。

良い川柳から学ぶ
秀句の条件
○
2023年 4 月22日　初　版
2024年 3 月25日　第二刷
著　者
新　家　完　司
発行人
松　岡　恭　子
発行所
新 葉 館 出 版
大阪市東成区玉津1丁目9-16 4F　〒537-0023
TEL06-4259-3777㈹　FAX06-4259-3888
http://shinyokan.jp/
印刷所
明誠企画株式会社
○
定価は表紙に表示してあります。

ISBN978-4-8237-1084-1